Yves

W0244147

HEYNE BÜCHER

Fantasy

Herausgegeben von Wolfgang Jeschke

Der Zyklus von Cormac MacArt:

Robert E. Howard: *Die Tiger der See* · 06/4421
Andrew J. Offutt: *Die Nebel des Untergangs* · 06/4422
Andrew J. Offutt/Keith Taylor: *Der Turm des Todes* · 06/4423
Andrew J. Offutt: *Die Todesvögel* · 06/4424
Andrew J. Offutt: *Das Schwert des Kelten* · 06/4425
Andrew J. Offutt: *Der unsterbliche Hexer* · 06/4426
Andrew J. Offutt: *Im Zeichen des Mondes* · 06/4427

ANDREW J. OFFUTT

Das Schwert des Kelten

Fünfter Roman des Zyklus
von Cormac MacArt

Fantasy

Deutsche Erstausgabe

WILHELM HEYNE VERLAG
MÜNCHEN

HEYNE SCIENCE FICTION & FANTASY
Band 06/4425

Titel der amerikanischen Originalausgabe
SWORD OF THE GAEL
Deutsche Übersetzung von Lore Strassl
Das Umschlagbild schuf Ken Kelly
Die Illustrationen zeichnete Johann Peterka

Redaktion: Irene Bonhorst

Printed in Germany 1988
Satz: Schaber, Wels
Druck und Bindung: Presse-Druck Augsburg

ISBN 3-453-01010-8

Inhalt

1. MANANNAN MacLIRS ZORN

Ich bete, daß wir das Land Eirrin erreichen, jene, die über das mächtige, an Schätzen reiche, gewaltige Meer fahren:
Daß sie sich über seine Ebenen, seine Berge und Täler verteilen können; in seine Wälder, die in solcher Üppigkeit Nüsse und andere Früchte hervorbringen; auf seine Flüsse und Wasserfälle; auf seine Seen und großen Gewässer; auf seine quellenreichen Hügel:
Daß sie ihre Jahrmärkte auf seinem Gebiet halten und ihren Pferdesport treiben können:
Daß ein König aus ihren Reihen in Tara thronen wird, und daß Tara der Sitz vieler ihrer Könige sein wird:
Daß das edle Eirrin das Zuhause der Schiffe und Boote der Söhne von Milet sein wird:
Eirrin, das jetzt im Dunkeln liegt, für das Land ist dieses Gebet:
Mögen die weisen Frauen von Breas und Buaigne beten, daß wir dieses hehre, edle Land Eirrin erreichen.
Möge Eremon beten, und mögen Ir und Eber flehen, daß wir Errin erreichen.

Gebet des Poeten Amergin
für den Einzug der Kelten in Eirrin

In einem plötzlichen Sturm kreischte und heulte der Wind wie ein Dämon aus der finstersten plutonischen Hölle der gefallenen Römer.

Gefährlich und wild war er, die Vernichtung von Segeltuch und Holz und Menschenleben war sein Bestreben, und die Männer der *Wolfsegel* flogen von dem zerbrechlichen Schiff in den Tod. Ihre Schreie verhallten ungehört in dem schneidenden Wind.

Das decklose kleine Schiff drehte sich und krängte. Ein Mast war geknickt und gestürzt und hatte außer dem gestreiften Vierecksegel aus nordischem Gewebe zwei fähige Seeleute mit sich gerissen. Das Steuerbord der *Wolfsegel* ging unter, bis sie mit der Backbordseite flach zur verdunkelten Sonne lag. Ihr Kiel hob sich wie eine niedrige Wand aus der Gischt. Bei diesem plötzlichen Seitwärtsruck fanden weitere Männer schreiend den Tod.

Der größte dieser verzweifelten Seefahrer hielt sich an dem gezackten Stumpf des Mastes fest. Einer seiner Männer klammerte sich an den Gürtel seines mächtigen Breitschwerts, und an seine muskulöse Wade im aufgeweichten Beinkleid ein anderer, ihre Angst war groß, vom Rand der Welt gefegt zu werden. Der riesige Mann hielt den Maststumpf, als wäre er seine Liebste. Und er brüllte nach Vater Odin und seinem Sohn, den Donnerer, denn nachdem sie drei gewaltigen Strudeln vor diesen namenlosen kleinen Inseln entgangen waren, sollten sie nun offenbar diesem wie ein Dämon kreischenden Sturm zum Opfer fallen.

Der einäugige Odin und sein Sohn hörten nicht – oder wenn, waren sie unerbittlich in ihrem Entschluß, ihren zeitweiligen Diener für seine zahlreichen Sünden zu bestrafen. Er konnte den Mast nicht einmal so lange loslassen, um seine Klinge ziehen zu können und zu sterben wie es sich für seinesgleichen ziemte – mit dem Schwert in der Hand.

Das kleine Schiff drehte sich, schaukelte, kippte und drehte sich erneut. Es schoß durch die See. Inseln flogen vorbei, die vom Fuße bis zum Gipfel aus schroffen Felsen bestanden. Takelwerk ächzte, und Holz knarrte wie in Todesqualen. Männer stöhnten oder beteten oder brüllten – oder schrien und gingen zu ihren Vätern ein.

Einem einzigen von ihnen quoll kein Laut über die Lippen.

Er unterschied sich auf vielerlei Weise vom Rest. Seine Rüstung war anders, sein Haar schwarz wie die Mitternacht. Grimmig, unerschütterlich war er, mit dem

Gleichmut des Kämpfers, der weder Belohnung noch Strafe erwartet und von Göttern und Menschen hinnimmt, was kommt. Seine Lippen waren zusammengepreßt, und sein narbiges Gesicht verriet keine Regung. Mit seinem eigenen Schwert hatte er sich an das todgeweihte Schiff genagelt.

Gute zwei Zoll tief hatte er die Klinge, die schon so oft blutbesudelt gewesen war, in das Holz nahe dem drachenköpfigen Bug gestoßen. An seinem Griff hatte er den Schwertgürtel befestigt, und mit Prankenhänden wie die eines Schmiedes in rußiger Esse klammerte er sich an Gürtel und Schandeck.

Die zusammengekniffenen Augen dieses Mannes waren grau wie der Stahl der Klinge, die ihn an Bord hielt. Weder Furcht noch Grauen sprach aus diesen Augen – aber genausowenig Schicksalsergebenheit –, nur Trauer um seine dänischen Kameraden, die aus einer Gotteslaune heraus ihr Leben geben mußten. Er blieb wachsam, um bereit zu sein loszulassen und in diese haushohen Wellen zu springen, sollte das Schiff bersten und im luftlosen Reich versinken.

Zwischen zwei winzige zerklüftete Inseln, nicht größer als der Burgbereich großer Herren, wurde die Nußschale von Schiff getrieben.

Felswände brausten vorbei. Granitwände dämpften die Gewalt des schrecklichen Sturms. Die zehn Überlebenden von ursprünglich einundzwanzig Männern seufzten erleichtert auf ...

Doch die sinnlose Geschwindigkeit der *Wolfsegel* war gewaltig. Schon stieß sie aus dem felsbeschatteten Schutz wieder ins offene Gewässer. Erneut griff der tobende Wind mit unverminderter Schlachtenwut an. Das Schiff krängte noch mehr und drehte sich gut zwanzig Fuß nach Steuerbord.

»Ah, NEIN!« brüllte ein Mann, und seine Nägel krallten sich tief in das feste Holz, so daß seine Finger bluteten. »Bete zu deinem Seegott, Gäle! Zweifellos hat der

Wind uns in seinem Reich gefangen, nicht in Allvaters Reich!«

Der Grauäugige blickte ihn an, ohne daß sein Gesichtsausdruck sich änderte. Er entsann sich des Meeresgotts des Landes der blauen Berge, aus dem er vor Jahren geflohen war. Seine Lippen bildeten diesen uralten Namen, doch nicht im Gebet, denn dieser Abkömmling milesischer Kelten flehte niemanden an, weder Sterbliche noch Unsterbliche.

»Manannan MacLir«! murmelte er.

Und dann biß er die Zähne fest aufeinander, denn das Schiff wurde gegen die Felsen vor einer weiteren Insel geschmettert und vom Wind auf einen unbekannten Strand gerammt. In einem schrecklichen Scharren und Reißen zersplitterte die *Wolfsegel.*

Kräftige Männer flogen wie in glitzernden Stahl gekleidete Puppen auf diesen namenlosen Strand und blieben reglos liegen.

Der Wind ließ nach und kehrte dorthin zurück, wo immer er sich auch aufhielt, wenn er nicht heulend herbeistürmte, um der Verachtung und dem Haß Ausdruck zu verleihen, die er für die Menschensöhne empfand.

Mit goldenen Strahlen zerriß die Sommersonne ihre Wolkenbande. Sand glitzerte auf dem Strand einer unbekannten Insel, weit vor der Südwestküste Britanniens. Windgepeitschtes Wasser schwand in Dämpfen, und der Sand wurde beim Trocknen hell. Ein Flimmern regte sich über neun liegende Männer. Auf dem Rükken oder dem Bauch oder entsetzlich verkrümmt lagen sie auf dem Strand, an den sie geworfen worden waren.

Schuppen und Kettenglieder von Rüstungen, die schon viele Kämpfe erlebt hatten, trockneten und erhitzten sich in der glühenden Sonne. Der Stahl der Gestrandeten blitzte.

Neun Männer lagen reglos.

Alle waren flachs- oder rothaarig, abgesehen von einem, dessen dunkle Mähne aus dem verbeulten Helm hervorquoll. Alle trugen gute Schuppenpanzer, außer diesem einen, dessen Kettenrüstung auf die in Eirrin und Alba im Nordosten übliche Art geschmiedet war. Alle waren Anhänger des einäugigen Odins und seines hammerschwingenden Sohnes Thor oder Thunor – außer diesem einen, dessen Glauben oder Aberglauben der der Druiden war, mit den Sidhe des grünen Eirrins, und Agron und Scathach, Grannus und Morrigu der Schlachtkrähe, und cu Roi Mac Dairi, und Behl der Sonne, für die die Behlfeuer brannten ... und des großen Croms, des Gottes eines Eirrins, das älter war als selbst Behls Macht.

Alle stammten sie aus dem kalten Land der Dänen – außer diesem einen, der von Eirrin war – und ein Verbannter.

Er war es, der als erster zu sich kam.

Der Gäle erwachte beim vertrauten Salzgeruch des Meeres. Eine Möwe kreischte. Er lag still da, doch seine Nasenflügel zuckten wie die eines wachsamen Wolfes. Der Geruch, der ihm allzu vertraut war – nach frischem Blut – stieg ihm jedoch nicht in die Nase. Er blinzelte in die flammende Sonne, kämpfte gegen ein Schwindelgefühl an und versuchte die letzten Reste der Bewußtlosigkeit zu vertreiben, ehe er die Augen ganz öffnete.

»Blut der Götter!« murmelte er. »Gewiß ist das nicht die Welt der Toten – ich lebe!«

Vorsichtig setzte er sich auf und erwartete eigentlich den Schmerz, der von gebrochenen Knochen herrühren mochte. Doch kein brennender oder stechender, nur ein erträglicher Schmerz machte sich bemerkbar, der allerdings von jedem Zoll seines sturmmißhandelten Körpers ausging. Gewiß hätte er andere zum Ächzen und Stöhnen, ja gar zum Jammern gebracht und sie behindert. Er betrachtete ihn als etwas für einen Kämpfer völlig Selbstverständliches. Er hatte sich nichts gebrochen, das genügte ihm. Er schaute sich um.

Links und rechts von ihm lagen seine Kameraden, so wie sie gefallen waren, entlang einem Strandstreifen, der rund um das Haus eines dieser selbsternannten »Könige« von Britannien gereicht hätte, wie es sie seit dem Abzug der Römer gab. Ein kleines Lächeln zuckte in seinen Mundwinkeln, als er bemerkte, wie sich dieses große fußförmige Gebilde hob und senkte, das die Brust von Wulfher Schädelspalter war. Der Riese lebte also. Mit zusammengekniffenen Augen ließ er seinen Blick weiterwandern und erkannte, daß auch alle anderen atmeten – allerdings waren es nur noch neun.

Vor dem Sturm hatten sie einundzwanzig gezählt.

Er schluckte – Durst meldete sich. Mit einem Ächzen stand er auf, sah das Blitzen seines Schwertes und holte es sich. Immer wieder wischte er es an seinem Beinkleid ab, ehe er es in den Sand steckte; einer nassen Hülle konnte man genausowenig vertrauen wie einem gekrönten Haupt.

Während er den Gürtel mit der daran hängenden Scheide abnahm, blickte er sich eingehender um.

Von ihrem Schiff war nichts zu sehen. Vom Wind davongetrieben, dachte er grimmig, und irgendwo im Meer begraben. Wir sind hier gestrandet. Aber – wo ist *hier?*

Dieser schöne Sandstrand war ein leeres Versprechen. Dies hier war ein kahler, ungastlicher, meerumspülter Punkt, der Mensch oder Tier so gut wie nichts zu bieten hatte. Nur Vögel konnten sich hier nach Belieben niederlassen und wieder weiterziehen, das verrieten die schrill schreienden Möwen, und er hörte auch Wildenten oder -gänse.

Und überall nur Fels: Granit und Basalt, Eruptivgestein wie versteinerter Schwamm, und natürlich der Sand, in den Wind und Wellen im Laufe gleichmütiger Äonen den Stein verwandelt hatten.

Er sah, wie der Strand sich öde und trostlos dahinzog, da und dort hoben sich Treibgut, Kies und kleinere

Felsbrocken ab. Dahinter ragten steile Basaltklippen empor, deren Düsternis da und dort von Liparitadern durchzogen war, wie besteckt mit glitzerndem Quarz, der gegen den dunklen Hintergrund edelsteingleich funkelte.

Der Gäle preßte die Lippen zusammen. Diese Insel glich einer gewaltigen Felsmauer oder der Burg eines Riesen, umgeben von Strand und einer Küste, die zum größten Teil felsig und steil war, und davor ein ungeheurer Burggraben: das Reich Manannan MacLirs, die unendliche See.

Da grollte eine mächtige Stimme aus einer gewaltigen Brust: »Meine Kehle ist am Austrocknen! Wenn dies Walhall ist, wo bleibt der Mundschenk?«

Unwillkürlich mußte der Gäle lachen. Er drehte sich zu dem riesenhaften Wulfher Hausakliufr um, der gerade dabei war sich aufzusetzen und sich auch schon den Bart kratzte.

»Ich sehe hier keinen Mundschenk, und eine Walküre bin ich ebenfalls nicht, Wuschelgesicht.«

Wulfher blickte ihn an. »Cormac! Wir leben!«

Der Gäle nickte. »Allerdings. Auch die anderen atmen alle.«

Während er die Worte sprach, rührte sich ein weiterer. Genau wie Wulfher kratzte er an dem Salz, das unter dem roten Bart auf der Haut verkrustete. »Wo sind wir?«

Wulfhers Antwort war ein Schnauben. »Frag die Möwen, Ivarr.«

Der Gäle namens Cormac antwortete: »Wo wir sind? Hier.«

Ivarr seufzte, drehte sich um und stemmte sich mit einer Hand im Sand hoch. Er blickte sich um.

»Uch und och! *Hier* sind wir? Ich wäre lieber *anderswo.*«

»Ahhh ... Ich glaube, mein Arm ist gebrochen.«

»Du liegst drauf, Guthrum«, erklärte Cormac dem

erwachenden Dänen. »Steh auf. Ein hübscher Schlaf, den wir da hatten: den kleinen Tod. Und wenn wir kein Wasser finden, vor allem bald, wird es der ewige Schlaf für uns.«

Wieder erwachte ein Mann, zunächst mit einem Räuspern, dann folgte eine Verwünschung. »Wasser! Pah – *Essen* braucht mein knurrender Magen!«

Cormac schlüpfte aus seinem ärmellosen Kettenhemd. »Essen! *Daran* mangelt es nicht, Halbmann, denn hier gibt es schmackhafte Möwen ...«

»Puh!« Halbdan Halbmann schüttelte sich und verzog das Gesicht.

»... und Wildgänse oder Wildenten«, fuhr der Mann aus Eirrin fort. »Ihr Blut werden wir trinken, Wulfher, und es für den besten Durststiller der Welt halten.«

Wulfher stand nun aufrecht und stocherte mit einem Finger in dem roten Bart, um sich zu kratzen, und er nickte. Ein Riese mit Brustmuskeln, die seine Schuppenrüstung wie zwei Schilde zu sprengen drohten. Er stöhnte, als er sich nach seinem gehörnten Helm bückte. Als er ihn auf dem Kopf hatte, wirkte er noch beeindruckender und riesiger.

»Mhm«, bestätigte er mit grollendem Brummen. »Wir werden also weder verhungern noch verdursten. Aber was *machen* wir einstweilen hier?«

»Uns um unsere Rüstung kümmern«, riet Cormac. Nachdem er seine ausgezogen hatte, verschränkte er die Beine und setzte sich in den Sand. Er machte sich daran, sorgfältig jedes der vielen Kettenglieder seiner Rüstung abzureiben, um es von Salz und rostverursachendem Wasser zu befreien.

Durst und knurrende Mägen wurden mißachtet, als einer, dann drei und schließlich acht andere seinem Beispiel folgten. Hunger und trockene Kehle konnte ein Mann erdulden. Waffen und Rüstung dagegen – davon hing sein Leben ab. Obwohl diese Insel gewiß von den Göttern verlassen und von keiner Menschenseele bewohnt war, so daß sie für die Männer nun ihr neues Heim, sowohl im Leben wie im Tod, sein mochte, rieben und säuberten die neun Überlebenden der *Wolfsegel* alles, was aus Metall war.

Da er als erster angefangen und keine überlappenden Schuppenplättchen hochheben mußte, war Cormac als erster fertig und stand auf. Als könnte er jeden Augenblick einer ganzen feindlichen Armee begegnen, schlüpfte er wieder in seine Rüstung und schnallte den Gürtel mit den Klingen um die schlanke, fast hagere Gestalt. Wulfher blickte hoch.

»Wohin?«

»Du mußt dich noch um deine Rüstung kümmern«, entgegnete Cormac mit dem vertrauten, leicht sarkastischen Lächeln. »Ich glaube, ich werde mich mal umsehen.«

»Ja, aber mit Vorsicht. Halbdan wird dir folgen, Cormac MacArt – er hat nicht soviel Stahl zu säubern.«

Halbdan, genannt Halbmann, schwieg. Er war wahrhaftig nicht sehr groß, aber gebaut wie ein Ochse. Deshalb kränkte der Name, den man ihm aus Spaß gegeben hatte, den kurzgewachsenen Mann überhaupt nicht, denn er konnte Männer wie Cormac hochheben und durch die Luft schleudern, und er hatte größere Männer, auch wenn ihre Arme länger waren, zu ihren Vätern geschickt.

Cormac stapfte ostwärts am Strand entlang los. Er wandte den Schritt landein zu der Felswand, die zwischen ihm und den finsteren Geheimnissen lag, die dieses grimmige Land bergen mochte.

Halbdan und Knud der Behende waren bereits auf den Füßen und steckten in ihrer wohlversorgten Rüstung, als ihr gälischer Kamerad rief.

»Ho! Hier ist eine Kluft, die landein führt!«

Er ging daran vorbei und halb um einen Granitfelsen, der bis zum Wasser reichte. Cormac spähte um ihn herum und schüttelte den Kopf, denn auch auf seiner anderen Seite war nichts als weiterer Fels und das Meer, das dunkel mit dem Horizont verschmolz.

Wasser bis zum Ende der Welt, dachte der Sohn Eirrins freudlos und wandte sich um, um auf die anderen zu warten.

Sie stapften durch den Sand, der riesenhafte Wulfher war noch dabei, den Schwertgürtel, groß wie ein Ochsengeschirr, umzuschnallen. Knud hatte sich einen Knöchel verrenkt und humpelte ein wenig, und Hakon Snorris Sohn hatte Gesicht und linken Arm aufgeschürft, weil er heftig über den Sand geschleift worden war. Hrothgar schwang versuchshalber den rechten Arm und verzog schmerzhaft das Gesicht, während er die Linke mehrmals öffnete und schloß.

Zwölf Männer hatten den Tod gefunden, mit neun hatten die Götter Erbarmen gehabt. Alle waren imstande zu laufen, keiner hatte sich etwas gebrochen oder sich sonstige behindernde Verletzungen zugezogen. Cormac spürte ein heftiges Stechen im Rücken, aber er achtete nicht mehr darauf als auf einen eingerissenen Fingernagel.

In gehörnten Helmen und rasselnden Rüstungen über engen Beinkleidern, die sich über den Stiefeln bauschten, bog der kleine Trupp in die schmale Kluft ein, die Cormac entdeckt hatte. Natürliche Mauern erhoben sich hier zu beiden Seiten, nicht weiter voneinander entfernt als zwei Mannslängen. Es war, als hätte einst ein Riese sich mit ein paar Streichen seiner Axt hier einen Weg ins Innere gebahnt.

Sie stapften dahin.

Weiter und weiter, während kahle Felswände auf sie herabschauten, in deren Schatten die Männer froren. Die Kluft weitete und verengte sich, dann weitete sie sich erneut, lief wieder eng zusammen und beschrieb viele Biegungen. Nie sahen die Männer andere Menschen, auch keine Tiere, nicht einmal die Wildgänse oder -enten, die sie gehört hatten.

Dann kamen sie um eine andere Biegung in diesem gewundenen Korridor mit seinem Himmelsdach und den dunklen Basaltwänden. Abrupt blieben sie stehen, und jeder riß die Augen auf.

»Bei Odin!«

»Bei Odin und seinem Bart!«

»Es – es muß ein Spaß Lokis sein, ganz gewiß!«

»Wir sind doch nach Walhall gekommen – und immer noch keine Walküren in Sicht!«

Das und ähnliches entfuhr den Lippen der wackeren Kämpfer, während sie mit großen Augen starrten.

Vor ihnen weitete sich die Kluft zu einer Schlucht. Die Schlucht wurde zum Tal, bestreut mit den Resten von Geröllawinen in Kieselsteingröße bis zu hausgroßen Felsblöcken. Das Tal war so breit, daß sie keine Einzelheiten an der gewaltigen Mauer aus finsterem Basalt auf der gegenüberliegenden Seite erkennen konnten. Doch nicht diese Felswand war es, die ihr fast ehrfürchtiges Staunen geweckt hatte.

Von Menschenhand erbaute Mauern erhoben sich hier.

Zwischen der hohen natürlichen Festung und den gestrandeten Seeräubern stand, so unglaublich es auch war, eine Burg, nein ein Palast mit Türmen und Säulenreihen von gewaltiger Größe.

2. EINE BURG DES ALTEN ATLANTIS

Groß waren ihre Taten, ihr Höhenflug und ihre Spiele;
Mit Lehm und Stein
erbauten sie im Tal und an der Küste
jene mystischen Festungen,
die uneinnehmbar waren ...

D'Arcy McGee, *Die Kelten*

»In all den Jahren meiner Streifzüge habe ich nie dergleichen gesehen«, gestand Wulfher mit seltener Ehrfurcht. »Cormac?«

Der Gäle schüttelte den Kopf. »Ich habe das Schloß der Könige von Connacht gesehen und einem König in Leinster sowie einem anderen in Dalriada gedient und bin durch die Säle und Hallen ihrer Paläste geschritten. Doch dieser von Menschen errichtete Berg würde dem Palast von Leinster Platz bieten ... ja, und obendrein einem Zehntel des Reichs von König Gol von Dalriada!«

Knuds Stimme klang beunruhigt, als er fragte: »Wer hat diese ... gewaltige Festung erbaut ... und warum hier?«

»Bestimmt keiner, der noch am Leben ist«, antwortete Cormac MacArt sehr leise.

Mit zusammengekniffenen Augen betrachtete der Gäle das titanische Bauwerk aus behauenen Steinblökken mit den verwitterten Reliefs und den Bronzeverzierungen. Das Portal war breit, ein schöner Torbogen, durch Kunstfertigkeit und exakte Berechnung entstanden. Die Bogenfenster waren erstaunlich breit, als wollten sie mögliche Angreifer verhöhnen.

»Es waren nicht die Römer, die sich für die Auserwählten der Götter hielten«, brach Cormac MacArt die ehrfurchtsvolle Stille, die wieder eingesetzt hatte. »Dieses in den Stein gehauene Zierwerk ... es ist von der Art der Kelten, von denen wir Gälen stammen, und von den Menschen des lange vergangenen Cimmeriens, von dem die Kelten stammen, und von den Herrschern der Welt einer längst vergessenen Zeit stammen die Cimmerier – von den weltverbindenden Atlantern. Ja. Atlantis ...«

Die Dänen blickten ihn erstaunt an.

Er machte den Eindruck, als erschaue er die Massen edler Menschen in ihrer fremdartigen Kleidung, die wackeren Bürger jenes schon seit unendlicher Zeit untergegangenen Reiches.

»Die große Schlange«, murmelte er, und einigen seiner Kameraden stellten sich die Nackenhaare auf.

Das war nicht das erste Mal, daß der narbige, finstere Gäle sich auf diese Weise von ihnen absonderte, als sähe er etwas, das sie nicht zu erblicken vermochten; als spräche er von einem Traum aus Bildern, die nur sein Geist ihm zeigte. Seine stahlgrauen tiefliegenden Augen waren unter ihren Lidern nicht zu sehen, während er auf die Visionen einer großen Zivilisation mit all ihrer Kunstfertigkeit starrte und mit ruhiger, leiernder Stimme weitersprach:

»Kull«, murmelte er. »Wenn diese gewaltige Burg nicht von den Atlantern und ihren Sklaven, die sie sich von den Menschen aller Welt nahmen, errichtet wurde, bin ich ... bin ich nicht der Sohn Art na Mornas von Connacht, und er nicht der Sohn Conla Dairs, Sohn von Conal Crimthanni, der britischen Gemahlin jenes Nialls, der Hochkönig über ganz Eirrin war und den Römern selbst im Land der Gallier zu schaffen machte ...«

»Cormac!«

»... und er der Sohn jener weltüberbrückenden Giganten, die mit ihren hochbugigen Schiffen die Meere dieser Welt befuhren und selbst hierherkamen, um ...«

»Cormac!« rief Wulfher erneut.

Der murmelnde Kelte zuckte zusammen, als hätte man ihn aus tiefem Schlaf gerissen. Automatisch griff seine Hand zum Schwertknauf. Er blickte den riesenhaften Dänen an und blinzelte.

»Warum stehen wir hier herum, wenn jemand vor undenklicher Zeit dieses nette Häuschen erbaut hat, damit wir unsere Füße kühlen können?«

In ihrer Nervosität brachen die Männer in ein übertriebenes schallendes Gelächter aus.

Ungestüm gingen sie weiter, doch Cormac riet ihnen, fast ohne die Lippen dabei zu öffnen, daß sie sich nicht so dicht beisammenhalten sollten. Und es war ein guter Rat, denn als noch etwa fünfzig Schritte zu dem hohen Säulenpaar links und rechts des Portals fehlten, sirrten die Pfeile herbei.

Wie erboste Wespen summten sie, doch sie prallten von den Felsen und Rundschilden ab – alle bis auf einen. Wulfher starrte verblüfft auf den schlanken Schaft, der aus seiner Brust ragte.

Dann lachte er und riß ihn aus seiner Rüstung, und kein Blut färbte die Spitze.

»Bei Odins gutem Auge«, brummte er. »Der Bursche, der dieses gefiederte Spielzeug losgeschickt hat, hat nicht mehr Kraft als ein Kind der britischen Schwächlinge!«

Weitere Pfeile surrten, doch der kleine Trupp hatte sich inzwischen gut verteilt und war bereit. Sie nutzten die Deckung, die dieses Tal bot, und durch die Lawinenreste herrschte wahrhaftig kein Mangel daran.

Guthrum und Ivarr Ivarrs Sohn besaßen noch ihre Bogen und die paar Pfeile, die sie vor der gierigen See gerettet hatten. Sie spannten die Bogen, legten die gefiederten Schäfte an und blickten fragend zu Wulfher. Jeder kauerte hinter einem zum Teil in die Erde gebetteten Felsblock und hielt den Bogen seitwärts. Mit zuversichtlichem Grinsen murmelte Wulfher, daß er sich zeigen und sie so auf die Stellung ihrer flinken Läufer hinweisen würde. Ivarr hatte einen Pfeil des Feindes aufgehoben; Wulfher warf seinen Guthrum zu.

»Wulfher!«

Es war Cormacs Stimme. Wulfher blickte den Gälen fragend an, der sich hinter einem zerbröckelnden Haufen, der einst aus Lehm bestanden hatte, verbarg.

»Knud!« sagte Cormac nun, und als sowohl er als auch der riesenhafte Führer ihn anblickten: »Beim nächsten Pfeilbeschuß werden Guthrum und Ivarr ihnen zeigen, was sie können. Und Knud – du und ich, wir sind die Flinkesten. Sollen wir tun, als wären Dämonen uns auf den Fersen, und geradewegs zur Tür dieser Festung laufen? Du zur linken Säule?«

Knud grinste. »Ja.« Er zog die Schnüre seines halbhohen Stiefels fester.

Alle waren bereit. Wulfher stand auf. Seine Beine blieben hinter dem Felsblock geschützt. Er schwenkte die mächtige Axt, daß die Sonne sich auf ihrer silbrigen Schneide spiegelte und sie zu flammen schien.

»HO-O-OH!« brüllte der Schädelspalter, und seine Stimme hallte von den Schluchtwänden wider. »Wir haben gesehen, wie eure KINDER Pfeile schießen – aber gibt es auch MÄNNER unter euch?«

Noch ehe er das letzte Wort geschrien hatte, prallte ein Pfeil von seinem Helm ab. Weitere brausten herbei, und er wehrte einen mit seinem Schild ab, daß der kleine Todesschaft knickte.

Alle sahen nun, daß es mehr als ein Stockwerk in dieser uralten Burg gab und die sirrenden Pfeile von zwei hohen Fenstern kamen. Ivarr und Guthrum stellten sich nun wie Wulfher auf, und die Sehnen sangen, als sie Pfeile genau in diese Fenster schossen.

Wie Läufer bei einem der Wettkämpfe des großen Jahresfests von Eirrin sausten Cormac MacArt und Knud der Behende zur Burg. Knud rannte in gerader Linie und verließ sich auf seine gerühmte Schnelligkeit; Cormac schlug kleine Haken, denn ganz so behende wie der langbeinige Däne zu seiner Linken war er nicht.

Mutig oder unüberlegt zeigte ein Verteidiger sich am Fenster, um auf den Dänen zu zielen und mit schneller Bewegung der Hand zum Gürtel und zurück zum Bogen einen zweiten Pfeil auf den Läufer abzuschießen. Cormac spürte, wie der Pfeil seinen Gürtel traf, oder vielmehr das Kettenhemd dort. Er schnaubte kurz, ohne im Laufen innezuhalten. Die Burg kam näher, während Wulfher sich keine Pause in seinem Gebrüll gönnte – und von vorn schrillte ein Schmerzensschrei.

Cormac grinste wölfisch. Ein Pfeil Guthrums oder Ivarrs hatte die Frechheit des Verteidigers mit stählerner Spitze erwidert.

Cormac MacArt erreichte die Burg. Obwohl er sich bemühte, seinen rasenden Sturmschritt zu bremsen, schmetterte er mit einer Schulter gegen die Säule. Trotz ihres unvorstellbaren Alters war sie erstaunlich weiß und hart wie Eisen. Dem Gälen entfuhr nur ein unwillkürliches Ächzen, während sein Blick den Augen Knuds über ein paar Fuß Entfernung begegnete. Natürlich war Knud vor ihm dagewesen und keineswegs außer Atem. Nun sahen die zwei, daß die Tür mindestens so breit wie eine Mannshöhe war. Und sie stand offen. Die Tür, massiv und eisenbeschlagen, hing an einem festen Angelriemen. Sie war sichtlich mit vielen Axthieben gewaltsam geöffnet worden.

Die Verteidiger im Innern gehörten also nicht hierher, sondern waren ebenso wie er und seine Kameraden durch Zufall darauf gestoßen und hatten sich Einlaß verschafft.

»Sie haben die Tür zum Willkommen offengelassen.« Knud hatte sein Schwert gezückt.

»Schild und Schwert bereit und hinein! Du links«, brummte Cormac.

Auf den Zehenspitzen und geduckt, um jederzeit herumwirbeln, rennen oder sich hinwerfen zu können, traten die beiden ein.

Eine kahle Wand aus behauenem Stein blickte ihnen

entgegen. Zu beiden Seiten führte eine steinerne Treppe zu einem Absatz empor, bog ab und verschwand hinter einer Wand. Hier lassen Eindringlinge sich auf die richtige Weise begrüßen, dachte Cormac. Stünde ich auf dieser Treppe und andere drängten ein, könnte ich allein die Treppe einen Tag und eine Nacht halten, und die Toten würden sich auf den Stufen häufen.

Die zwei Männer wechselten einen Blick. Mit einem Nicken ging jeder zu einer Treppe. Cormac stieg vorsichtig Stufe um Stufe mit gezücktem Schwert hoch und hielt sich an die innere Wand. Der Linkshänder Knud, der flink wie ein Reh war, stieg die andere Treppe auf gleiche Weise hoch.

Auf dem Absatz machte Cormac sich bereit, atmete tief, dann raste er über den Absatz zur gegenüberliegenden Ecke. Kaum angekommen, richtete er den Blick aufwärts, und sein Schild schützte ihn in der geduckten Haltung vom Schlüsselbein bis zu den Oberschenkeln. Er hatte Erfahrung mit Schützen und wußte, daß sie selten auf das schwierigere Ziel schossen, wie Kopf und Hals es boten, sondern auf Rumpf oder Schenkel. Ein am Bein Getroffener schied gewöhnlich aus dem Kampf aus.

Aber er starrte eine leere Treppe hoch. Doch Knud hatte leider nicht so überlegt gehandelt wie er.

Cormac hörte seinen Schrei, konnte jedoch den anderen Absatz nicht sehen, bald aber den Dänen, der polternd die Stufen herunterrollte. Aus seinem Bauch ragte ein Pfeil. Mit dem Gesicht nach unten blieb er am Fuß der Treppe liegen, und seine Rüstung beulte sich am Rücken aus, als das Gewicht seines nun schlaffen Körpers den Pfeil durch ihn hindurch trieb.

Lautlos eilte Cormac MacArt das zweite schmale Treppenstück hoch. Er rannte geradeaus, an einem Korridor rechts vorbei. Ein Mann lag leblos, mit einem Pfeil durch den Hals, in einem sonnenhellen Streifen auf dem Boden. Ivarr oder Guthrum hatten sehr gut geschossen, obgleich von dem Mann nicht mehr als Kopf und Schultern zu sehen gewesen waren.

Ein anderer Schütze, der am gleichen Fenster gekauert hatte, wirbelte bereits herum, und ein Pfeil schnellte von der Sehne.

Cormac riß den linken Arm hoch und verließ sich darauf, daß sein Schild ihn schützte. Das Klicken einer Eisenspitze auf eisenverstärktem Holz belohnte ihn. Und schon schwang sein rechter Arm hoch. Verschwommen sah er unter einer kleinen Stahlkappe weit aufgerissene Augen, die kurz darauf erloschen, als seine Klinge den Kopf getroffen hatte.

Cormac nahm sich nicht einmal Zeit für ein grimmiges Lächeln über die Begeisterungsrufe seiner Kameraden unten.

»KOMMMMMT!« brüllte er, und schon schmetterte er die Schulter gegen eine Wand. Staubige Fetzen eines äonenalten Teppichs, der den düsteren Basalthallen einst freundliche Schönheit verliehen hatte, hingen hier herunter. Aus den Augenwinkeln hatte Cormac gesehen, wie ein anderer Gegner am hinteren Ende des Korridors am Kopfende der Treppe auftauchte.

Er trug einen Flügelhelm und hielt einen Bogen mit angelegtem Pfeil. Die Sehne sirrte, und der Pfeil brauste so schnell herbei, daß Cormacs Augen ihn kaum sahen. Doch er hatte den Schild erhoben, der den Pfeil ablenkte, so daß er gegen die Wand links von ihm prallte.

Und schon hatte der Feind einen zweiten Pfeil bereit.

Nur ein Schwachkopf griff einen Schützen aus dieser Entfernung an. Wäre er ein bißchen näher gewesen, hätte nur ein Schwachkopf von Bogenschützen versucht, einen Angriff mit einem Pfeil abzuwehren. In dieser Lage war der Gegner im Vorteil. Aus reiner Verzweiflung bediente Cormac sich einer Verteidigung, die gleichzeitig Angriff war.

Mit aller Kraft schleuderte er sein Schwert auf den Bogenschützen.

Gleichzeitig sprang er nach links zum offenen Fenster. Doch selbst jetzt achtete er darauf, seinen Schild zwischen sich und den Feind zu halten.

Das war unnötig. In seinem Versuch, unter dem herbeifliegenden Schwert wegzutauchen, schoß der Gegner den Pfeil viel zu hoch. Es gelang ihm nicht ganz, dem Schwert auszuweichen, aber es verletzte ihn auch nicht. Doch in den wenigen Sekunden, die er benötigte, um sich von diesem lächerlichen Angriff zu erholen, legte sein Gegner den größten Teil des Abstands zwischen ihnen zurück.

Cormacs Schild schmetterte gegen Brust und Gesicht des andern, und der Dolch des Gälen stieß mit aller Wucht des Ansturms unter die Rippen des Feindes, daß die Rüstung zersprang. Bis zum Griff drang der Dolch in die stählernen Schuppen ein.

Mit einer heftigen Drehung des Handgelenks riß Cormac die Klinge heraus und schwang den Schild hoch, fort von der Hand, die sich daran klammern wollte.

Mit zerschmetterter Nase und blutquellender Stichwunde torkelte der Mann im Flügelhelm erst einen Schritt, dann einen zweiten zurück. Als sein Fuß das drittemal aufsetzen wollte, stieß er durch leere Luft und hinunter auf die oberste Stufe.

Der Mann, den Cormac als Norweger erkannte, polterte klirrend und krachend die steinerne Treppe hinab.

»Was ist denn das?« grollte eine mächtige Stimme. »Schickt Cormac uns da ein Willkommensgeschenk?« Dann erfolgte ein berstendes Krachen. Das war, wie der Gäle erkannte, Wulfhers Axt. Und so würden sie nie wissen, wer von ihnen Knuds Mörder getötet hatte.

Wulfher bog um die Ecke des Absatzes, dicht gefolgt von Hakon und Ivarr, und hinter sich hörte Cormac andere seiner dänischen Kameraden, die dieselbe Treppe wie er hochgekommen waren. Mehrere Herzschläge lang standen alle in stummem Staunen auf dem uralten Korridor.

Eine gewaltige Burg von der Größe einer römischen Arena und der Höhe einer mächtigen Eiche, die groß genug für die höchsten Rituale der Druiden gewesen wäre – und darin nur drei Mann, um sie zu verteidigen?

So war es tatsächlich, denn in der kurzen Zeit, die die Sonne brauchte, um zweifingerbreit über den Himmel zu wandern, hatten die acht Männer sich vergewissert, daß sich außer ihnen keine Menschenseele in der Burg befand. Wohl aber etwas anderes ...

»Das ist der Schlupfwinkel und die Schatzkammer von Seeräubern«, murmelte Cormac, als sie mit begierlichen Blicken auf ihren Fund starrten. »Sie sind unterwegs. Wie wir stießen sie durch Zufall auf diese Burg. Sie machten sie zu ihrem Stützpunkt und ließen drei ihrer Leute als Wachen hier. Nur vorsichtshalber, denn ohne den heimtückischen Sturm wären wir ja nicht hierhergekommen.«

»Und jetzt sind sie wieder zum Plündern unterwegs«, murmelte Wulfher.

Sie schauten sich in dem großen Raum um, in dem Ballen feinster Stoffe lagen und Haufen von Kleidungsstücken und Waffen und Gold und Edelsteinen, die im Dämmerlicht schimmerten. Und sie nickten.

»Beute«, brummte Wulfher und trat an dem Gälen vorbei. Sein Wort war Warnung und Versicherung, daß er nicht vorhatte, etwas für sich zu nehmen.

Der bärtige Riese hob eine Kette aus milchigen Perlen hoch, jede von der Größe einer überdurchschnittlichen Erbse. Er zählte dreißig, die so aufgereiht waren. Er schwenkte sie kopfschüttelnd.

»Von weit, weit her kommen diese Dinger, bei Odin. Ein Schiff könnte man dafür kaufen und Waffen, und zwei Mädchen für einen Monat obendrein.«

»Such mir die Mädchen!« rief Ivarr.

»Such mir das Schiff«, sagte Cormac düster, und das Lachen verstummte.

So hatte nun auch Knud sein Leben gelassen, und drei Männer aus Norwegen. Und sie konnten nicht auf die gebührende Weise in die Welt grimmiger Finsternis oder ewigen Frohsinns geschickt werden. Doch immerhin wurden ihre starren Leiber in den Sonnenschein geschleppt und jeder wurde in prächtige Gewänder aus der reichen Beute gehüllt. Mit feinen Stoffen, die zweifellos für Umhänge und Gewänder für Könige und ihren Hofstaat gedacht gewesen waren, wischten sie das Blut auf. Wulfher war unerbittlich: kein Schmaus, keine Ergötzung, ehe nicht den Toten die letzte Ehre erwiesen war. Und so trugen sie die vier, in purpurne und rote Umhänge gehüllt, durch das Tal und die schmale Kluft, die sie gekommen waren, weit zum Strand hinab. Auf dem Rückweg verwischten sie, trotz ihrer Eile, ihre Spuren.

So kehrten die acht in die erstaunliche Burg einer längst vergessenen Zeit zurück, denn sie hatten dort auch andere Beute gefunden: Nahrungsmittel und Ale, ja sogar eine geringe Menge Wein. Und den riesigen Saal, der Hunderten Platz bot.

In ihm aßen und tranken sie, und ihre Stimmen hallten von den Wänden wider. Immer wieder mahnten Wulfher und Cormac, nicht zuviel Ale und Wein zu trinken, da jene, die diese Burg vor ihnen entdeckt hatten, jederzeit zurückkehren mochten. Und ganz sicher würden es mehr als acht Mann sein.

Da schlug das Grauen zu. Kaum hatte Snorri Bösblick vom Ale gekostet, röchelte er, seine schielenden Augen quollen hervor, und er stürzte von der Bank. Er war tot, ehe er auf dem Boden aufschlug.

Männer, die unendliche Male dem Tod ins Auge gesehen und ihn selbst ausgeteilt hatten, starrten ihn und einander an, und es lief ihnen kalt über den Rücken.

»Zauberei!« wisperte Halbdan, denn er neigte mehr dazu, an sie zu glauben, als seine Kameraden.

»An Zauberei und die Macht der Druiden habe ich in all dieser Zeit geglaubt«, erklärte Cormac MacArt ruhig, »doch ich weiß nicht, ob dies ein Beweis für sie ist.«

Hoffnungsvoll blickten die anderen ihn an. Dann sprach Wulfher:

»Dann nenn es den Unwillen der Götter, und einen verzögerten Tod, wie meine Augen ihn schon öfter gesehen haben. In seinem Innern trug der arme alte Bösblick Verletzungen davon, als das Meer ihn an den Strand schmetterte. Doch er wußte es nicht und spürte es nicht – bis jetzt, als er zu trinken versuchte. Jedermann weiß, daß innere Verletzungen äußerlich keine Spuren hinterlassen – und doch später solche Folgen haben.« Er blickte hinunter auf den toten Kameraden.

»Ja«, bestätigte einer erleichtert, und eine rotbehaarte Hand langte nach der Kanne Bier.

»Möglich«, brummte Cormac. »Aber ich werde diesen starken Trunk nicht kosten.«

Weit aufgerissene Augen richteten sich auf ihn, und seine Worte trugen mehr dazu bei, sie vor einem Rausch zu bewahren, als Wulfhers Mahnungen, obgleich Cormac genauso sicher war wie der riesenhafte Däne, daß innere Verletzungen Snorris Tod auf diese Weise herbeigeführt hatten.

Guthrum schritt zu dem mächtigen alten Thron aus Ebenholz, der alles überblickend auf seinem Podest stand, und nahm einen Ballen silberdurchzogenen Purpurstoff vom Fuße des Throns. Ivarr hatte ihn aus Übermut dorthin gelegt: als Gabe für den unsichtbaren König dieses Landes. Mit dem Stoff bedeckte Guthrum nun den toten Kameraden und wickelte ihn um ihn.

Sie waren einundzwanzig gewesen, dann neun, dann acht, und nun waren sie nur noch sieben. Langsam machten sie sich wieder daran, ihre Bäuche zu füllen, doch mit weniger Frohsinn und gedämpfterer Unterhaltung. Cormac wäre gern ganz oben in der herrlichen Kuppel gewesen, von der ein Zyklopenauge von der Größe seines Schildes herabschaute – denn er wußte, wie lächerlich sie hier, in ihrer geringen Zahl, aussehen mußten.

In diese Kuppel hätte das Haus mitsamt Grundstück ringsum des Königs Gol von Dalriada an der Küste von Alba gepaßt, in dessen Dienst Cormac das Schwert geführt hatte, bis der König ihn, den Gälen, betrog, denn Könige müssen auf ihre Töchter achten.

Hohe Doppelreihen von Säulen stützten diese Kuppel, und jede einzelne hatte den dreifachen Umfang von Cormacs Körper oder den zweifachen von Wulfhers. Zwei Mannslängen trennten eine Säule von der andern, und in jeder Reihe standen fünfundzwanzig. Die Wände dahinter waren mit Schnörkelmuster und stilisierten Abbildungen des Meeres mit Schiffen darauf verziert, sowohl farbige Darstellungen wie Reliefs.

Außerdem erzählten die Wände eine Geschichte in Bildern, die mit feinem Werkzeug eingeprägt waren. Cormac schritt hinüber, um sie zu lesen.

Männer waren in großen Schiffen gekommen, in denen Platz für drei oder vier von der Art der *Wolfsegel* gewesen wäre. Große, kräftige Männer waren es, mit bronzefarbener Haut und prächtiger Gewandung und Rüstung von fremdartigem Aussehen.

Über das Meer sind wir gekommen, dachte Cormac und schauderte. Hierher, wo wir die Väter und Urväter des Schlangenvolks trafen, das die Welt an der Oberfläche und unter der Erde beherrschte, ehe Kull Borna die Krone Valusiens entrang. Und es war Krieg, ich kämpfte und kämpfte und wurde schwer verwundet ...

Diese Wandbilder zeigten die mächtigen Schlangen in gewaltiger und sicherlich übertriebener Größe – doch Cormac MacArt wußte, ohne zu wissen wie, daß diese Wand die Geschehnisse ohne Verschwörung darstellte.

Die Menschensöhne begegneten jenen im Kampf, die ihnen vorhergegangen und nicht gewillt waren, die Welt aufzugeben, über die sie so lange geherrscht hatten. Es kam zu einem großen Krieg, und die goldenhäutigen Menschen von Atlantis gingen als Sieger daraus hervor.

Dann errichteten wir diese gewaltige Burg als Menschheitsdenkmal, mit geraden, breiten Korridoren, damit sie keine Ähnlichkeit haben mochten mit den Winkeln und Wegen der Schlangen.

Cormac blinzelte, riß den Kopf herum, schaute hoch und um sich. Wir? Ich muß den Verstand verlieren! Welche Schwarze Magie schickt mir diese Erinnerungen, die keine sein können, denn ein ganzes Tausend Lebensspannen trennen mich von Atlantis!

Aber – war ich hier? War ich hier in jeder dieser Lebzeiten, immer Krieger, immer tötend, so daß ich immer und immer wiederkehren muß und ...

Er schüttelte den Kopf heftig und mehr als einmal. Und dann war er nur noch Cormac, Sohn Arts von Connacht in Eirrin, und nichts bedrängte seinen Kopf, außer der Gegenwart und seinen eigenen Erinnerungen an sein noch kurzes Leben – doch diese Erinnerungen waren schlimm genug.

Er studierte die Wand und biß sich auf die Unterlippe, um sicherzugehen, daß er sich nicht wieder in einer Traumwelt verlief, die er nicht zu erklären vermochte und deshalb verstandesmäßig ablehnte.

Wenn er sich nicht täuschte, waren die hier gezeigten Inseln, die die Alten erforschten, Britannien, daneben Eirrin, schmal im Norden, und darüber Alba, das die Römer Kaledonien nannten. Fremdartige Tiere waren dort herumgestreift, wie Cormac sah, auch Schlangen. Er lächelte ein wenig, denn ohne Zweifel zeigte dieses riesige Gemälde, weshalb das grüne Eirrin frei von Schlangen war und es dort nur Kröten und unbedeutende kleine Echsenarten gab: Die Seefahrer und Burgenbauer hatten die Schlangen dort bis zur letzten vernichtet.

Und ich war dabei ...

Nein!

Ein neues Gefühl bemächtigte sich seiner, und es war ihm nicht angenehmer als dieses *Erinnern,* das gewiß falsch war. Wie von Zauberkraft gezogen, streckte sein Finger sich aus und berührte einen gewissen Punkt der Insel, die er für Eirrin hielt. Connacht, das westliche Zuhause der Shannonquelle. Das grüne Connacht mit seiner langen, zerklüfteten Bergkette, die aus der Ferne blau wirkte, mit seinen Mooren und Ebenen, den Hängen und Flachmooren. Connacht in Eirrin, dort war Arts Sohn geboren und aufgewachsen, bis ...

Cormac drehte sich weg von der Wand und der Geschichte, die sie erzählte.

Er war nicht mehr interessiert an diesem Bericht alten Ruhmes, aber auch nicht am Essen oder der Gesellschaft seiner dänischen Kameraden. Wenn die Wand jenseits des Thrones zeigte, was geschehen war mit diesen alten Seefahrern und Erbauern vor so vielen, vielen Jahrhunderten, wollte er es nicht wissen. Gleichgültig, was sie niedergezeichnet und hier erbaut hatten, es waren Verbannte gewesen. Und ein Verbannter war auch Cormac MacArt, und das wurde ihm nur allzusehr bewußt, hier in diesem gewaltigen Kuppelsaal, den gewiß seine Vorfahren vor tausend oder zehntausend Jahren erbaut hatten. Was spielte es schon für eine Rolle, wie lange es her war?

Eirrin!

Feldfrüchte und Nüsse bis zu den Knien bei jeder behlgesegneten Ernte, dachte er hilflos mit schmerzenden Augen. Und Bäume, deren Äste sich unter ihrer Last beugten, und Bueis und Boyne voll Lachse und Forellen, und Behl, die Sonne, die strahlend und voll Gunst auf ihr Land lächelte.

Vor seinem inneren Auge sah er das Gesicht seines

Vaters. Und dann erneut, doch verändert, so wie Cormac es im Tod erstarrt gesehen hatte. Der Sohn Eirrins knirschte mit den Zähnen, denn kein natürlicher Tod war seinem Vater beschieden gewesen, und sein Sohn mit dem so gefährlichen Namen und seinen vierzehn Wintern und dreizehn Sommern knapp am Rand des Mannestums ...

Cormac schluckte. Sein Blick fiel auf seine Kameraden. Wulfher starrte ihn an.

»Ist es wieder über dich gekommen, alter Freund?«

Cormac starrte zurück.

»Das *Erinnern?*«

Des Gälen Gesicht war ausdruckslos. »Wir sind hier verwundbar wie Seehunde in der Brunst«, entgegnete er rauh. »Ich bin dafür, daß ich die Felswand erklimme – die westliche sah aus, als böte sie Halt für Hände und Zehen – und seewärts Wache halte. Einen Bogen und zwei Pfeile nehme ich mit, falls ich euch warnen muß.«

»Cormac ...«

Doch mit düsterem Blick und Schultern, die irgendwie weniger breit und zuversichtlich als sonst wirkten, verließ der Gäle den Saal ohne ein weiteres Wort, ja nicht einmal einen Blick warf er zurück.

»Ein Zauber drückt auf diesen Mann«, brummte Wulfher und seufzte tief. »Manche glauben, daß wir schon in früheren Leben auf dieser Welt gewandelt sind, wir alle. Cormac weiß es.«

»Ja.« Ivarr nickte. »Weißt du, wovon er träumt, wenn er sich so entfernt und doch bei uns ist?«

»Von einem Gestern, das er nicht kennen kann.«

»Und ...«

»Eirrin.«

»Wir werden eines Tages sein Schwert und seine Kameradschaft verlieren.« Hakon starrte angestrengt geradeaus, während er sprach, denn das Denken fiel ihm nicht leicht.

»Ja, und seinen Rat, diesen listigen, berechnenden Kriegerverstand.«

»Und nicht Schwert, Pfeil oder Speer werden uns Cormac MacArt nehmen.«

Wieder nickte Wulfher, und erneut murmelte er dieses einzelne Wort: »Eirrin.«

3. WIKINGER!

Noch nie,
nie, seit ich das Licht der Sonn' erblickt,
erschaut' ich einen Kämpfer deinesgleichen.
Nie in meinem Leben, o Cormac!

von Ceann Ruadh, dem »Bardenkönig«

Während Cormac MacArt emporklomm, ging die Sonne allmählich unter. Der Gäle kletterte im Dämmerlicht mit größter Vorsicht, die Stiefel hatte er sich an den Gürtel gebunden. Das letzte Stück der natürlichen Mauer aus dunklem Gestein legte er im Zwielicht zurück.

Oben, auf einer langen und fast flachen Hochebene, beobachtete er den Sonnenuntergang. Die orangefarbene Halbscheibe kauerte am hinteren Ende des Meeres. Rote Lichtfinger griffen über das Wasser, daß es wie blutig aussah, als versuche die Sonne verzweifelt, sich mit brechenden Fingernägeln festzuklammern. Da es ihr nicht gelang, glitt sie über den Rand der Welt, die daraufhin in Dunkelheit versank. Die Millionen Augen des Nachthimmels wurden sichtbar, und heller als alle schickte der Mond sein kaltes Licht aus.

Cormac setzte sich. Er befand sich nun hoch über dem versteckten Tal, höher noch als der höchste Turm jener Burg, die eigentlich nicht hier sein sollte. Während er seine Stiefel zuschnürte, dachte der Sohn Arts von Connacht an Eirrin, an Connacht, wo er geboren war, an Leinster, wo er als Krieger gedient hatte, und an Dalriada in Alba, wo er ebenfalls im Kriegsdienst gestanden hatte, vor den Jahren, da er angefangen hatte, an diesen Küsten zu plündern. »Riever« war das Wort seines Volkes für Räuber, vor allem Seeräuber; das römische Wort »Scoti« bedeutete dasselbe, und ehe die Römer von ihrem britischen Schwertland abzogen, hatten sie begonnen, Alba »Scotland« zu nennen, genau wie Kaledonien.

Ein Seeräuber war er immer noch, mit Wulfher und der dänischen Mannschaft. Oder war es zumindest bis zu diesem unglückseligen Tag gewesen.

Arts Sohn von Connacht war ein Verbannter von Dalriada; ein Verbannter von Connacht und Leinster. Er war ein Verbannter von Alba – und seinem eigenen Eirrin.

Der Name, den sein Vater ihm gab, hatte einen Hochkönig, der unsicher auf seinem Thron saß, noch unsicherer gemacht und seine Furcht verstärkt, er könne gestürzt werden. Durch die Machenschaften dieses Hochkönigs hatte Cormac sich in jugendlicher Torheit verleiten lassen und gegen einen Mann gekämpft, von dem er nicht wußte, daß er im Sold des Königs stand, und ihn getötet – und das während des Großen Festes.

Dieser junge Cormac hatte des Königs Frieden beim Fest gebrochen, und die Strafe dafür war der Tod. Er hatte nicht gewartet, bis er ihn fand.

Seit zwölf Jahren hatte er nicht mehr Fuß auf heimatlichen Boden gesetzt, allerdings behauptete er, es seien schon mehr. Cormac überlegte mehr und war weniger tollkühn als der etwas ältere Wulfher. Cormac täuschte jedoch vor, älter zu sein, aus Rücksicht auf seinen Freund und Waffenbruder. Er, der der Nachkomme von Königen war, hatte den Weitblick und die Weisheit von Königen – doch keine Achtung vor ihnen, denn zwei gekrönte Häupter hatten ihn schmählich verraten. Er fragte sich, während er grübelnd Wache hielt, ob die Monarchen früherer Zeit anders gewesen waren.

Nahezu dreihundert Jahre war es her, da hatte ein Thronräuber Art den Einsamen, König über die Könige von Eirrin, ermordet. Doch der Meuchler erfreute sich nicht lange des Thrones des *Ard-righs,* des Hochkönigs, in Tara von Meath. Denn der Sohn Art des Einsamen tötete den Meuchler und erhob Anspruch auf seines Vaters Thron. Er war es gewesen, der dem Volk die Sicherheit des Friedens gab, ebenso die Seefahrergesetze und das Buch der Rechte. Er veranlaßte auch, daß prächtige Bauten in Tara errichtet und der hohen Krone neue Würde verliehen wurden.

»Er war der größte König, den Eirrin je kannte«, hatte Cormacs Vater dem Jungen erzählt. »In Macht und Beredsamkeit, in Kraft und herrschaftlicher Pracht gab es keinen, der sich mit ihm je hätte messen können, weder vor, noch nach seinen Tagen. Während seiner Regierungszeit mußte niemand die Tür verriegeln, auch brauchten die Herden nicht bewacht zu werden, und niemand in Eirrin mußte hungern oder frieren. Dieser weise und gerechte König machte ganz Eirrin zum blühenden Land. Sein Großvater war Conn von den Hundert Schlachten gewesen; sein Vater Art; und er war König Cormac. Cormac, wie du, mein Sohn, denn ich habe dir den größten Namen unserer Geschichte gegeben: Cormac MacArt. Und auch du bist von Connacht.«

Er hatte dem mit leuchtenden Augen lauschenden Jungen erzählt, wie dieser andere Cormac sein Amt im hohen Alter aufgab und nach ihm andere Hochkönige herrschten. Es kam Niall von den Neun Geiseln, der gegen die Pikten in Alba und die Römer in Britannien gekämpft hatte, ja sogar gegen die Franken in Gallien. Etwas hatte Niall allerdings falsch gemacht: Er hatte von Britannien einen Sklaven nach Eirrin mitgebracht, der Jahrzehnte später mit einem neuen Namen und einer anderen Tätigkeit zurückkehrte – nicht mehr als der Schäfer, der er oben in Antrim gewesen war.

»Patricius« nannte der Oberpriester von Rom ihn, und »Padraigh« die Gälen seines Adoptivlands. Er war es, der den neuen Glauben predigte – den Cormac verachtete, da er Männern nicht würdig war, und schon gar nicht in Eirrin geborenen Männern. Dieser gleiche »Patrick« war es, der die große Statue aus Gold und Silber des alten obersten Gottes der Kelten stürzte, die vor so langer Zeit nach Eirrin gekommen waren: Crom Cruachs auf der Ebene Magh Slecht, nahe Ballymagauran.

Cormac stand auf, streckte sich auf den Basaltklippen der namenlosen Insel und wandte den Blick nordwestwärts in die Dunkelheit. Denn dort lag Eirrin. Und er dachte über seine Abstammung nach.

Schwierigkeiten hatte König Niall mit Leinster – wie alle Hochkönige – wegen des Boru-Tributs, der die Leinstermänner in Wut brachte und ihnen aufs Gemüt schlug. Eochaid, Sohn Ennas, des Königs von Leinster, tötete deshalb Niall vor sechsundachtzig Jahren, und das aus dem Hinterhalt mit einem Pfeil.

Viele Söhne hinterließ Niall, die sich in alle Winde verstreuten, um Reiche zu gründen, während seines Bruders Sohn die Erbfolge zufiel. Auch er starb über dem Wasser westlich von Britannien im Land der Franken. Und sein Sohn Ailill wurde Hochkönig, nicht einer von Nialls Söhnen, und sie fanden keine Ruhe.

Die Zeit kam, da die Nachkömmlinge Nialls, des *ua-Neill,* ihn herausforderten. Mit Leinsters König begegneten sie Ailill in der Schlacht von Ocha, und Ailill wurde gestürzt. Er war der zweite Hochkönig Eirrins aus Connacht – und nun war Connachts Macht gebrochen.

»Vielleicht war er der letzte Sohn Connachts auf dem Thron auf dem Berg Tara, der den Vorsitz über die Versammlung der Könige im *Feis-mor* führen wird«, hatte Cormacs Vater gesagt, ohne den Blick von seinem wakkeren Sohn zu nehmen, der so gut mit Waffen umzugehen vermochte – und mit seinem Verstand. »Aber – vielleicht auch nicht.«

Cormac hatte selbst damals gewußt, was er meinte. Es war sein Traum.

Verbannt und so viele Jahre später traumlos auf dieser namenlosen Insel gestrandet, zeigte dieser Sohn dem gleichmütigen Mond ein spöttisches Lächeln. Er wandte dem Nordwesten wieder den Rücken zu und setzte sich auf einen glatten, leicht runden Stein. Stumpf starrte er übers Meer, das nun den Mondschein widerspiegelte, als wäre es eine Ebene aus Messing.

Cormac kämpfte gegen seinen ruhelosen Geist, der hartnäckig in die Vergangenheit zurückkehrte.

Nach Ailill herrschte Nialls Sohn Laegair, und er war es, der auf dem Thron gesessen hatte, als Padraigh mit seiner teuflischen Mission zurückkehrte. Nachdem der seltsame »Bischof« mit seinem speerspitzen Stab erst Laegairs Gemahlin und seinen obersten Ratgeber bekehrt hatte, an seinen selbstsüchtigen *Iosa Chriost* – der keinerlei andere Götter duldete – zu glauben, erteilte Laegair Padraigh die Erlaubnis, überall auf der Smaragdinsel zu predigen. Unvorstellbarerweise breitete die neue Religion sich aus und vertrieb den alten Glauben der Kelten. Die Macht der Bischöfe wuchs, die der Druiden wurde immer geringer. Doch nicht im Haus Arts von Connacht und nicht im Herzen seines Sohnes.

Art von Connacht, dachte Cormac und stellte sich verbittert und gleichzeitig belustigt vor, wie Geschichtsschreiber und Poeten es wohl niederschreiben würden:

»Und zur Zeit, da Laegairs Sohn Lugaid als Ard-righ auf dem Thron saß, schenkte sein Weib Art MacComal, einem Angehörigen der Bärensippe des machtlosen na Morna-Clans in Connacht und Blutsverwandter des *ua-Neill,* einen Sohn. Und er nannte ihn nach dem großen König vergangener Zeit: Cormac MacArt.«

Dieser selbe Cormac MacArt schnaubte.

»König Cormac«, murmelte er, und sein narbiges Gesicht wirkte keinesfalls freundlich im perlschimmernden Mondlicht. »Gute Nacht, ihr meine Untertanen«, murmelte er. Er legte sich auf den Rücken und schlief ein, er, der gestrandete Verbannte.

Cormac erwachte am frühen Morgen und schaute sich um. Er nahm seine Wache wieder auf und seine Überlegungen – doch nicht lange.

Bald nach Sonnenaufgang näherte sich das Schiff. Auf dem Bauch liegend, beobachtete er, wie es zur Insel kam. Als das gestreifte Segel hinter den zerklüfteten

Überhängen der Klippen außer Sicht verschwand, erhob er sich. Ohne auf seinen knurrenden Magen zu achten, rannte Cormac über die Hochebene, bis er einen guten Aussichtspunkt fand, von dem aus er unbemerkt beobachten konnte.

Von den hohen Klippen aus sah er, wie die Mannschaft das Schiff auf den Strand zog. Bärtige, rothaarige Männer waren es, in Helmen mit Flügeln, einige aber auch mit Hörnern, Männer aus Norwegen – Wikinger! Obgleich aus dem Nordland wie die Dänen, waren dies keine Freunde seiner Kameraden.

Er sah zu, wie sie ihre Ladung den Strand hochschleppten: mit der Klinge eroberte Beute in Säcken und zwei Truhen, aber auch zwei Gefangene. Die tiefliegenden Augen des Beobachters verengten sich, als er diese beiden betrachtete.

Beide trugen langärmelige weiße Kittel, die schmutzig und arg mitgenommen waren, sowie Lederbeinkleider und weiche Lederstiefel: Reitkleidung und keineswegs bäuerlich. Es waren ein Mann und eine Frau, beide schlank, offenbar jung, und beide mit leuchtend rotem Haar.

Weitere Beute, dachte Cormac, denn gewiß bringen sie viel Lösegeld ein.

Unter den Norwegern befand sich auch ein Mann, der schmal wie Röhricht im Moor war, einen langen silbrigen Bart und einen Umhang hatte. Ein nordischer Druide, dunkelgewandet und hochgewachsen, mit Haar, das über die Schultern fiel, während der Bart bis zur Brust reichte. Cormac sah, daß dieser hagere alte Mann hochgeehrt wurde. Er fragte sich, über welche Kräfte er wohl verfügte, denn wer behauptete, daß Druiden nicht mehr Kräfte hatten als andere Männer, konnte nur ein Narr sein.

Die Norweger kamen den Strand hoch. Da sie keine andere Wahl hatten, stapften die Gefangenen mit, ohne Widerstand zu leisten.

Cormac wartete nur so lange, bis er sich vergewissert hatte, was er bereits vermutete: Diese Männer wußten, wohin sie wollten. Sie also waren es, die die uralte Burg hier auf der Insel vor ihm und den Dänen entdeckt und die Wachen zurückgelassen hatten, die nun tot waren. Die Wikinger mit ihrem Druiden, ihrer Beute und ihren Gefangenen waren auf dem Weg zu dieser Burg.

Mit zusammengekniffenen Augen warf der Gäle einen verlangenden Blick auf das Drachenschiff.

Dann kroch er soweit rückwärts, bis er sicher sein durfte, daß er auch aufrechtgehend nicht mehr gesehen werden konnte, dann erhob er sich und raste über die Hochebene. Sein Weg war eine gerade Linie, im Gegensatz zu den zahlreichen Biegungen der Kluft.

Sein Pfeil, den er durch ein Burgfenster schoß, brachte seine Kameraden alsbald herbei. Als sie mit gezückten Schwertern und hochblickend ins Freie traten, bedeutete er ihnen, sich zu verstecken. Wulfher nickte und winkte zurück. Die sechs Dänen verbargen sich.

Cormac wartete.

Als die norwegischen Wikinger schließlich erschienen, zählte er sie, während sie aus der Schlucht ins Tal kamen. Die Seeräuber aus den Nordlanden zählten einundzwanzig. Sie betraten die Burg. Cormac wartete auf ihre Bestürzung über das Verschwinden ihrer Kameraden. Doch keine laute Aufregung setzte ein, niemand rief nach den Vermißten, keiner schaute aus der Tür, um sich nach ihnen umzusehen. Was er dagegen hörte, waren die Laute, wie glückliche Männer sie machen, wenn sie beginnen, Ale durch die Kehle rinnen zu lassen, um den Magen zu kühlen und den Kopf zu wärmen.

So etwas erlebte er nicht das erste Mal, vor allem, wenn kein starker Führer vorhanden war. Müde und begeistert über ihre Rückkehr von einer erfolgreichen Plünderfahrt hatten selbst wirklich gute Kämpfer schon alles vergessen in ihrem Eifer, Hunger und Durst zu stillen.

Cormac wartete lange, dann winkte er Wulfher und den anderen zu, das Tal zu überqueren. Das taten sie, indem sie jegliche Deckung nutzten. Bald trafen alle sich in der dunklen Kluft zur Besprechung.

Wulfher Hausakliufr war dafür, die Wikinger sofort anzugreifen, doch wie immer hörte er auf Cormacs mit ruhiger Stimme vorgebrachten Vorschlag.

»Sie werden jetzt ihre Beute verteilen und feiern. Sollen diese mit sich zufriedenen Männer doch ihren Durst mit all dem Ale stillen, das wir – verschmähten.« Cormacs Lippen verzogen sich zu einem schwachen Lächeln. »Um so leichtere Gegner werden sie dadurch sein.«

Sie erwähnten die Gefangenen mit keinem Wort, um die die Norweger sich offenbar so sorgten. Kein vernünftiger Mann würde versuchen, eine Frau vor dem Geschick zu retten, das sich jene, in deren Hand sie war, für sie ausgedacht hatten; und trotz seines impulsiven Wesens war Wulfher Schädelspalter ein durchaus vernünftiger Mann.

Nüchterne Sachlichkeit behielt auch hier die Oberhand. Die Dänen, die sowohl zu essen als auch zu trinken mitgenommen hatten, würden sich einstweilen in eine Seitenkluft der Schlucht zurückziehen, die sie im Vorüberkommen bemerkt hatten, und Cormac wollte sich mit größer Vorsicht am Strand umsehen, um festzustellen, wie viele Wachen bei dem kleinen Wikingerschiff mit dem gestreiften Segel geblieben waren.

»Ein feines Schiff für uns«, stellte Wulfher grinsend fest.

»Daran besteht kein Zweifel«, bestätigte der Gäle. »Wir werden jedoch nichts vor Einbruch der Dunkelheit unternehmen – einverstanden?«

»Eine lange Wartezeit!«

Cormac ignorierte den nörglerischen Ton und brummte lediglich: »Ja.«

Wulfher blickte ihn an und nickte schließlich. Cormac

nickte zurück und nahm wieder den Weg über die Hochebene.

Hinter einem spitzturmgleichen Felsblock, den Wind und Wetter hier als einzigen hatten stehen lassen, bezog er Stellung. Seinen Helm nahm der Gäle ab, um seine schwarze Mähne zu kühlen, und seinen Schwertgürtel, damit sein mögliches Klicken ihn nicht verraten konnte. Hin und wieder blickte er kurz übers Meer, um die Augen von der anstrengenden Beobachtung des Wikingerschiffes und der Wachen in ihrer Schuppenrüstung und den wild aussehenden gehörnten oder geflügelten Helmen zu entspannen.

Endlich konnte er sicher sein: Es waren vier Mann. Ruhelos waren sie und gewiß nicht glücklich darüber, daß sie hatten zurückbleiben müssen, während die anderen sich in der kühlen Burg ausruhen und an Bier und Wein ergötzen konnten – und vielleicht auch an den Gefangenen.

Cormac hatte den Bogen zu Wulfher und den anderen hinuntergeworfen; Guthrum und Ivarr konnten besser mit dieser weitreichenden Waffe umgehen, während keiner Cormac mit Schwert und Schild und Dolch ebenbürtig war. Für ihn war der Kampf auch etwas Persönliches, deshalb mochte er den Bogen nicht, genausowenig wie die großen Belagerungsmaschinen, die Stein, Speer oder Feuer schleuderten. Cormac fand – und hatte aus seiner Meinung auch nie einen Hehl gemacht –, daß die Welt ein schlimmer Ort wäre und die Menschen erniedrigt würden, wenn es je dazu käme, daß Kriege unpersönlich aus der Ferne geführt würden. Denn dann hinge wahrhaftig alles von den Alten ab, die selbst nicht zum Kämpfen fähig waren und irgendwo in hoher Stellung bequem herumsaßen und Befehle erteilten und andere die blutige Arbeit für sich tun ließen.

Er wartete und beobachtete weiterhin die Männer am Strand.

Wenn es dunkel ist, beschloß Cormac MacArt, werde ich mich der vier dort unten annehmen.

Er wartete.

Es war nicht das erste Mal, daß er wartete, und es störte ihn nicht. Er konnte den Möwen zuschauen und den Wolken, wie sie ihre Form veränderten, und den sanften Wellen, und dem vereinzelten flüchtigen Auftauchen eines Meeresbewohners. Und natürlich den Wikingern dort unten. Doch ihnen galt seine Aufmerksamkeit am wenigsten. Er wollte die Männer lieber nicht näher kennenlernen, die er bald gezwungen sein würde zu töten.

Die Sonne wanderte langsam über den Himmel.

Cormac wartete.

Schließlich ging die Sonne unter, und Cormac wechselte die Stellung, als der Schatten weiterzog. Er hatte eine Stelle entdeckt, wo er absteigen konnte, ohne daß die Männer auf dem Schiff ihn sahen.

Er wartete und dachte über das Geheimnis der gewaltigen Burg nach, die vor so langer Zeit hier errichtet worden war. Und plötzlich fielen ihm die Worte eines sterbenden Priesters des neuen Gottes drüben in Britannien ein.

»Der Schlangenmann«, hatte er gekeucht, »der letzte jener Rasse, die vor dem Erwachen der Menschheit über die Erde herrschte. Mit dem Schwert tötete König Kull von Atlantis im verzweifelten Kampf die letzten seiner Brüder, doch der Schwarze Druide selbst überlebte und nahm Menschengestalt an, um das satanische Wissen längst vergangener Zeit weiterzugeben.«

Vielleicht hatte Kull von Valusien nicht alle diese Schlangenmenschen in Atlantis selbst töten können, dachte Cormac, als er sich an die Wandbilder erinnerte, die er gestern erst studiert hatte. Sein Herz pochte laut, und er versuchte Burg und Wand und Bilder und Kull und das *»Erinnern«* zu verdrängen.

»Dieser Tempel«, hatte der alte Priester vor seinem

Tod gekrächzt, »ist das letzte Bollwerk ihrer verfluchten Zivilisation über dem Erdboden – und darunter bemüht sich der letzte Shoggoth, der Oberfläche dieser Welt nahezubleiben. Die Ziegenkreaturen streifen nur noch des Nachts über die Hügel, denn sie fürchten die Menschen jetzt. Die Alten und die Shoggoths verbergen sich tief im Innern der Erde ...«

Cormac MacArt hoffte, daß der Mann recht hatte. Er und Wulfher hatten an jenem Tag Scheusale von ungeheurer Wildheit getötet, und er legte keinen Wert darauf, die Klinge gegen weitere Ungeheuer einsetzen zu müssen. Unwillkürlich runzelte er die Stirn, als er an den Palast im Tal dachte.

Aber nein; sechs Männer hatten die vergangene Nacht in der Burg verbracht, und zweifellos hatten andere viele Male dort übernachtet. Die Norweger wären sicher nicht zurückgekehrt, wenn sie Schlangenmenschen oder Schlimmeres hier gesehen hätten!

Aber, erinnerte er sich, sie haben ja ihren Druiden bei sich!

Wie am vergangenen Nachmittag vergoß die sterbende Sonne ihr Blut über das westliche Meer, vom Horizont bis zur Küste, und Cormac machte sich zum Abstieg bereit.

Da traten vier Wikinger aus der zur Burg führenden Kluft und stapften über den Strand. Cormac erstarrte.

Zwei der vier waren etwas wacklig auf den Beinen, und die Ursache davon war deutlich an einem ledernen Trinkbeutel zu erkennen, den sie bei sich trugen. Begeistert wurden sie von den vieren auf dem Schiff begrüßt – und zwar, wie Cormac sah, weil diese vier Neuankömmlinge ihre Ablösung waren. Die letzteren blieben, die anderen setzten sich Richtung Burg in Bewegung, wo Essen und Trinken ihrer harrte, und ihr Schritt war keineswegs zaudernd.

Mit wölfischem Grinsen setzte Cormac den Helm auf und schnallte sich den Schwertgürtel wieder um. Über den Rand der Hochebene stieg er die von Lawinen geschaffene Geröllhalde hinunter. Steine lösten sich unter seinen Füßen, doch die vier auf dem Strand waren so laut, daß sie es nicht hörten. Sie hatten kein Feuer angezündet, wie ihm auffiel.

Nein, natürlich nicht, sie möchten ja nicht, daß andere diese Zuflucht finden!

Im Finstern schritt er über den Sand auf sie zu.

Er war vielleicht noch eine Schiffslänge von ihnen entfernt, als einer erschrocken aufschrie. Mit dem blanken Schwert in der Hand stürmte Cormac los.

Mit voller Absicht rannte er stumm auf sie zu, denn er wußte, daß gerade das die lautmäuligen Männer aus dem Norden weit mehr erschrecken würde als der schrillste Schlachtruf.

Drei hatten ihre Schwerter gezückt und die Schilde erhoben, der vierte war beim Aufstehen ausgerutscht und im Dunkeln gestürzt. An ihm rannte Cormac vorbei, denn stets griff er erst den Stärksten an, um nicht von ihm angegriffen zu werden, während er Zeit und Kraft an einen schwächeren Gegner vergeudete. Der Stärkste machte gewöhnlich auf sich aufmerksam – und tat es auch jetzt.

»Es ist nur ein Mensch!« brüllte ein stämmiger Nordmann in Flügelhelm. Er kam Cormac geduckt entgegen, Schwert und Schild bereit.

Cormac hielt in seinem Sturm nicht inne.

Er schlug mit dem Schild gegen des Gegners Schwert, statt es mit der Klinge zu parieren. Gleichzeitig schwang Cormac sein Schwert in Wadenhöhe. Das war eine Taktik, auf die der Wikinger nicht vorbereitet war.

Während das Schwert des Norwegers Funken auf dem Schild des Angreifers schlug, schnitt die mit großer Kraft geschwungene Klinge des Gälen unterhalb des Knies fast ganz durch das Bein des Gegners. Der Mann stürzte mit einem schrecklichen Schrei. Schon schwang Cormac die blutige Klinge heftig zurück, um sich gegen das Schwert zu wehren, das aus einer anderen Richtung auf ihn zusauste, und trennte das Handgelenk des Mannes ab. Wie von selbst schien das Schild des Gälen vorzuspringen, und es schlug den aufheulenden Norweger zurück.

Der dritte aus dem eisigen Land Norwegen versuchte sein Glück von hinten und war sich seines mit den beiden anderen beschäftigten Opfers sicher.

Doch Cormac war nicht mehr beschäftigt.

Noch während er herumwirbelte, wehrte sein Schild ein weiteres Schwert in einem wahren Funkenregen ab. Gleichzeitig stieß er den Fuß unter dem Schildrand des anderen hoch und schmetterte seinen Schild gegen ihn.

Der gellende Schrei des Mannes zerriß einem fast das Trommelfell. Schrei und Schmerz endeten für den Mann, als Cormacs Klinge durch seinen Hals schnitt. Ohne anzuhalten, hieb er die Klinge hinab auf den Mann, der ihm den Dolch ins Bein stoßen wollte – es war der Norweger, dessen Bein er fast abgetrennt hatte. Bestimmt besser, als an Blutverlust zu sterben, dachte Cormac, während er schnell den Fuß unter das Kinn des nächsten Wikingers stieß, der sich erheben wollte – der Mann, dem die rechte Hand fehlte. Brennender Schmerz in seinen Zehen ließ Cormac zusammenzukken. Ein unangenehmes Bersten war zu hören, und der Mann, der sich fast aufgerichtet hatte, stürzte tödlich getroffen seitwärts.

Von vieren lebte noch einer.

Der vierte, den die wirbelwindartige Heftigkeit des Angriffs ernüchtert hatte, kam mit Axt und Schild herbeigestürmt.

Die Axt kreiste mit einem Zischen durch die Luft und sauste herab.

Cormac hatte nicht vor, sich seinen Schild zerschlagen zu lassen, indem er die herabbrausende Klinge abwehrte, die handbreit war und so lang wie sein Kopf. Statt dessen tauchte er daran vorbei. Die Axt war zu schwer, als daß der Mann ihren Hieb hätte ändern können. Cormac schlug dem Norweger das Schwert tief in die Seite, ehe der Mann sein Gleichgewicht wiederfand. Der Verwundete sank zu Boden, ließ die Axt los und drückte eine Hand auf seine Seite.

»Das ist Wulfhers erwählte Waffe, und er ist kräftig genug, sie zu schwingen«, murmelte MacArt. »Du hättest lieber ein Schwert nehmen sollen«, sagte er zu dem Wikinger, der sich auf dem Sand wand.

»O ... Bei Odin ... *töte mich!*«

Cormac war kein Barbar, daß es ihm Spaß gemacht hätte, einen Mann langsam und unter grauenvollen Schmerzen sterben zu lassen. Auch war in diesem kurzen Kampf nicht die Berserkerwut über ihn gekommen. So tat er dem Wikinger den Gefallen.

Dann drehte Cormac sich um und rannte zu seinen Kameraden zurück.

4. CUTHA ATHELDANE – ZAUBERER

Des Druiden Altar und des Druiden Glauben
lassen sich nur schwer ergründen,
denn nicht eine unbestrittene Tat ist von ihrer
ganzen Rasse mehr zu finden.

Aus *Die Kelten* von D'Arcy McGee

Nachdem er MacArt brummig seine Meinung gesagt hatte, weil er ihm das Vergnügen vorenthalten hatte, sich an dem Kampf zu beteiligen, war Wulfher dafür – wie nicht anders erwartet –, das Schiff sogleich zu übernehmen und loszusegeln.

»In der Burg ist eine Menge Beute, Mann«, erinnerte Cormac ihn. »Und die Gefangenen sind an Lösegeld vielleicht noch weit mehr wert. Gefangene läßt man gewöhnlich nur am Leben, um ein Spielchen mit ihnen zu treiben, oder weil sie viel einbringen können – und ich möchte dich erinnern, daß auch der *Mann* am Leben gehalten wurde.«

Die Folgerung war klar, und Wulfher seufzte. Dann nickte er: Die beiden rothaarigen Gefangenen der Norweger waren für irgend jemanden, irgendwo von großem Wert ... und dadurch gewiß auch für ihn und seine Männer. Also befürwortete der Riese jetzt einen Angriff auf die Wikinger in der Burg.

Wieder befolgte er Cormacs Rat. Doch nicht ohne Brummeln stapften sie alle zum Strand zurück. Dort schoben sie das Schiff ins seichte Wasser und ruderten es vorsichtig durch die sanfte Brandung. Weit abseits und außer Sicht des vorherigen Landeplatzes zogen sie das Schiff wieder an den Strand.

Immer noch brummelnd, kehrten sie zu der Kluft zurück und gingen wieder in Richtung Burg. Cormac machte ihnen Vorhaltungen. Es waren zu viele Norweger, sie selbst dagegen nur wenige, und sie könnten alle ein bißchen Schlaf brauchen. Vielleicht ließen die Burschen sich morgen durch einen Trick trennen.

Diesmal setzte er sich jedoch nicht durch! Alle waren dafür, sofort anzugreifen. Jetzt hätten die Norweger sich die Bäuche vollgeschlagen und Bier gesoffen und seien deshalb schwerfälliger, beharrten sie. Der Gäle gab notgedrungen nach und riet zumindest zu größter Vorsicht und einem lautlosen Überfall.

»Alle, die wir finden, müssen schnell und geräuschlos zum Schweigen gebracht werden«, sagte Cormac, als die sieben sich im schwachen Mondlicht der Burg näherten.

»Und für immer!« Obwohl er meinte zu flüstern, war Wulfhers Stimme gewiß noch in zehn Meter Entfernung zu hören.

»Wer da?« erklang auch sogleich ein Anruf aus den Schatten neben dem breiten Portal. »Rane? Olaf?«

»Psst!« zischte Cormac seinen Begleitern zu. Dann stöhnte er laut und legte eine Hand auf den Rücken, während er sich scheinbar mühsam weiterschleppte.

Der Mann am Portal murmelte. Eine zweite Stimme antwortete. Cormac zog die Brauen zusammen. Kommt aus diesen dreimal verdammten Schatten hervor, fluchte er stumm, damit ich sehen kann, wie viele ihr seid.

Als wären die ungesprochenen Worte ein Befehl, der befolgt werden mußte, traten zwei unbehelmte, aber mit Speeren bewaffnete Männer hinter der linken Säule hervor und näherten sich Cormac zögernd. »Olaf? Skel? Was ist geschehen? Bist du verletzt?«

»Bei Odin, die zwei gehören nicht dir allein, du selbstsüchtiger Sohn eines selbstsüchtigen gälischen Schweinezüchters!« Die verärgerten Worte entfuhren Wulfhers Lippen ausnahmsweise einmal nicht gebrüllt. Er stieß Cormac mit den Ellbogen zur Seite und stürmte an ihm vorbei.

Stahl blitzte im Mondschein. Die beiden Wachen

starben kurz nacheinander, ohne daß Wulfher auch bloß einen Kratzer davongetragen hätte oder außer Atem gekommen wäre. Er grinste den Gälen triumphierend an.

»Du hättest sie natürlich beide selbst töten wollen, du selbstsüchtiger Berserker!«

»Ich hätte sie jedenfalls leiser niedergestreckt«, versicherte Cormac ihm trocken. Dann drückte er den Finger auf die Lippen und bedeutete dem Riesen still zu sein.

Schweigend warteten sie. Doch niemand eilte auf die flüchtigen Kampfgeräusche hin aus der Burg. Dafür drangen aus dem Innern laute, fröhliche Stimmen heraus. Ohne sich des Todes bewußt zu sein, der bereits sechs ihrer Kameraden geholt hatte und nun auf sie zukam, lachten die Wikinger und scherzten und sangen und feierten ihre letzte erfolgreiche Plünderfahrt.

»Das Ale ist gut – aber wohin ist der Zauberer Cutha Atheldane mit diesem Schätzchen aus Eirrin verschwunden? Nicht von Ale allein lebt der Mann und vergnügt sich mit nichts anderem!« erklang eine nörglerische norwegische Stimme.

»Der Druide sagte, er brauche sie, um etwas herauszufinden«, antwortete ein anderer Wikinger. »Er ist oben mit ihr. Vergnüg dich doch mit ihrem hübschen Bruder.«

Schallendes Gelächter erklang. Cormac und Wulfher wechselten grimmige Blicke.

»Sie sind alle in der großen Halle«, brummte der Riese mit dem Namen Schädelspalter. Ihre Kameraden hatten sich nun um ihn und Cormac geschart und lauschten den Geräuschen aus der Burg.

»Ja«, sagte Cormac hart, »alle außer dem Druiden – ihn werde ich mir vornehmen!«

Wulfher schnaubte: »Hinter dem *Mädchen* bist du her, Wolf, gib es zu.«

Cormac hatte den Beinamen *an Cliuin,* der Wolf, in seiner Zeit als Seeräuber bekommen, noch ehe er sich mit Wulfher zusammengetan hatte. Nun blickte er den Freund herausfordernd an, doch der Däne grinste.

Wulfher drehte sich zu den anderen um. »Es sind jetzt neunzehn gegen uns sechs. Und in Sekunden werden es bloß noch dreizehn sein, wenn wir unsere Sache richtig machen. Habt ihr Angst vor dieser Übermacht?«

»Ihr solltet Angst haben«, versuchte Cormac es ein letztes Mal, doch die grimmigen Männer beteuerten, daß sie keine hatten.

»Gut«, brummte Wulfher. »Du, Halbdan, wirst als erster den Gefangenen aus seinen Banden befreien, falls er gebunden ist. Vielleicht versteht er, mit dem Schwert umzugehen, dann wären wir sieben. Cormac geht nach oben und übernimmt die leichtere Arbeit, wo er nur einen alten Mann gegen sich hat.«

Wieder warf Cormac dem Freund einen herausfordernden Blick zu. Das war alles, und erneut blitzten Wulfhers Zähne in einem breiten Grinsen.

Gemeinsam schlichen sie zur finsteren Burg. Der Gäle stupste zwei Männer, und sie folgten ihm zur linken Treppe, während Wulfher und die anderen die hintere nahmen. Die beiden kleinen Trupps sahen sich bald durch den langen Korridor, ohne auf irgendwelche Wachen gestoßen zu sein. Das Grölen der Trinker wurde lauter.

Cormac MacArt wußte, daß Wulfher recht hatte. Die übriggebliebenen neunzehn Norweger vergnügten sich in der riesigen Kuppelhalle. Zweifellos hatten sie es sich bequem gemacht, sich die Bäuche mit Essen vollgestopft und gossen jetzt Ale in sich hinein. Ein Überraschungsangriff würde zweifellos Wulfhers Worte bestätigen, und es würde gleich nach dem ersten Sturm sechs Feinde weniger geben. Für Cormac gab es nur die leichte Arbeit: dem alten Druiden die Gefangene zu nehmen.

Ich werde schon zu ihnen zurückgekehrt sein, dachte er, ehe Schwert und Axt mit den Norwegern fertig sind.

»Gebt mir ein winziges bißchen Zeit«, murmelte er und rannte den Korridor entlang, der von der Treppe wegführte.

Sein Ziel war leicht zu erkennen: Sieben uralte Türen waren geschlossen oder verrottet, und dahinter war nichts als Dunkelheit zu erkennen; doch aus einer, etwa auf halber Höhe des Ganges, fiel Licht heraus. Darauf eilte Cormac auf lautlosen Sohlen zu.

Da hörte er die alte, trocken raspelnde Stimme:

»Dann, meine teure Lady Samaire, würdet Ihr unter den Norwegern eine Krone tragen, und es ginge Euch viel besser als im Haus Eures mörderischen Bruders.«

Samaire, dachte Cormac. Eine Tochter Eirrins, mit demselben Namen wie seine – Freundin* vor vielen Jahren. Er bietet ihr die Hochzeit mit einem Wikinger an – einen von jenen unten im Saal, oder steckt Tücke im Herzen dieses Cutha Atheldanes? Er vernahm die Erwiderung der Gefangenen:

»Und mein Bruder?«

»Er wird am Leben bleiben«, versicherte ihr der Druide. Da trat Cormac an die Tür.

Der Raum war teilweise wieder hergerichtet und wirkte warm und gemütlich mit den gestohlenen Vorhängen. In einer Wandhalterung an der Holztäfelung brannte eine Fackel. Auf dem Tisch standen die Reste eines guten Mahles und zwei Bierkrüge, und neben dem Tisch ein Stuhl. Darauf saß die Gefangene, deren Haar jetzt lose über die Schultern wallte und von so goldenem Rot war, daß es fast orangefarben wirkte. Sie trug noch das schmutzige weiße Gewand, das ein Hemd sein mochte, da es Ärmel hatte, und das Lederbeinkleid mit den kurzen Stiefeln.

Über sie gebeugt stand der große gertenschlanke

---

* Siehe *Nebel des Untergangs* von Andrew J. Offutt, Heyne Band 4422

Druide, dessen Bart, wie Cormac jetzt sah, sechs Schattierungen Grau und Weiß aufwies und der ein wallendes dunkelrotes Gewand aus kostbarem Stoff trug.

Vier Augen starrten den Mann an, der da überraschend und mit blankem Schwert vor ihnen stand.

»Samaire!«

Das so vertraute Gesicht, das jetzt älter war, doch noch schöner anzusehen als damals, da sie noch ein ganz junges Mädchen und er ein ebenso junger Soldat in den Diensten ihres Vaters war, verwirrte Cormac MacArt.

Der Druide nutzte diese Verwirrung sogleich. Er fing den Blick des Kriegers und hielt ihn, während die Arme in den weiten Ärmeln ganz langsam gestikulierten. Die Lippen des Greises zwischen Schnurrbart und Bart waren nicht zu sehen, doch sie bewegten sich, als er murmelte ...

Da er wußte, daß eine Magie in Vorbereitung war, verzog Cormac das Gesicht und wollte gerade das Schwert für einen raschen Stich schwingen – da stand ihm sein alter Freund und Waffenbruder, Wulfher Hausakliufr von den Dänen, gegenüber!

Er sah das vertraute Grinsen, das immer eine Spur spöttisch war, und Cormac spürte, wie sein Arm schwer wurde. Die Spitze seines Schwertes senkte sich ...

Der warnende Schrei der jungen Frau löste die hypnotischen Nebel der Druidenmacht von den Augen Cormac MacArts. Blinzelnd erkannte er, daß der scheinbare Wulfher in Wirklichkeit der hochgewachsene dürre Norweger war und daß er jetzt einen blitzenden Dolch in der Hand hielt. Und schon stieß er damit zu. Cormac warf sich verzweifelt aus dem Weg der herabsausenden Klinge. Wie eine zuschlagende Kobra zischte sie vorbei. Wütend über den vereitelten Stich knurrte der Zauberer.

Sein Opfer hatte keine Zeit gehabt, sich die Richtung für seinen Seitwärtssprung auszusuchen. Cormac prallte gegen den Tisch und warf ihn dabei um. Krachend schlugen Cormacs Schild auf einer und sein Schwert auf der anderen Seite auf. Seine Füße rutschten unter ihm weg, und die Wucht, mit der sein Gesäß auf dem Boden landete, löste in seinem Gehirn einen Schock aus. Schwärze schwamm vor seinen Augen. Trotzdem gewannen seine Reflexe die Oberhand, und er rollte hastig herum, um einem Todesstoß zu entgehen.

Doch es kam keiner. Entweder wollte Cutha Atheldane es nicht mehr versuchen, oder er wagte es nicht. Eine lange, knochige Hand riß die Fackel aus der Wandhalterung, eine andere legte sich um das Handgelenk des Mädchens. Er mußte über erstaunliche Kraft verfügen, denn Samaires Gesicht verzog sich vor Schmerzen.

Mit dem Stiefel schlug der Zauberer gegen die Vertäfelung – und eine schmale Tür schwang auf zu einem dunklen Gang.

Uralter Modergestank drang in das Gemach und stieg Cormac in die Nase. Er lag noch auf dem Boden, als Cutha Atheldane mit seiner Gefangenen hinter der Wand verschwand – und die schmale Tür aus dickem Holz sich zu schließen begann.

5. CUTHA ATHELDANES KRÄFTE

Die Bochanach und die Bachanach
Und die Hexen aus den tiefen Tälern
Kreischten unter den Schilden
Und heulten unter den Schwertern.

»Cormac der Gäle«, Ceann Ruadh

Cutha Atheldane und seine Gefangene verschwanden in einem dunklen Gang und nahmen das einzige Licht mit, und die schmale Tür begann sich hinter ihnen zu schließen. Cormac MacArt hörte Schreie und Waffenklirren, als seine Kameraden die Wikinger in der großen Halle der alten Burg angriffen.

Doch darauf achtete er jetzt nicht. Ihn beschäftigte, was jenseits der Wand lag. Verzweifelt und mit aller Kraft stieß er mit beiden Beinen zu. Seine Füße schlugen gegen den umgekippten Tisch und katapultierten ihn zu der kleinen Wandöffnung. Der Tisch knarrte, und ein Bein brach, aber er verkeilte sich in der Öffnung. Dadurch konnte die Tür sich nicht völlig schließen.

Auf die Füße gelangt, sprang Cormac zur Wand. Er hatte seine Sache so gut gemacht, daß er jetzt das Schwert zur Seite legen mußte, um den Tisch aus der Öffnung zu befreien. Auf dem Gang lehnte er das Schwert an die Wand und klemmte den Tisch wieder in die Tür. Dann machte er sich mit Schild und Schwert an die Verfolgung des Druiden der Norweger.

Der Gang war dunkel, schmal und staubig. Wieso es so finster war, obgleich er doch eigentlich einen Schimmer der Fackel des anderen sehen müßte, wurde Cormac schnell klar – als er mit einem Krachen von Schild und Schwert gegen die Wand prallte. Funken tanzten in der Dunkelheit, aber er wußte, daß sie unter den Lidern waren.

Er streckte beide Arme seitwärts aus. Der mit dem

Schwert schlug gegen Stein, der Schild ins Leere. Diese Leere hatte einen Boden, und Cormac folgte ihm nach links.

Drei Schritte führten ihn zu einer weiteren Wand. Er fluchte heftig, als er nach rechts abbog.

Ein freudloses Grinsen zuckte in seinen Mundwinkeln, als er das Flackern der Fackel sah, das bereits um eine neue Biegung dieses verschlungenen Ganges verschwand. Er eilte ihm nach. Er hielt das Schwert vor sich ausgestreckt, um zu ertasten, wann er erneut abbiegen mußte, was nach drei Schritten bereits wieder der Fall war.

Wären diese Wände nicht so glatt, dachte der Gäle wütend, könnte man glauben, dieser gewundene Gang sei von einem ausgehöhlt worden, der sowohl blind wie betrunken war und den eine übermäßige Schlange geführt hat!

Aber er wußte es besser. Natürlich war dieser Geheimgang ein alter Fluchtweg, und die Biegungen dazu gedacht, die Verfolger zu verwirren und dafür zu sorgen, daß sie nur langsam voran kamen. Und Cormac kam tatsächlich nur langsam voran, doch verwirren ließ er sich nicht. Dann veränderte der staubige Boden sich unter seinen Füßen, und er wäre fast gestürzt.

Der Gang führte nun abwärts. Statt einer Treppe war es fast etwas wie eine Rutsche. Mit aufgestelltem Schild und Schwert, stieg Cormac hinunter.

Und weiter hinunter.

Seine Füße wirbelten dicken Staub auf, so daß er prustete wie ein Spürhund, um die Nase freizukriegen. Er war sicher, daß er sich inzwischen bereits unter der Höhe des Burgportals befand, das in gleicher Höhe wie die Talsohle war. Ein Weg zum Meer? Wahrscheinlich. Er bemühte sich, vorsichtig schneller voranzukommen, aber Laufen ließ die Dunkelheit nicht zu.

Immer tiefer gelangte er. Ab und zu beschrieb der abschüssige Gang eine Biegung, aber immer wieder konnte er in weiter Ferne schwach den Fackelschein sehen. Mit seinem Licht war Cutha Atheldane besser dran als er, denn es würde ihm mögliche Falltüren oder dergleichen zeigen, die es in diesem staubigen Boden geben mochte. Cormac dagegen mußte sich im Dunkeln vorsichtig vorwärts tasten.

Bis zum Rist reichte der Staub auf dieser Rampe, die außer dem Druiden mit seiner Gefangenen und jetzt ihm gewiß seit unzähligen Jahrhunderten niemand mehr betreten hatte. Mit ausgestrecktem Schild, um ihm eine ungeahnte Wand anzuzeigen, das Schwert dicht an der Hüfte, um es sofort zum Stich vorwärtszustoßen, falls er in einen Hinterhalt geriet, stieg Cormac immer tiefer.

Hin und wieder kam ein ebenes Stück, dann führte der Gang wieder schräg abwärts. Alles war still, nur seine eigenen Schritte hörte er, wenn er den Staub berührte, der älter schien als die Zeit.

Samaire!

Ihr Götter Eirrins, seit zwölf Jahren hatte er sie nicht mehr gesehen, und das waren lange Jahre des blutigen Exils gewesen! Eine vergangene Zeit stahl sich in sein Gedächtnis ...

Der junge Cormac war ein sehr großer, kräftiger Junge gewesen. Das und sein Name erregten Aufmerksamkeit. Zu viel Aufmerksamkeit: Der Hochkönig Lugaid war ein ängstlicher Mann, und seine Krone saß unsicher auf seinem Haupt. So kam es, daß Cormacs Vater hinterrücks ermordet wurde, und nicht einmal die Blutfehde hielt den jungen Cormac in seiner Heimat Connacht.

Überdurchschnittlich groß für sein Alter, im Kampf gut ausgebildet, aber auch im Lesen und Schreiben durch den alten Druiden Sualtim, verschwand Cormac aus Connacht.

Niemand kannte sein wahres Alter, als er sich unter dem Namen Partha MacOthna von Ulahd in Leinster als

Soldat verdingte. Selbst dazu war er den Jahren nach zu jung, trotzdem erwies er sich als wackerer Kämpfer und als Mann, der sehr wohl seinen Verstand zu benutzen wußte. Bald fand er eine heimliche Freundin, die ihm zur Liebsten wurde: die Tochter des Königs von Leinster, die ein Jahr jünger als Cormac war. Hätte Seine Majestät von Cormacs/Parthas Freizeitbetätigung gewußt, wäre der Junge schnell einen Kopf kürzer geworden.

Der Tag kam, da der junge Krieger Leinster ehrenvoll im Kampf – wie üblich mit dem Schwert – gegen die Männer aus Tara vertrat, die den verhaßten Boru-Tribut eintreiben sollten. Der alternde Hochkönig in Tara erfuhr alsbald, daß der Held ein Partha MacOthna war, ein so großer Krieger, daß einige ihn gar mit dem legendären Helden früherer Zeit, Cuchulain, verglichen. Und dann erfuhr der Hochkönig den wahren Namen dieses Parthas. Mit seinem Gold machte er dieser Ära in Cormacs Leben beim Großen Fest ein Ende, als jener mit voller Absicht herausgefordert wurde und ihm kein Ausweg blieb, als zu töten. Danach gab es nur die Flucht oder den Tod für ihn.

So floh Cormac MacArt aus Eirrin.

Samaire von Leinster hatte geweint und beteuert, daß sie ihn liebte ...

Samaire!

Welch seltsamer Einfall der launischen Götter des alten Eirrins hatte sie nach so vielen Jahren wieder in sein Leben geschickt, und das als Gefangene von Wikingern und offenbar Mittelpunkt eines druidischen Komplotts, mit dem Cutha Atheldane etwas Bestimmtes zu erreichen hoffte, indem er sie mit einem Norweger verheiratete.

Sie hat mich nicht einmal erkannt, dachte Cormac und prallte gegen eine Wand, was eine weitere Biegung bedeutete.

Die Wand und sich selbst gleichermaßen verfluchend,

folgte Cormac der Biegung und nach den üblichen drei bis vier Schritten einer neuen.

Dann ließ eine Vision ihn mitten im Schritt innehalten, und er riß unwillkürlich den Mund auf.

Vor ihm stand eine wunderschöne Frau in königlicher Haltung. Ihre Zöpfe waren golden wie reifer Weizen, und purpursilberne Seide war in weichen Falten um Satinhaut so weiß wie Meeresgischt drapiert. Von den Schultern hing ein mit Goldfäden durchzogener Umhang aus grüner Seide, und Sandalen aus weißer Bronze schützten ihre Füße vor dem Staub des Bodens.

Cormac starrte sie an. Das Schwert in seiner Hand war vergessen.

»Friede und Glück für Euch, Krieger aus Eirrin.«

Ihre sanften Worte erregten ihn – teilweise. Obgleich sein Herz schneller schlug und das Blut in seinen Schläfen hämmerte, hielt er das Schwert nun wieder stoßbereit.

»Wie – seid Ihr hierhergekommen?«

Ihre freundliche Miene änderte sich nicht. »Ich schwöre bei den Göttern meines Volkes, o Krieger, daß sich nicht weit vor Euch Midir und sein Sohn befinden, der Mann, den Ihr sucht, nämlich Cutha Atheldane, und bei ihm dreimal fünfzig Männer, und daß Ihr nichts gegen sie ausrichten könnt. Wenige Schritte weiter, und Ihr werdet noch in dieser Nacht Euren Vater wiedersehen – in einer anderen Welt!«

Cormac atmete tief ein. »Wer seid Ihr, daß Ihr mir sagen könnt, was die Zukunft bringt?«

»Eine, die es gut mit Euch meint und nicht möchte, daß um einen so edlen Krieger Eirrins getrauert werden muß.«

»Schwört es – auf mein Schwert!«

Doch die majestätische Vision schüttelte den Kopf und lächelte. Sie streckte die schneeweißen Arme aus den Falten ihres Gewands. »Das werde ich nicht, aber ich bitte Euch, die Verfolgung zu unterlassen, schöner

Kämpfer, und zu einem weniger kriegerischen Zeitvertreib bei mir zu verweilen.«

»Zweierlei ist mir bekannt«, knirschte Cormac durch die Zähne. »Daß ich nicht schön bin, und daß von Druiden geschickte Dämonen kein Eisen ertragen! Ob Ihr nun eine Erscheinung der Sidhe seid, oder ein Dämon der Nordlande, oder vielleicht wieder dieser Cutha Atheldane in neuer Gestalt, eine von einer Frau geborene Frau seid Ihr nicht – und ich möchte die Farbe Eures Blutes sehen!«

Wie jene Reptilien, die er zum erstenmal in Britannien gesehen hatte, schnellte er vorwärts und stieß sein langes Schwert zwischen die Brüste der schönsten Frau, die ihm je begegnet war.

Doch die Farbe ihres Blutes sah er nicht, da sie im selben Augenblick verschwunden war. Und an der Stelle, wo sie gestanden hatte, lag der Staub unberührt.

Blinzelnd und den Kopf heftig schüttelnd, um wieder klar denken zu können und diese druidengeschickte Vision rasch zu vergessen, stapfte Cormac weiter. Den uralten Korridor schritt er auf lautlosen Sohlen dahin, den guten Stahl stoßbereit in der Hand und die Ohren gespitzt, damit ihm kein Laut des Verfolgten entgehen möge. Er kam um eine weitere Biegung, sich dicht an die äußere Wand haltend.

Drei gerüstete Männer versperrten ihm den Weg und starrten ihm mit grimmigen Blicken entgegen. Weiß hoben sich die Knöchel ihrer Hände ab, die blanken Stahl umklammerten.

Cormac blickte sie an, und sie starrten zurück. Dann hob er die Brauen, und er spürte, wie seine Haut prikkelte. Er kannte diese Männer, die ihm den Weg verwehren wollten, wo nur die Fußabdrücke Cutha Atheldanes und seiner Gefangenen im Staub sichtbar waren.

Der Große mit dem blonden Bart, den schielenden Augen und dem gehörnten Helm war Sigrel, ein Norweger. Er war es, der vor vielen Monden in Alba Dalriada den Sohn Arts erkannt und die Angreifer über ihn gebracht hatte. Der zweite war Arslaf Jarlstöter mit der gebrochenen Nase, ein Gefolgsmann von Thorwald Schildhauer aus Klein-Golara. Und der dritte, der Pikte ...

Ja, Cormac kannte alle drei. Sein Schwertstreich hatte Sigrels Kopf von den Schultern getrennt, und das vor einem Jahr. Und Arslaf hatte seine Schwertspitze vor einigen Monaten zu kosten bekommen, und er hatte ihn nach Walhall geschickt. Den Namen des gedrungenen dunklen Pikten wußte Cormac nicht, aber er erkannte ihn an dem römischen Gürtel. Er hatte ihn vor etwa zwei Jahren getragen, als Cormac ihm die Schwerthand abgeschlagen und den Dolch ins Herz gestoßen hatte. Sie sind – alle tot! Es sind Tote, die es noch einmal mit mir versuchen sollen!

Wieder prickelte Cormacs Haut, und die schwarzen Härchen an seinem Nacken stellten sich auf. Einen Augenblick waren seine Knie weich wie ungebackener Teig. Doch mit einem Kopfschütteln und Schulterzukken vertrieb er das Grauen. Schon schwang sein Schwert hoch.

»Ha, Sigrel! Lange ist's her, seit wir uns begegneten, Sohn einer streunenden Mutter! Wie kommt es, daß du dir den Kopf wieder auf die feigen Schultern gesetzt hast?«

Sigrel erwiderte die Herausforderung nicht mit Worten, sondern lachte hohl – und stürmte mit hochschwingendem Schwert auf den Gälen ein.

Statt diesen wilden Angriff abzuwarten, stürzte Cormac ihm entgegen. Er hielt sein Schwert ausgestreckt, statt es zu schwingen. Seine Spitze drang mit einem Scharren an der Gürtelschnalle vorbei in Sigrels Bauch. Gleichzeitig riß Cormac die Linke hoch. Die Kante seines Schildes traf mit durchdringendem Bersten das Handgelenk der herabsausenden Faust.

Mit gebrochener Hand und mehr als eine Handlänge Stahl im Bauch ward Sigrel zum Halt gebracht. Doch wieder stieß er dieses hohle Lachen hervor, das klang, als käme es aus der tiefsten Hölle seines Volkes.

Und so verhielt es sich auch, wie Cormac klar wurde, und er wußte nun, daß die Frau nur dazu gedient hatte, ihn wenigstens eine Weile aufzuhalten, das gleiche sollten diese drei tun. Sie waren alle längst tot, und was er sah, waren lediglich Trugbilder, von Cutha Atheldane, geschickt, um ihn zu erschrecken, und wenn das nicht gelang, zumindest die Verfolgung zu verzögern.

Cormac lachte. »Och! Hinweg mit euch! Zurück ins Reich ewiger Finsternis – ich habe Wichtigeres zu tun!« Er stürmte los und durch sie hindurch.

Er sah nicht, wie sie verschwanden, denn er warf keinen Blick zurück.

Staub wirbelte auf, und seine Schritte hallten von den unendlich alten Wänden wider, als er den düsteren Gang hinunterrannte. Woher das plötzliche Zwielicht kam, wußte er nicht, und er dachte auch nicht darüber nach. Er kannte Druidenkräfte, und er war kein höhnischer »zivilisierter« Römer, daß er über Übernatürliches die Nase rümpfte. Er wußte, daß es so etwas gab.

Wo war das mächtige Rom jetzt, außer in der Gewalt jener, die dem gotischen Plünderer Alarich folgten?

Er verlangsamte den Schritt, ja hielt sogar an, als er die riesige grüne Schlange sah. Aber sie jagte ihm keine Angst ein, obgleich ihre Größe ungeheuerlich war. Als sie ein Zischen hervorstieß, das sich wie das Feuerprasseln von grünem Holz anhörte, klaffte ihr Maul weit genug auf, daß sein Kopf hineingepaßt hätte. In beachtlicher Entfernung zuckte ihre Schwanzspitze.

»Beim Blut der Götter! *Noch eine!*«

Es ärgerte den Gälen, als er bemerkte, daß seine Handfläche schweißnaß war. Hastig nahm er das Schwert in die Schildhand und wischte sich die Rechte an seinem Beinkleid ab. Er erwiderte den Blick von Augen, die senkrechte Schlitze in flachsfarben schimmernden Pupillen waren.

»Ah, diesmal ist es also eine Schlange, so lang wie drei Cormacs und so dick wie sein Arm, eh?« rief er. Seine Stimme hörte sich gut an. Schweiß und Gänsehaut vergingen. »Nun, du Kreatur der Finsternis, aus Täuschung geboren ... heb dich hinweg. Dein Meister ist es, den ich will!«

Das Reptil schlängelte sich vor ihm und an seiner rechten Seite. Cormac schritt weiter und fing an, an dem riesigen Ungeheuer vorbeizulaufen.

So verlor er seinen eisenbeschlagenen Schild und fast auch noch den Arm, der ihn hielt.

Der Arm wurde ihm ausgerenkt, und ein Bluterguß breitete sich auf ihm aus. Mit der instinktiven Reaktion des Kämpfers machte er einen Satz nach oben, als die Schlange sich bewegte. Sie schnellte nach ihm, ein gewaltiger Streifen seegrüner Haut. Die peitschende, wirbelnde Schlinge, die sich um den Mann wickeln wollte, schmetterte gegen den ausgestreckten Schild – mit größerer Gewalt als eine kräftig geschwungene Axt.

Der Schild wurde arg verbogen und damit unbrauchbar, und Cormac gegen die Lehmwand geschleudert, die im Lauf der Jahrhunderte die Festigkeit von Stein angenommen hatte. Die Schildhalterungen hatten ihm tief in den Arm geschnitten, der nun heftig zitterte und Schmerzensbotschaften an das Gehirn sandte.

Noch eine weitere Botschaft registrierte das Gehirn: diesmal war der Gegner kein Trugbild!

Eine zweite Schlinge dieses sehr wirklichen Angreifers schnellte sich geschmeidig und mit unvorstellbarer Flinkheit auf ihn zu. Wieder riß Cormac seinen Schild hoch. Ein Ächzen entquoll dem Gälen, als ihm der schwere Schild entrissen wurde und die Lederriemen fast durch seinen Arm schnitten. Doch dann gab das Leder nach und barst. Klappernd fiel der Schild zu Boden.

Einen Augenblick später preßte eine Schlinge des muskulösen Schlangenkörpers Cormacs Schwertarm an seinen Leib und wickelte sich um Arm und Brust. Der Schlangenleib war so dick wie der Oberarm des Mannes und genauso muskelkräftig und obendrein bestens zum Festhalten geeignet: wie ein gewaltiges Tau aus geschmeidigem Stahl. Eine weitere Schlinge wickelte sich um sein rechtes Bein, als er damit zu treten versuchte, und schloß sich ganz eng darum.

Wie das Frauentrugbild gesagt hatte: Art von Connacht würde im Jenseits bald von seinem Sohn Cormac begleitet werden. In wenigen Herzschlägen vermutlich schon.

Zum Denken blieb keine Zeit. Es waren die Reflexe des erfahrenen Kriegers, die Cormacs Lunge voll Luft pumpten und seine Brust um viele Zentimeter weiteten; die mit aller Kraft seinen Arm fort vom Leib drängten – obgleich er sich nicht einen Zentimeter bewegte; die seine Linke zur Hüfte greifen ließen. Dort hing sein Dolch, den er einem toten Sachsen abgenommen hatte.

In wenigen Sekunden stieß der Verzweifelte diesen Dolch siebzehnmal in die Muskelsäule, die der Körper der Schlange war. Ihr Blut bespritzte ihn und fühlte sich kalt an auf seiner Haut. Seit der Zeit der Schlangenmenschen, die Kulls Herrschaft über Atlantis vorhergegangen waren und seinen Tod gesucht hatten, verabscheuten die warmblütigen neuen Herrscher der Erde Schlangen mit all ihrer Brut. Da waren die Menschen Eirrins, wo es überhaupt keine Schlangen gab, keine Ausnahme. Unwillkürlich erschauderte Cormac – eine rein atavistische Reaktion. Weiter stach er zu.

Doch die sich zusammenziehenden Schlingen zwangen seinen Arm fest an den Körper und trieben ihm die Luft aus der Lunge. Cormac MacArt begann zu sterben.

Selbst da fragte er sich seltsamerweise, weshalb man sagte, jemand tötete kaltblütig. Denn nur in dieser abstoßenden Kreatur, die über die Erde geherrscht hatte, ehe sie die menschliche Rasse hervorbrachte, nur in ihrem monströsen Körper floß das Blut wirklich kalt.

Er stach. Und stach weiter. Sein gerüsteter Arm schwang auf und nieder wie der Flügel einer riesigen Hummel. Stahl biß und drang tief ein, und Schlangenblut quoll und spritzte – und die hinteren sechs Fuß des Schlangenleibs peitschten wild.

Vor Schmerzen fast wahnsinnig, versuchte die Kreatur, ihr Opfer zu verschlucken, noch ehe sie es zu einer leicht verschlingbaren roten Masse zerquetscht hatte.

Cormacs Arm, der zu einem weiteren Stich hochschwang, schmetterte unter den Kiefer der Schlange. Arm und Wucht waren stark genug, den furchterregenden Schädel zur Seite zu schlagen, was sowohl dem Angreifer wie dem Angegriffenen stechenden Schmerz bereitete. Und dann wurde der Angreifer zum Angegriffenen. Mit einer Handdrehung stieß Cormac den Dolch mit solcher Gewalt in den Unterkiefer der Schlange, daß die Spitze blutig durch den Oberkiefer zwischen die Augen des Reptils drang.

Der Sohn Arts wußte kaum, was da geschah.

Es war, als setze ein Erdbeben ein. Cormac wurde hochgeschleudert. Er verlor seinen Gleichgewichtssinn und wußte nicht mehr, was oben oder unten war, während er durch die Luft gewirbelt wurde. Ein gequältes Ächzen entrang sich ihm, als sein Rücken nicht gegen die Wand, sondern gegen die *Decke* dieses Ganges geschmettert wurde, der von Menschen erbaut worden war, doch von einer Schlange bewohnt wurde. Aber allein die Tatsache, daß er zu ächzen vermochte, war ein Beweis, daß die Schlingen sich lockerten.

Während er noch in der Luft wirbelte, ließ die Schlange ihn in ihren Schmerzen und ihrer Verzweiflung los. Wind pfiff in seinen Ohren, und er versuchte die Knie anzuziehen, als er durch die Luft flog ...

Er krachte schmerzhaft auf den Boden und rollte in einer Staubwolke weiter.

Die Wand hielt ihn auf. Seine Knochen schienen zu ächzen, und sein Kopf fühlte sich an, als versuchte jemand ihn abzureißen. Vor seinen Augen drehte sich alles, und er sah wirbelnde Lichter wie Sterne in einer klaren Winternacht. Er wälzte sich in dem Staub, der an dem Schlangenblut auf ihm festklebte.

Als er wieder wußte, was Boden und was Decke war, und die Sterne nicht mehr vor seinen Augen funkelten, stützte der Gäle eine Hand an die Wand und zog sich mühsam auf die Füße.

Er hustete heftig. Der Gang war nun erfüllt von wirbelndem Staub aus Jahrhunderten, der sich auch nicht so schnell wieder setzen würde, da die riesige Schlange sich immer noch in ihren Todeszuckungen wild herumwarf. Zwischen ihren Kiefern schimmerte Cormacs Dolch. Kein Laut entrang sich dem Schlangenmaul, doch das schwere Peitschen und Krachen ihres Leibes auf dem Boden und den Wänden verrieten ihre Schmerzen, die sie dem Wahnsinn nahegebracht hatten.

Einen Augenblick stand Cormac blinzelnd und hustend da.

Da bemerkte er das Schimmern von Stahl im Staub und ging darauf zu. Seitwärts ausweichend, um dem Peitschen des grünen Leibs zu entgehen, der gegen die Wand schmetterte, hastete er zur Mitte des Korridors.

Er hielt inne, um sich nach dem Stahl zu bücken, dann rannte er damit los, um diesem Todesorkan in Schlangenform zu entgehen. Er besaß nun sein Schwert wieder und war auch schon an der Schlange vorbei. Es war ihm egal, ob sie jetzt starb oder später. Sie selbst brachte sich durch ihr heftiges Peitschen um ihren Lebenssaft. Nun galt es, wieder Cutha Atheldane und Samaire zu folgen. Zu lange schon war er aufgehalten, ja fast getötet worden durch seine törichte Annahme, daß A gleich B war und somit auch C es sein mußte. Verführerin und Krieger waren Trugbilder gewesen, die Schlange aber hätte gar nicht echter sein können.

»Ich Narr, mir so etwas einzubilden«, schimpfte er auf sich. Und er rannte.

Doch humpelnd, und er hielt die Linke rechts am Schwertgürtel fest, um zu verhindern, daß der schmerzende Arm beim Laufen hin und her schwang. Er hatte sich in seinem kriegerischen Leben schon öfter Rippen gebrochen, und so wußte er, daß es diesmal nicht der Fall war. Der Arm würde bald wieder in Ordnung sein. Und nun rannte Cormac, ohne auf mögliche Fallen zu achten.

Das Hinken ließ als erstes nach, und dann fühlte sein linker Arm sich allmählich an, als wäre er es doch wert, behalten zu werden. Er rannte.

Vor ihm waren Cutha Atheldane und Samaire, und Cormac konnte nicht zulassen, daß seine erste Liebe, die erste Frau, die er gehabt hatte – damals ein sehr junges, noch nicht wirklich erblühtes Mädchen –, nun, da er sie nach zwölf langen Jahren wiedergesehen hatte, von einem Trugbild erfindenden Zauberer aus den kalten Landen der Wikinger verschleppt wurde!

Er stürmte den staubigen Gang weiter, in dem nun seltsames Zwielicht herrschte und der Moder von Jahrtausenden seinen Gestank verbreitete. Ganz gewiß führte dieser unterirdische Gang an die Küste, sagte er sich.

Vor sich sah er eine Wand, und außer der gespenstischen Düsternis auch den schwachen Schein einer Fackel. Cormacs Lippen verzogen sich zu einem Lächeln grimmiger Befriedigung. Nach dieser nächsten Biegung also würde er sie erreichen, doch er wollte Cutha Atheldane aus den Nordlanden nicht als Gefangenen!

Drei Schritte vor der Biegung hörte er ein Scharren, einen Schlag und das Röcheln eines Menschen. Dann bog er auch bereits nach links ab und hatte sie erreicht.

Cutha Atheldane starrte ihn an, machte jedoch keine Anstalten, ihn anzugreifen oder einen Zauber durchzuführen. Eine Hand hing ihm schlaff hinab, die andere scharrte an der Wand entlang und rutschte immer tiefer, während sie ihn zu stützen suchte. Nägel brachen, und Knie knickten ein, als der Druide stürzte. Hinter ihm stand Samaire von Leinster, die Cormac ebenfalls anstarrte. In der Hand hielt sie einen Dolch, den Cormac als den des Druiden erkannte. Blut troff von seiner Klinge.

Cutha Atheldane fiel ein Stück vorwärts und blieb reglos im Staub zwischen den beiden Gälen liegen.

Als Cormac sich nach der Fackel bückte, zeigte er der Frau sein Lächeln.

»Kriegerin bist du also in den zwölf Jahren geworden, *Dairlin*-Mädchen! Und um das Vergnügen hast du mich beraubt, diesem Wikinger-Unrat selbst den Tod zu bringen.«

Sie starrte ihn schweigend und sichtlich im Schock an. Cormac schluckte. Er wußte, daß sie den Mann immer noch nicht erkannte, zu dem der Junge mit dem glatten Gesicht geworden war – ein Mann mit narbigem und finsterem Gesicht unter dem verbeulten Helm.

»Eine beherzte Frau, wahrhaftig. Ja, und eine wahre Tochter Eirrins, dessen Frauen jahrhundertelang an der Seite ihrer Männer kämpften! Aber komm, *Dairlin*-Mädchen – ein kleines Rudel Wölfe hatte ich bei mir, die inzwischen vielleicht hart bedrängt werden!« Er steckte sein Schwert in die Scheide und streckte eine Hand aus.

»P-Partha? Cormac?«

»Ja, Samaire. Partha und Cormac, sowohl, als auch. Doch in den letzten Jahren habe ich meinen eigenen Namen benutzt. Jetzt ...«

Sie hatte seine angebotene Hand genommen, und

nun bewies die geschmeidige junge Frau mit der losen Mähne von der Farbe des Sonnenuntergangs, daß kein Schwächling Cutha Atheldane getötet hatte.

»Partha!« rief sie und faßte seinen anderen Arm. »Ich meine, Cormac ...« Sie brach in freudiges Lachen aus, das leicht am Rand der Hysterie schwankte. »Gott im Himmel, du bist so ... so ... o Cormac!«

Ihr Haar roch nach Frau, und sie fühlte sich an wie eine Frau, selbst gegen sein Kettenhemd, als sie sich mit beiden Armen um ihn schmiegte.

Verlegen stand Cormac da. Zwölf Jahre waren vergangen, und keine Königstochter blieb unvermählt – außerdem gab es dringend etwas anderes zu tun. Mit einem tiefen Seufzer faßte er ein Büschel weiches Haar und zog ihren Kopf zurück.

»Später werden wir uns gebührend begrüßen und uns unterhalten, Samaire«, sagte er. »Ich muß zu meinen Kameraden ...«

Sie warf ihm einen Blick zu aus Augen, so grün wie die einer Katze, und nickte. Mit einer geschmeidigen Bewegung hob die wie ein Mann gekleidete Frau den Dolch auf.

»Gut, Cormac! Dann wollen wir uns beeilen und es diesen höhnischen Norwegern zeigen – und nenn mich wie früher, nicht Samaire, sonst komme ich in Versuchung, dir diesen Dolch zwischen die Kettenglieder zu stechen!«

Mit einem lauten Lachen schlang Cormac einen Arm um sie, drehte sich um und hob die Fackel, um den langen Weg zurück zu beleuchten.

»Eine Königstochter«, rief er, »und sie spricht vom Wikingertöten – und möchte ›*Dairlin*-Mädchen‹ genannt werden, wie ein Junge aus Connacht es einst tat. Och, eine seltsame Welt ist Eirrin geworden, seit ich es verlassen mußte!«

»Schneller!« drängte sie und machte lange Schritte mit ihren ledergewandeten Beinen. »Und achte auf deine Zunge, Cormac MacCuchulain, denn kein Junge war es, dem ich mich vor endloser Zeit – wie es mir scheint – in Carman-am-Meer schenkte!«

Lachend schritt Cormac den Weg zurück, den sie gekommen waren.

6. HEIMTÜCKE EINES KÖNIGS

Meine Gedanken sind in Eirrin,
In Loch Lene, in Linny,
In dem Land der Ulstermänner,
In Leinster und in Meath.

Ceann Ruadh, der »Bardenkönig«
(aus *Reise der Verbannten*)

Ihr eiliger Schritt und die endlosen Biegungen dieses unterirdischen Ganges verhinderten, daß Cormac MacArt und Samaire mehr als ein paar Worte wechselten. Er erfuhr jedoch, daß der andere Gefangene ihr Bruder Ceann und ihr Vater seit fast zwei Jahren tot war.

Keine feindselige Schlange erwartete sie in diesem staubigen und widerhallenden Gang. Das riesige Reptil war bereits tot, doch als sie zu ihm gelangten, erschrak Samaire jedoch trotzdem sehr. Es überraschte und beunruhigte Cormac, als er erfuhr, daß sie diese Schlange jetzt zum ersten Mal sah. War diese letzte Überlebende eines seit undenklicher Zeit vergangenen Krieges etwa aus einem Seitengang gekrochen, den er nicht bemerkt hatte? Oder hatte Cutha Atheldane über mehr Macht verfügt, als Cormac vermutete, und Samaire einen sehr beachtlichen Zauberer getötet?

Die Schlange hatte um sich gepeitscht, bis der Tod sie übermannte, und dabei viel Blut verloren, durch das sie nun waten mußten. Cormac nahm sein »*Dairlin*-Mädchen« nur zu gern auf den Arm und trug sie auf trockenen Staub, obgleich sie dagegen protestierte.

»Ich bin kein schwaches, empfindsames Mädchen, das vor dem Anblick von Blut geschützt und wie ein Baby getragen werden muß!«

»Oh!« murmelte er.

Er ging drei Schritte weiter in den Staub und ließ sie fallen. Staub wirbelte auf, und sie stöhnte, aber er wandte sich bereits ab. Er holte sich seinen Sachsendolch aus dem Schlangenmaul zurück und griff auch nach seinem zerstörten Schild, um den anderen zu zeigen, daß er sich nicht etwa die ganze Zeit mit einer Frau beschäftigt und es leicht gehabt hatte, während sie sich, gegen seinen Rat, Klingen in der Überzahl hatten stellen müssen.

»Ich nehme an«, sagte Samaire mit dem Flammenhaar, als er zu ihr zurückkehrte und sie bereits wieder stand, »ich habe es mir selbst zuzuschreiben und kann dich nicht beschimpfen, weil du mich einfach hast fallen lassen, obwohl ich nicht nur Frau, sondern auch Königstochter bin.«

»Du nimmst richtig an«, brummte Cormac.

Sie gingen weiter, stetig aufwärts. Nach einer Weile blickte er ihr im Fackelschein ins Gesicht, und sie schaute zu ihm hoch. Sie grinsten beide und fingen zu lachen an.

»Barbar!« fauchte sie. »Cu Roi MacDairi!« Selbst aus ihrer Stimme sprach Lachen.

»Kriegerin«, entgegnete er grinsend. »Morrigu und Agron in einem bist du!«

Lachend schritten sie weiter. Sie hatte ihm den Namen des Gottes gegeben, der Herr über Zauberer und ein großer Wanderer war; er, der seine Siegeszüge über die ganze Welt ausgedehnt, doch in Eirrin nicht einen Menschen getötet hatte, außer dem einen, der ihn beim Großen Fest mit voller Absicht herausgefordert hatte. Er seinerseits hatte sie bei den Namen der Göttinnen des Kriegers und des Tötens gerufen. Er hoffte, daß in ihrem Fall Namen nicht Omen waren, denn Morrigu, die Schlachtkrähe, war für den Verrat an so manchem Sterblichen bekannt.

Endlich erreichten sie den Raum, wo Cutha versucht hatte, sie zu überreden, und von dort begaben sie sich die Treppe hinab zur großen Halle.

Sie war zum Schlachtfeld geworden.

Der Geruch vergossenen Blutes hing in der Luft, und zweifellos leckte Morrigu sich die Lippen. Leichen lagen herum, und es gab nur zwei Überlebende, beide blutbesudelt.

Einer war ein rotbärtiger Riese, größer noch als Cormac und von mächtigem Körperbau. Er lehnte an einer gewaltigen Streitaxt, und seine Augen glühten auch jetzt, nachdem all seine Feinde tot lagen, vor Kampfeslust. Sein arg verbeulter Helm lag auf dem Boden, und ein Horn fehlte daran.

Der andere war mehr von Cormacs Statur, schlank, geschmeidig und katzengleich. Wie Feuer und Sonnenuntergang war sein Haar, und sein vor einer Woche noch glatt barbiertes Gesicht wies nun etwa sieben Tage alte Bartstoppeln auf. Er war nicht ganz so groß wie Art und sah auch bedeutend besser aus, und er hatte auch nicht dessen Narben und die fast stets halb zusammengekniffenen Augen. Zerfetzt und blutdurchsogen war sein einst weißes Hemd, blutig war selbst sein Kinn, und sein ledernes Beinkleid und die Stiefel waren blutbefleckt. Dieser Mann, noch keine dreißig, saß am Boden und drückte die Rechte auf seinen linken Ellbogen, von dem Blut sickerte.

»Ceann!« rief Samaire. »Du bist verwundet!«

»Ja.« Er nickte. »Einen Dolchstoß habe ich abbekommen, aber das bringt mir wohl kaum den Tod. Der Dolch ist noch in der Hand, die ihn schwang, siehst du?«

Ihr Blick folgte der Richtung seines Kopfnickens. »Uhh!« entfuhr es ihr, denn die dolchumklammernde Faust lag mehrere Fuß entfernt von jenem Arm. Wulfher lachte laut.

»Dieser große Krieger trennte die Hand dieses Burschen vom Arm und stach ihm die Klinge so schnell ins Herz, daß ich die Axt nicht so schnell für einen Hieb hätte schwingen können! Es ist ebenfalls ein Sohn Eirrins, den wir da von den Norwegern befreit haben,

Cormac. Bei Odin und bei Odins Blut, er selbst hat dabei mehrere Geister aus ihren Körpern befreit!«

»Cormac!« rief der junge Mann und starrte den Mann an, der mit seiner Schwester zurückgekehrt war. Sie hatte bereits mit dem Dolch einen breiten langen Streifen Stoff von purstem Weiß von einem halb aufgewikkelten Ballen abgeschnitten und seine Wunde mit Wein ausgewaschen, als gäbe es ihn im Übermaß wie Wasser. Jetzt verband sie die Verletzung.

Cormacs graublaue Augen begegneten den erstaunlich hellen blaugrünen des Sitzenden. »Ja, Ceann mogh Ruadh MacUlad – Cormac, den du als Partha MacOthna gekannt hast.«

»Und den meine Schwester allzugut kannte.«

»Hüte deine Zunge, geliebtes Brüderchen«, warnte Samaire, »oder ich schnüre dieses Tuch zusammen, bis dir der Arm abfällt! Er ist mir gerade meilenweit durch unterirdische Gänge gefolgt, und er war im Dunkeln dazu gezwungen, mit einer gewaltigen Schlange zu kämpfen! Das Blut, das sie durch ihn verlor, hätte genügt, den Boyne eine Woche lang zu röten!«

Cormac blinzelte über die Heftigkeit von Samaires Ton und ihre poetische Übertreibung. Wulfher jedoch war es, der sprach.

»Ho! So war es also – ich dachte schon, du hättest deinen Schild verbeult, wie du über deine eigenen Füße gestolpert bist, Cormac.«

Mit einem flüchtigen Lächeln warf Cormac den unbrauchbaren Schild nach ihm. Einen anderen hätte die Wucht vermutlich umgeworfen, doch der riesenhafte Däne wehrte ihn fast lässig ab.

»Dann seid ihr also alle alte Freunde, ihr Gälen. Ceann Rothaar und ich haben uns bereits bekannt gemacht. Und Ihr seid demnach seine Schwester Samaire?« Der Riese blickte auf sie hinab. »Hübsches Haar habt ihr beide – ich mag Rot!«

Samaire warf einen Blick durch die große Halle. »Das

sehe ich. So, Ceann, versuch wenigstens, dich eine Weile ruhig zu halten, damit die Wunde sich schließen kann. Schmerzt es, Bruder?«

»Es schmerzt. Doch daß du so viel Wein vergeudet hast, schmerzt noch mehr.«

»Ein echter Krieger!« Wulfher lachte schallend. »Wenn alle Männer Eirrins wie ihr zwei wären, Cormac und Ceann, würde ich geradewegs nach Dänemark zurücksegeln, um nicht den Tod durch so gewaltige Helden zu finden, wie ihr es seid!«

Ceann stand auf. »In deiner Schuld stehe ich jetzt, Parth ... Cormac MacArt.«

»So sehe ich es nicht«, versicherte ihm Cormac. »Aber wie wäre es, wenn wir jetzt einen Bissen zu uns nähmen und genug Ale für zehn ...«

»Wenn schon, dann für zwanzig«, unterbrach ihn Wulfher.

»... und uns anderswo hinbegäben, fort vom Geruch und dem Anblick von Blut. Schwertkameraden haben Wulfher und ich in dieser Nacht verloren, und im Ale findet ein Mann Vergessen.«

Kurz darauf fing Samaire an zu wehklagen, so wie es in Eirrin üblich war. Wulfher blickte seinen Freund erstaunt an.

»Sie ehrt unsere Toten auf diese Weise«, erklärte ihm Cormac. »So ist es Sitte in Eirrin.«

Wulfher nickte. Er schritt zu der jungen Frau und hob unterwegs zwei Lederbeutel Ale auf. Als er seine Hand auf ihre Schulter legte, reichte sie vom Hals bis weit über den Oberarm.

»Hab Dank, Freundin meines Freundes. Aber verlassen wir dieses Schlachtfeld jetzt und trauern im Geist.«

Schwerbeladen verließen die vier die Halle des blutigen Grauens und schritten einen Korridor entlang, den bisher noch keiner von ihnen betreten hatte. Hier fanden sie zwei Gemächer, eines neben dem andern, in denen gestohlene Stoffe und Umhänge zuhauf herumlagen, was nur darauf hindeuten konnte, daß die Wikinger darauf geschlafen hatten. Die einzigen vier Lebenden in dieser Burg, die groß genug war, um tausend Platz zu bieten, traten ein, setzten sich und tranken. Und Samaire und Ceann erzählten ihre Geschichte.

Ulad Ceannselaigh, König des tributbeladenen Leinster, war plötzlich und unblutig dahingeschieden. Natürlich war sein Thron an seinen Erstgeborenen, Liadh, gegangen. Dieser älteste Bruder Ceanns und Samaires machte sich gut auf dem Thron, er hatte die meisten Ratgeber seines Vaters behalten und seinen Bruder Feredach zum obersten Minister ernannt. Ihr Vater hatte Samaire längst mit einem Prinzen von Osraige vermählt, das in den Augen aller, außer in denen seines Königs, ein Teil Leinsters an der Westgrenze war. Samaires Gemahl hatte bei einem Einfall der Pikten in ihr Land den südlichen Munsterleuten geholfen und dabei einen Pfeil in die Brust bekommen. Er starb auf dem Weg zurück nach Osraige. Da sie kinderlos war und sich nicht mit der Mutter ihres Gemahls verstand, war Samaire nach Carman in Leinster zurückgekehrt und hatte einen hochgeschätzten Platz im königlichen Haushalt bekommen, genau wie Ceann, dessen Gemahlin bei der Geburt ihres zweiten Kindes gestorben war.

Doch Liadh war, noch ehe er ein volles Jahr auf dem Thron gesessen hatte, heimtückisch ermordet worden.

»Es war kaum ein Geheimnis«, sagte Ceann Ruadh bitter, »und bei den meisten bestand kein Zweifel, daß unser Bruder Feredach ihn hatte meucheln lassen.«

Cormac seufzte, nickte jedoch nur. So war es in den Königshäusern fast aller Länder. Hatte ein König nur einen einzigen Sohn, hing die Thronfolge am seidenen Faden eines zerbrechlichen Lebens. Hatte er mehrere Söhne, die das Verweilen seines Clans auf dem Thron gewährleisteten, befand einer sich in Gefahr vor dem andern.

»Feredach Ruadh-lam!« knirschte Samaire durch zusammengebissene Zähne und nannte damit ihren Bruder den »Rothändigen«.

Und so ward Feredach zum König von Leinster. Doch liebte man ihn nicht, denn er war habgierig und mißtrauisch und verdächtigte jeden, Ränke zu schmieden, wie er selbst es immer getan hatte. Er hatte auch Angst vor der Beliebtheit seines jüngeren Bruders Ceann – und vor Ceanns Vertrauten, Samaire, Witwe seit vier Jahren und seither zurück auf dem Schloß ihrer Familie.

»Wir wußten es damals nicht«, sagte Ceann mit Grimm in seiner angenehmen Tenorstimme. »Aber unser Bruder dachte, wir schmiedeten Komplotte gegen ihn, wenn wir beisammen waren.«

»Mir dämmert es«, brummte Wulfher Schädelspalter und nahm dazu kurz den Bierbeutel von den Lippen. »Ihr zwei seid Wikingern auf Plünderzug in die Hände gefallen, bei einem Ausritt, wie es aussieht. Dieser Feredach hat euch verraten, wie mir scheint.«

Das hatte er wahrhaftig. In einem ungewöhnlichen Handel mit den inzwischen toten Norwegern hatte Feredach seinen Bruder und seine Schwester entführen lassen, daß außer ihm keiner Anspruch auf den Thron erheben konnte.

»Und wohlbezahlt sind seine Werkzeuge«, knurrte Cormac in einer Burg der Geister und Leichen getöteter Entführer.

Keiner von ihnen wußte etwas von diesem Ort, der atlantischen Ursprungs war, wie Cormac versicherte – Wulfher machte sich Sorgen, daß sein Waffenbruder wieder seinem unheimlichen *Erinnern* verfallen würde. Ceann und Samaire ihrerseits erklärten ihrem Landsmann, daß Cutha Atheldane ein Zauberer mit beachtlichen Kräften gewesen war.

Nach einer Weile wurde Cormac bewußt, was die beiden annahmen, und so erwähnte er mit voller Absicht das Schiff und daß sie eine neue Mannschaft dafür benötigten. Die Beute, die sie von hier mitnehmen würden, machte es möglich.

Samaire wirkte zutiefst bestürzt. Sie und ihr Bruder ließen keinen Zweifel daran, daß sie fest damit rechneten, Cormac würde mit ihnen nach Eirrin zurückkehren und ihnen dort helfen, den Mann zu stürzen, der schon jetzt den Beinamen »der Finstere«, *an-Dubh,* hatte. Cormac jedoch schüttelte den Kopf.

»Ich floh, da die Todesstrafe über mich verhängt war«, erklärte er, »und wage nicht zurückzukehren.« Er zuckte die Schultern. »Außerdem ist Eirrin nicht mehr mein Land.«

Samaire und Ceann starrten ihn an. Sie war es, die schließlich sagte:

»Es gibt keine *ehemaligen* Söhne Eirrins, Cormac von Connacht. Ein Zauber liegt über den Tälern und Mooren und den mit Gräbern gekrönten Hügeln Eirrins namens Inisfail, und er hüllt uns bei der Geburt wie ein Umhang um unsere Seele ein. Für immer stehen wir in seinem Bann – selbst jene, die vor langer Zeit über Magh Rian nach Dalriada in Alba zogen. Eirringeboren ist eirringebunden, gebunden wie mit kräftigen Seilen und goldenen Ketten.«

Mit biergefülltem Bauch verharrte Wulfher stumm. Er starrte auf das feine Tuch auf dem Boden zwischen seinen blutbesudelten Stiefeln, und vielleicht dachte er an das Land der Dänen.

»Ich habe keine solchen Ketten gespürt und bin schon zwölf Jahre fern von Eirrin«, entgegnete Cormac ruhig. »Ich bin ein Verbannter ohne Heimat, ein *Scoti,* ein Seeräuber.«

Kaum begann Ceann zu singen, erinnerte sich Cormac, daß der Prinz, dritter in der Erbfolge für seines Vaters Thron, sich und andere gern auf Spielmannsweise unterhalten hatte.

»Er ist der Rabe ohne Nest,
Der Kahn, von Welle zu Welle geworfen.

Er ist das Schiff ohne Ruder,
Er ist der Apfel, vergessen am Baum.
Das ist der Verbannte, einsam und unfrei.
Und Trauer und Sorgen
Sind für immer seine Begleiter.«

Obgleich er immer mehr in sich zusammensackte und schon fast schlief, nickte Wulfher so heftig, daß sein zottiges Haar flog. »Ja«, bestätigte er stumpf und machte sich an die schwierige Aufgabe, den Bierbeutel wieder an die Lippen zu heben.

»Ich brauche kein Heimatland«, knurrte Cormac barsch. »Und jetzt ist Zeit zu schlafen.«

Er griff nach einem Umhang und einem halben Ballen Stoff. »Wulfher wird dieses Gemach nicht verlassen, bis er ausgeschlafen hat. Aber auch im nächsten Gemach kann man bequem liegen. Ich jedoch lege mich unter den Sternenhimmel, wie schon tausendmal zuvor.«

»Cormac ...«, begann Samaire.

Doch er verließ sie ohne ein weiteres Wort.

Hinter sich hörte er Ceann sanft singen:

»Meerumschlungen liegt sie, wo einst Riesen hausten;
Diese Insel Eirrin, unseren Vorvätern heilig ...«

Zähneknirschend eilte Cormac den Korridor entlang und dann die Treppe hinunter. Draußen leerte er die biergefüllte Blase im Mondschein. Ein Stück abseits von der Burg und außer Sicht des Zugangs vom Meer her – falls, was nicht wahrscheinlich war, jemand von dort käme –, breitete er sein Bettzeug aus und legte sich nieder.

Die Sterne blickten auf ihn herab und funkelten, und sie schienen Cormac so grün zu sein wie Eirrin. Mit einem verärgerten Knurren drehte er sich auf die Seite.

Am Morgen stellte Ceann fest, daß seine Schwester verschwunden war und hatte große Angst um sie, bis sie von draußen mit Cormac hereinkam und sie erklärten, daß Cormac MacArt mit ihnen nach Eirrin kommen würde.

Wulfher hatte der Unterhaltung der anderen nichts beizufügen, als sie von Eirrin sprachen und ihrer Rückkehr; in seinem Kopf hämmerte Thor heftig mit seinem Hammer.

Es war das Jahr der nur alle drei Jahre stattfindenden großen Versammlung des Feis in Tara an Samain. Der Hochsommer lächelte jetzt auf Eirrin herab, so waren es nur noch wenige Monate bis Samhain – dem Neujahrstag des alten Glaubens –, am 1. November. Einmal in drei Jahren trafen sich alle Könige auf dem Berg Tara in Meath; dorthin kamen auch Geschichtsschreiber und Poeten und Richter, die Druiden – und jetzt Bischöfe – und Doktoren des Rechts, um die alten Gesetze zu lesen, um über die Lage im Land zu sprechen, um sich Beschwerden und Klagen anzuhören und Unrecht zu beheben. Dort fand die große Zeremonie statt, die das Treffen aller Könige von Eirrin mit dem *Ard-righ,* dem Hochkönig, war.

»Dort«, sagte Samaire und richtete die Augen dabei auf Cormac, »können Ceann und ich Sicherheit finden sowie Anklage erheben und unseren Anspruch kundtun!«

Cormac nickte nur. Er sagte es nicht, aber er wußte, daß sie keinen Anspruch hatten: Feredach an-Dubh war *älter.* Der Thron war rechtmäßig sein. Solange er lebt, dachte Cormac unwillkürlich.

Sie trafen lange ihre Auswahl unter der Beute, mit der ein Raum ganz gefüllt war und die auch im Thronsaal herumlag. Mit geschickten Schnitten, ein paar Nadeln und Broschen war es nicht schwierig, die zerfetzte Kleidung durch neue zu ersetzen, nachdem Cormac davon abgeraten hatte, die kostbarsten Stoffe dafür zu verwenden. Nicht nur die wertvollsten Stücke der Wikingerbeute – die nun nach dem alten Recht der Eroberer ihnen gehörte – nahmen sie an sich, sondern auch die leichtesten, die sich am mühelosesten verbergen ließen. So verschwanden die Perlen, die es ihm angetan hatten, in Wulfhers Schwertschneide. Sowohl Ceann wie Samaire bewaffneten sich gut. Cormac fand einen Rundschild, der seiner Meinung nach besser war als sein alter und obendrein noch schöner. Einen breiten, edelsteinbesetzten Gürtel schnallte er sich unter der Kleidung um. Aus Stoffen machten sie sich riesige Umhänge, in die Samaire geschickt nach oben hin offene Taschen aus festem Stoff nähte, in die sie besonders wertvolle Kleinode stecken konnten.

In gespielt feierlicher Zeremonie überreichte Cormac seinem Waffenbruder einen Torques aus massivem Gold. Schicklich dankte Wulfher ihm und erntete Gelächter, als er ihnen zeigte, daß der Reifen kaum um sein Handgelenk paßte, geschweige denn um seinen Stiernacken. Mit einer Sanftheit und Ritterlichkeit, die Cormac schier die Augen hervorquellen ließen – ehe er sich hastig umdrehte, um sein Grinsen zu verbergen –, verehrte der Däne dieses Geschenk Samaire.

Cormac bat sie, es mit Leder zu umwickeln, ehe sie es um den Hals legte, denn sie durften nicht zu reich aussehen.

Nachdem sie ein Paar ungewöhnlich hohe Stiefel aus weichem Leder gefunden hatte, bohrte sie Löcher unter den Schaftrand, durch die sie schmale Lederstreifen fädelte. Diese befestigte sie an ihrem breiten Gürtel, dessen Schnalle handgroß war. Sie hofften alle, daß man diese Schnalle für Messing halten würde, denn wer würde schon glauben, daß sie aus festem Gold vom Gewicht unzähliger Münzen war! Die Stiefel reichten ihr bis halb über die Oberschenkel, und so weit hing auch ihre scharlachrote Tunika.

Mit Lebensmitteln und Ale beladen – denn sie hatten kein Süßwasser gefunden – stapften sie zum Schiff, das sicher und trocken auf dem Strand lag, wohin sie es gezogen hatten. Dann kehrten sie zur Burg und wieder zum Schiff zurück, diesmal unter der Last ihrer Beute stöhnend: Gold und Silber und Edelsteine und feines

Leder. Ein drittes Mal gingen sie schwerbepackt zum Schiff, mit weiterer Beute und vielen Waffen – und Ceanns kostbarstem Stück, einer Laute. Er stimmte sie und erklärte, daß sie ein ausgezeichnetes Instrument sei.

»Nie hätte ich mir träumen lassen«, brummte Wulfher, »daß ich mit einem Prinzen als Spielmann übers Meer fahren würde.«

»Und ich nicht, daß ich auf einem Schiff Laute spielen würde für einen Dänen, der so groß wie ein Baum ist«, entgegnete Ceann, und die beiden Männer lachten.

7. DIE SEE TOBT

Ihr Meeresgott war Manannan MacLir,
der mit dem weißen Schaum
seiner erzürnten Lippen
oft ganze Flotten vernichtete ...

D'Arcy McGee: *Die Kelten*

Das Schiff war in skandinavischer Bauweise mit übereinandergreifenden Hüllenplanken gefertigt, dazu klein und leicht und nicht mehr als sechzig Fuß lang. Ihre Vierpersonenbesatzung ließ es leicht schwimmen, obwohl es reichlich mit Lebensmitteln, Ale und der Wikingerbeute beladen war.

Die vier würden dank Cormacs und Wulfhers Erfahrung und da es nur ein Segel hatte, gut mit ihm zurecht kommen. Und Erfahrung sowie Kraft waren erforderlich, falls sich wieder ein Sturm erhob. Gewiß, sie brauchten auch guten Wind für das Segel, denn zu viert konnten sie wenig mit den vierzehn Ruderpaaren ausrichten.

Sie befanden sich südlich von Britannien und konnten so nicht geradewegs nach Eirrin segeln. Eine direkte Nordostrichtung würde sie ins »Reich des Windes zwischen den Inseln« führen, des Windes, der sie hierher verschlagen hatte – und zu dem Strudel vor der »Zorn Manannans« genannten Insel. Sie mußten sich zunächst westwärts halten, ehe sie gen Norden und schließlich nach Nordosten zum meerumgebenen Eirrin segeln konnten.

Während eine angenehme Brise die See kräuselte und ihr Haar zauste, richteten sie den Mast auf und machten sich daran, das Segel zu hissen. Cormac nannte diese Insel bei sich bereits Schlangengrube, da das riesige Reptil im unterirdischen Gang ihm fast das Leben geraubt hätte. Doch er behielt diesen Namen für sich, als Wulfher ihr beim Aufbruch einen anderen gab.

»Leb wohl, Samaireheim«, rief er und wurde mit einem Lächeln und einem Danke für diesen irisch-dänischen Namen belohnt.

Mühelos segelten sie fort von Samaireheim, und während sie Klippen und Inseln auswichen, taten Cormac und der Däne ihr Bestes, ihre beiden leinsterschen Begleiter in die Segelkunst einzuweisen. Als sie auf offener See mit günstigem Wind waren, machte Ceann sich mit seiner neuen Laute vertraut. Er zupfte und klimperte, und schließlich hob er die angenehme Stimme zu einem schnell erfundenen Lied.

»Ich singe von unserer Rettung und einem Riesen aus dem Land der Dänen«, erklärte der schlanke Rotschopf. Wulfher blinzelte und bemühte sich zu verbergen, wie seine Brust schwellte.

»Sein Bart ist ein flammender Busch,
Seine Axt ein mächtiger Baum aus Stahl;
Seine Beine sind kräftig wie Eichen,
Sein Grimm ist einem Waldbrand gleich.

Er spaltet der Norweger Schilde
Mit der Schneide seiner gewaltigen Axt;
Er zerschmettert die Rüstung eines jeden
Und bricht den Wikingern die Knochen!«

Mit breitem Grinsen stellte Wulfher sich am Bug in Positur, die Faßbrust nun sichtlich geschwellt und den feurigen Bart kühn vorgestreckt. Mit einem unterdrückten Lächeln wandte Cormac sich ab.

»Wie sieht es in Eirrin aus?« fragte er die Frau, die ihn überredet hatte zurückzukehren.

Doch Ceann war es, der antwortete:

»Sommerliches Eirrin! Herrliche Zeit!
Wie wunderschön die Farben;
Die Amseln trillern den ganzen Tag;

Der Kuckuck ruft in gedämpftem Ton;
Willkommen ist der edle Glanz
Der sommerlichen Sonne!

Am Rand des grünen Waldes
streifen die Schwalben dicht über die Bäche;
Die flinken Pferde suchen die Tränke;
Die Heide zeigt ihr langes Haar;
Hoch wachsen die Binsen am Moor –
Und Blumen bedecken die Erde Eirrins!«

Lächelnd blickte Cormac weiterhin Samaire an.

»Wie es in Eirrin aussieht? Schön wie immer, Sohn Arts. Flachs und Getreide umschmiegen die Hügel Leinsters. Silber und Gold drängen aus dem Boden, ohne daß danach gegraben werden muß, und singende Bauern tragen stolz das Haupt, während die Last der Früchte die Äste biegt.«

»Noch ein Poet!« rief Wulfher grinsend. Cormac lachte.

»Wie sieht es in Eirrin aus?« wiederholte er.

»Leinstermänner wehren sich immer noch gegen den Boru-Tribut«, sagte Samaire. »Aber ein guter Hochkönig ist Erca Tireach. Das Land sonnt sich in seiner Weisheit und seinem Frieden, und die Söhne und Töchter Eirrins sorgen für ihr Land, während der Rest der Welt Krieg führt wie feindliche Ameisenvölker.«

»In seinem *Frieden!*« rief Cormac. »Sorgen für ihr Land ...« Er schüttelte den Kopf. »Gälen von Eirrin sollten sich ein schönes Stück von Schenkel und Lende Britanniens schneiden, wie von einem Spießbraten zur Jahrmarktzeit! Achtzig Jahre sind vergangen, seit Alarich und seine Goten das Schwert in die Straßen Roms trugen, und die Legionen und Administratoren nach fünfhundert Jahren und mehr Britannien verlassen mußten. Nun sind es die Sachsen und Jüten und Angeln, die in Britannien etwas erschaffen, das sie ›Königreich‹ nennen. *Königreiche!* Könige, denen selbst die Mittel für hundert Schafe fehlen, und die dreihundert Untertanen haben – oder noch weniger! Britannien ist reif zum Nehmen, und es wird eingenommen! Wo sind die Söhne Nialls, wenn gleich nebenan ein Land liegt, das wie eine Schatztruhe mit offenem Deckel ist?«

»Sie sind jetzt zahm«, antwortete Ceann.

Cormac starrte ihn an. »Zahm? *Eirrin? Gälen?* Es war in Gallien, über dem weiten Meer, wo Niall den Tod fand, als er die Römer den ganzen Weg von Londinium in Britannien jagte! Können die Nachkommen eines solchen Kriegers *verweichlicht* sein?«

»Nicht alle«, antwortete Samaire ruhig und ohne den Blick von Arts Sohn zu nehmen. Bei der Erwähnung des Todes von Niall von den Neun Geiseln hatte sie die Zähne zusammengebissen. Denn der Sohn eines Königs ihres Leinsters hatte den großen Erobererkönig, dessen Nachkommen noch jetzt regierten, getötet, und das aus dem Hinterhalt.

Ceann schüttelte nur den Kopf. »Das war«, sagte er, »bevor Padraigh nach Eirrin kam.«

»Padraigh!« Wie ein Fluch entquoll dieser Name Cormacs Lippen. »Er war es mit seinem Gewäsch über Frieden und ›liebe deinen Nächsten‹. Mit Nächsten meinte dieser Wahnsinnige *Wikinger* und Jüten und Pikten, und jene, die noch aus ihren schleimigen Löchern kriechen werden! Ich wollte, dieser Padraigh lebte noch, damit ich ihm zu seiner schnellen Beförderung ins Reich der Seligen seines Schwächlings von Gott helfen könnte! Sagt mir – stimmt es, was ich in Britannien gehört habe, daß dieser merkwürdige Glaube sogar unser Neujahr und seinen Vorabend verdrängt hat?«

Samaire seufzte. »Ja, genau wie die Mistel der Druiden und das Behlfeuer der Sommersonnenwende. Was unser altes Neujahr betrifft – nun, die Christen haben es – *ausgeliehen!* Sie behaupten, Samhain sei allen Seelen der Christenheit gewidmet, und seinen Vorabend nennen sie Allerheiligen. Und unser Winterfest, das von den Kelten Tausende von Jahren gefeiert wurde, sei wie Padraigh – Bischof Patricius! – behauptet, der Tag, an dem der Sohn des Christengottes geboren wurde, und wir feierten dieses Fest zu Ehren des Menschengottes aus dem Osten.«

»Aber er wurde doch erst vor ein paar Jahrhunderten geboren!« grollte Wulfher vom Bug her. »Verglichen mit unserem Odin und eurem Crom ist Iosa ein Wickelkind!«

Samaire zuckte die Schultern. »Die Christen behaupten, wir hätten das Kommen Iosa Chriosts *erwartet, vorhergesehen!* Und alle unsere Feste wären lediglich in Erwartung seiner Ankunft gewesen, damit er über die Welt herrschen möge – durch Bischöfe, statt Druiden, durch den Sohn, statt die Sonne!«

Nachdem er sie eine Weile entsetzt und ergrimmt angesehen hatte, während er versuchte zu begreifen, daß dieser eine Mann, dieser Patrick, sich daran gemacht hatte, seine Landsleute zu zähmen, drehte Cormac den Kopf und zeigte, was er von diesem Patricius/Padraigh/Patrick und seiner selbstsüchtigen und diebischen Religion hielt: Er spuckte aus.

»Und – Leinster?« erkundigte er sich schließlich.

»Wie ganz Eirrin ist auch Leinster nun das Zuhause vieler Christen, Cormac MacArt.«

»Und – das Königshaus?«

»Du weißt, daß König Enda die Kreuzanbeter vertrieb, sein Sohn Crimthann ihnen jedoch die Erlaubnis gab, sich in Aghade eine Kirche zu bauen. Was unseren Vater anbelangte, nun, er duldete sie, weil die Politik es erforderte. Aber wir, Cormac, nein, wir halten nichts vom neuen Glauben.«

»Gut.« Cormac nickte. »Es würde mir gar nicht gefallen, dich ins Meer werfen zu müssen, *Dairlin*-Mädchen, nachdem ich dich von den Wikingern und ihrem hexerischen Druiden gerettet habe.«

Sie hob die Brauen und bedachte ihn mit einem rätselhaften Blick. Er las eine Herausforderung in ihren Augen und dachte, nicht zum erstenmal, daß diese Frau, die er Mädchen nannte, wahrhaftig aus hartem Holz geschnitzt war und sicher keine Bedenken hätte, sich selbst mit den Finsteren anzulegen, die vielleicht gar nicht so gut gegen sie abschneiden würden.

»Noch brennen Behlfeuer auf allen Bergen Eirrins«, sagte Ceann. Er zupfte müßig die Laute, ohne jedoch ein neues Lied anzustimmen.

Das Schiff glitt mit prallem Segel und schweigsamer Besatzung dahin. Sie dachten an den neuen Glauben und welche Folgen er für Irlands Zukunft haben mochte. Er war kein toleranter Kult, und schon jetzt sprachen sich Gerüchte über Mord und schreckliche Todesarten herum, mit denen Andersgläubige in Landen geahndet wurden, in denen er stark war. Obgleich der Mann Iosa ein Juda war, behandelten Christen nun Juden wie menschlichen Abschaum, angeblich, weil sie seinen Tod herbeigeführt hatten – obgleich sie wußten, daß er von einem römischen Statthalter wegen Aufruhr und Aufwiegelung verurteilt worden war. Und ebenso stand fest, daß ein Speer aus Christenhand Julian getötet hatte, den Kaiser, dessen Bemühen es gewesen war, die wachsende Macht des neuen Glaubens zu dämmen und einer alten wieder zu Ansehen zu verhelfen. Als Soldat war Julian höchstwahrscheinlich ein Anhänger Mithras' gewesen. Dieser alte Gott der Krieger war in einer Höhle oder einem Stall unter einem hellen Stern geboren worden, und nur Tiere und ein paar weise Männer hatten sich um ihn gekümmert, die von weither gekommen waren, um ihm ihren Respekt zu erweisen.

So, wie er auf Magh Slecht die Statue von Crom Cruach symbolisch für die alten Götter Eirrins gestürzt hatte, hatte Patrick die Kräfte in Bewegung gesetzt, die mit dem Glauben an Crom wirklich ein Ende machten, genau wie mit dem an die anderen des alten Pantheons. Und die winselnde Brigid, die all ihren Besitz und den ihres Vaters verschenkte, so daß niemand sie auch bloß noch als Magd haben wollte – nun, diese Anhängerin Padraighs und seines östlichen Gottes mußte wahrhaftig völlig von Sinnen gewesen sein!

»Vergeßt nicht, daß wir Süßwasser brauchen!« grollte Wulfher schließlich. »Richtet euren trauernden Blick seewärts. Sind das etwa wirklich Bäume, die ich da sehe?«

Sie schauten in die Richtung. Samaire lächelte. Was der Däne entdeckt hatte, waren tatsächlich Bäume. Die Sonne war nur ein Stück über den Mittag gewandert, als sie in einer malerischen Bucht einfuhren. Bäume wuchsen oberhalb der hohen steinigen Ufer, und Vögel zwitscherten friedlich. Kristallklares Wasser rauschte steile Felshänge herab und vermischte sich mit dem des Meeres. Das Langschiff legte an.

Wulfher stöhnte, als gutes Ale ausgeleert werden mußte, um Platz für Süßwasser zu machen. Weil er vermutete, daß eine so schöne Insel nicht unbewohnt war, hielt Cormac Wache, während die anderen sich wuschen. Die Gälen legten großen Wert auf Reinlichkeit. Er stieg ebenfalls ins Wasser, während Wulfher den Blick landein wandte. Doch niemand ließ sich sehen.

Nachdem sie gebadet und Wasser geladen hatten, stachen sie ohne Zwischenfall wieder in See.

Der Wind meinte es gut mit ihnen. Das Schiff schnitt zügig durch die Wellen und ließ schäumendes Weiß hinter sich zurück. Eine lange Weile war nur Meer ringsum und unter ihnen und über ihnen ein Himmel von fast derselben Farbe.

Die Sonne stand schon tief, als Wulfher Cormac leise rief.

Der Gäle schritt zu dem Riesen am Bug. Vor ihnen ragte eine Insel aus dem Wasser, ein kegelförmiger Felsen, der an einen piktischen Getreidespeicher erinnerte, wenn auch nur der Form nach. Eine Rauchfahne kräuselte sich von ihm empor.

»Siehst du diesen Felsen?«

»Natürlich«, antwortete Cormac.

»Natürlich«, sagte der Mann, als spreche er zu einem Kind. »Cormac – ich kenne diese Gewässer, ich war schon öfter hier, aber diese Insel aus Stein habe ich *nie* gesehen!«

Cormac kniff die Augen zusammen und starrte auf den Kegel, der sich aus dem tiefen Blau des Himmels hob. »Hmmm«, murmelte er.

»Welch aufschlußreiche Bemerkung für einen, der fast ein Dutzend Jahre auf See verbracht hat!« rief Wulfher gereizt. »Hör zu – ich schwöre bei allen Göttern der Dänen, o ja, und denen deines Volkes ebenfalls, daß dieser etwas zu groß gewordene Schornstein nicht hier stand, als ich das letzte Mal hier war!«

Cormac blinzelte. »Dann – müssen wir vom Kurs abgekommen sein, oder du irrst dich. Inseln – erscheinen nicht einfach so!«

Wulfher schnaubte. Seiner Orientierung war er sich sicher, er wußte jedoch nicht, was er von diesem neuen Land halten sollte. Eine ganze Weile, während sie näher und dann allmählich an diesem schroffen und gespenstischen Kegel vorbeikamen, waren sie richtiggehend verwirrt. Er schien sie herausfordern zu wollen mit seinem düsteren Aussehen und dem unheimlichen Rauch. Ceann war es, der zumindest für den Anfang einer Antwort sorgte.

»Das Wasser – ist *heiß!*«

»Segeln wir in einen Sturm?« erkundigte sich seine Schwester besorgt.

Tatsächlich breitete sich in größerer Entfernung vor ihnen eine gewaltige Dunkelheit auf dem Meer aus, wo nichts mehr vom blauen Himmel zu sehen war. Und als Cormac sich über das Deck hinunter lehnte, stellte er fest, daß Ceann recht hatte: Das Wasser war unnatürlich warm.

Gewaltiger Donner grollte in einiger Entfernung. Wellen türmten sich auf und wogten heftig. Das Segel begann sich aufzubäumen.

»Die Hitze, Cormac – das Land, an dem wir gerade vorbeigekommen sind, ist neu entstanden und noch heiß wie der Erdkern!«

Der Gäle rang mit der Takelung und dem Ruder. »Es hat die See erzürnt – ich bin nur froh, daß wir nicht gerade an der Stelle segelten, wo es aus Manannan MacLirs Reich auftauchte!«

Da verschwand die Sonne.

Trotz der Tageszeit herrschte plötzlich dunkle Nacht. Vor ihnen verwandelte sich das Meer in Feuer und schwarze Wolken und zischenden Dampf. Ihr schmales Langschiff schlingerte, als ihm gewaltige Wellen entgegenkamen. Plötzlich wurden sie alle auf die Deckplanken geworfen, denn mit lautem Segelkrachen krängte das Schiff backbords.

Die See wogte gewaltig. Wellen stürzten herbei, und ein tobender Wind, der sich nicht für eine Richtung entscheiden konnte, blies Gischt haushoch.

Fluchend und bereit, seine Angst einzugestehen, stolperte Cormac MacArt mühsam über ihre Ladung – die glücklicherweise gut vertäut war – zum Segel.

»Das Segel!« brüllte er. »Wir müssen es herunterholen!« Der pfeifende Wind blies seine Worte achtlos davon – und schmetterte ihn auf die Planken. Das kleine Schiff machte eine halbe Drehung und raste etwa hundert Meter ostwärts, ehe es wieder herumschwang.

Dann krachte es ohrenzerreißend wie von tausend Donnerschlägen gleichzeitig. Auf dem Meer vor ihnen brach die Hölle los. Orangefarbene Flammen schossen himmelwärts, als wollten sie die Wolken versengen. Eine gewaltige Fackel – größer als alle Behlfeuer Eirrins zusammen – erhellte den Himmel. In ihrem Schein tanzten Tausende von schwarzen Punkten und wirbelnde, gen Himmel fliegende Felsbrocken von Flammenfarbe. Staub und Schlacke verbargen den Himmel. Nur die prasselnde, lodernde Flammensäule weit vor ihnen erhellte die Dunkelheit. Das Prasseln begleitete ein Zischen, als geschmolzenes Gestein vom Meeresgrund und die Innereien der Erde vom Wasser gekühlt wurden. Dampf schoß in meilenhohen grauweißen Säulen empor.

Ein gewaltiges Lavageschoß von etwa Wulfhers Gewicht war zum Himmel geschnellt worden und fiel wieder herab, es platschte keine zwanzig Fuß von Steuerbord entfernt ins Wasser – nein, von Backbord, denn das Schiff krängte und drehte sich in Sekundenschnelle fast völlig herum.

Das Meer rundum und der Himmel darüber waren durcheinander, so daß die Wellen herbeibrausten und sichtlich seitwärts *auswichen,* während der Wind heulte und schneller die Richtung änderte als ein schlechter König die Laune.

Der Flammenschein tanzte über vier Gesichter, aus denen weitaufgerissene Augen starrten. Keiner der vier hatte weder den Donnergott je so erzürnt erlebt noch den Meeresgott so berserkerhaft. Nun regnete grobe Asche herab, wodurch das Wasser tausendfach aufplatschte. Ceann schlug hastig eine wirbelnde Feuerkugel von der Größe eines Augapfels zur Seite.

Die Flamme schrumpfte, während es darunter grollte und brummte und ächzte. Der Wind ließ nach ...

»CORMAC!« brüllte Wulfher.

Doch Cormac tat das, was seiner Erfahrung nach getan werden mußte. So hielt der entsetzte Schrei seines Freundes weder ihn noch sein herabsausendes Schwert auf. Von eisernen Muskeln geschwungen, fiel es herab. Scharfer Stahl biß durch Tau und bis in die Planken.

Mit dem Fall gekappt, sank das Segel auf die Planken.

»Jetzt sind wir HILFLOS!« donnerte Wulfher.

Vor ihnen grollte und hustete die Welt, und schwarzer Rauch wallte heftig, wo die Flammen aus dem Meer geborsten waren.

»Wir waren schon zuvor hilflos«, entgegnete Cormac und faßte Samaires Arm. »Halt dich fest, *Dairlin*-Mädchen!« Lauter rief er: »So retten wir wenigstens das Segel. Falls wir dieses Toben der Elemente überleben, werden wir es brauchen. Doch im Augenblick ist es uns eher Gefahr denn Hilfe, da ...«

Eine weitere ungeheure und himmelerschütternde Explosion übertönte den Rest seiner Worte. Fast sofort warf sich ihnen von der neuen Flammensäule eine gewaltige Welle entgegen. Er hatte die Hand noch fest um Samaires Arm gelegt, da wurde Cormac gegen das Schanzkleid geworfen – und hätte er nicht versucht, der Frau zu helfen, oder sie schon losgelassen, wäre er über Bord gespült worden.

Das Segel flatterte in diese und jene Richtung. Doch jetzt war es nicht mehr als ein übergroßes Banner, das lose am Mast hing.

Der nordwestliche Horizont war ein Vorhang aus Feuer und tanzenden Aschen- und Schlackenstücken wirbelnden Lavageschossen, die aus ziemlicher Höhe zurück ins Meer fielen. Immer stärker wurde die Hitze. Schweiß rann den vieren über die von Flammen erhellten Gesichter. Dampf zischte und wallte und vereinte sich mit wogenden schwarzen Wolken, die sich übereinander türmten. Gestank wie von faulen Eiern stieg den vieren in die Nase.

Vulkangeschosse platschten ins Wasser. Etwas prallte klickend von Cormacs Helm ab. Als er sah, wie es aufs Deck fiel, handelte er automatisch. Erst im letzten Moment dachte er daran, die Linke zu nehmen. Trotzdem entfuhr ihm in der Sekunde, da er die heiße Schlacke in der nassen, zischenden Hand hielt, ein Schmerzenslaut. In weitem Schwung warf er sie ins Meer. Ceann schrie auf und schlug nach seiner schwelenden Tunika.

Da kam eine neue Schockwelle und mit ihr haushohe Wogen. Eine erfaßte das Schiff und raste mit ihm fort von dem auftauchenden Vulkan.

Das namenlose Wikingerschiff wurde mit solcher Geschwindigkeit südwärts getragen, daß vor den Augen der vier hilflosen Passagiere alles verschwamm. Goldenes Feuer durchzog die Nacht, die noch vor dem Sonnenuntergang eingesetzt hatte, glühende Lavabrocken flogen in hohen Bogen durch die Luft. Sie hagelten dort ins Meer, wo Sekunden zuvor das Schiff geschlingert hatte. Schwarze Asche verbarg den Himmel und besudelte die Wellen. Schlacke drang in dichten Schwärmen durch die Wasseroberfläche. Hinter ihnen glühte der Himmel wie ein blutig orangefarbener Sonnenaufgang, während ansonsten Dunkelheit herrschte.

Weiter raste das Schiff auf einer Welle dahin, die das kataklystische Erbrechen aus der Tiefe ausgelöst hatte. Vier Menschen klammerten sich an alles, das ihnen Halt bot, und ihre Gesichter waren kaum weniger weiß als die Knöchel, die sich unter der Haut abhoben.. Sie alle wußten, daß in diesem Sturm und der tosenden Welle, die sie mit sich zog, als schwebten sie über der Wasseroberfläche, das Segel in Fetzen zerrissen worden wäre. Statt dessen flatterte es, nachdem Cormac das Fall gekappt hatte, wie ein braves gestreiftes Banner hinter dem Mast und leugnete das Grauen der vier Menschen auf dem dahinsausenden Schiff.

Der ständige Donner, ein Grollen und ein krachendes Bersten, quälte ihre Ohren. Sie brausten in eine ihrem Ziel entgegengesetzte Richtung dahin, und die gewaltige Welle trug sie glatt wie das ruhigste Pferd. Um sich spürten sie, wie die Luftströmung ständig die Richtung änderte. Südostwärts sausten sie dahin, und hinter ihnen tobte das feurige Ungeheuer aus dem Meeresgrund.

Als genügte das nicht, nahmen ihre starrenden Augen und der halbbetäubte Verstand die neue Drohung vor ihnen wahr: Sie alle sahen, wie das Wasser um ein aus der Tiefe auftauchendes Ungeheuer gischtete. Es kam immer höher, und das Wasser rann an vier Stellen von seinem Rücken, wo die graugrüne Haut durch die Oberfläche gestoßen war – und sie wurden geradewegs darauf zugetragen!

»Seeungeheuer!« murmelte Cormac. Er spürte, daß er Leinster nie wiedersehen würde.

Vierzig Fuß trennten den ersten Buckel vom zweiten, und zwanzig oder dreißig vom dritten. Ein Langschiff hätte zwischen dem dritten und vierten Platz ... und Cormac wurde plötzlich bewußt, daß es keine lebende Kreatur war, die er da sah.

Mit kataklystischen Erschütterungen schleuderte der Meeresboden weiteres neues Land empor.

Immer höher hoben sich diese Buckel grauen Gesteins, das mit schlammigem Grün beschichtet und mit Braun und Schwarz durchzogen und gespickt war. Und direkt auf diese neue Insel sauste das Schiff zu. Ohne Segel und einsetzbares Ruder schien es der Vernichtung nicht entgehen zu können.

Der erste große Buckel des neuen Landes kam näher und näher und stieg unaufhörlich weiter an. Der Abstand zwischen ihm und dem zweiten schloß sich rasch. Vor Schrecken erstarrt, schrie nicht eines der vier Opfer des Meeresgottes auf, als ihr nasses Grab unausweichlich schien.

Aber es hatte fast den Anschein, als verfüge ihr Schiff über einen eigenen Selbsterhaltungstrieb. Es schoß zwischen dem ersten und zweiten Buckel hindurch und hatte einen so geringen Tiefgang, daß es nicht auffuhr. Vier Köpfe drehten sich, um die neue längliche Insel zu betrachten, die nun bereits hinter ihnen lag.

Cormacs Knie waren weich, und sein Herz schlug heftiger als je in einer Schlacht, wenn Berserkerwut ihn übermannt hatte. Er fühlte sich schwach wie ein gerade geworfenes Kätzchen, doch er sah, daß es den andern nicht besser erging. Selbst Wulfher erinnerte an eine Puppe, die ein Riesenkind achtlos hatte fallenlassen.

Die Woge, die sie trug, ließ an Kraft nach und wurde hinter ihnen abgeschnitten, als das weiter auftauchende Land die Buckeln miteinander verband. Verdrängt durch dieses Felsgestein, suchte das wütend gischtende Wasser einen neuen Weg.

Vor ihnen glühte der Himmel im Abendrot, im echten diesmal.

Es erschreckte sie kaum, als sie feststellten, daß ihr Schiff leckte, dazu waren sie viel zu ermattet, und so machten sie sich gleichmütig daran, das Wasser mit den Helmen zu schöpfen, ja, nachdem sie sich gefangen hatten, taten sie es fast freudig, denn das war eine Bedrohung, gegen die sie etwas tun konnten. Hinter ihnen lag eine Macht, die die Götter selbst herausgefordert und die Menschen hilfloser als Insekten in einem Wirbelsturm gemacht hatte. See und Wind hatten sie bedroht und überfallen, und Feuer und Schwefel ebenso, dann hatte sich ihnen auch noch felsiges neues Land in den Weg gestellt. So war es ein vereinter Angriff aller Elemente gegen sie gewesen. Doch seltsamerweise waren sie verschont geblieben – ob nun durch eine gleichgültige Naturkraft oder einen launenhaften Gott.

Verschont ... in einem lecken Schiff ... und viele Meilen vom Kurs entfernt.

8. DER SCHWARZE SCHRECKENSBRUNNEN

Monstrum horrendum, informe, ingens ...
Vergil, *Äneis*

Im Nordwesten lag ihr Ziel, doch südostwärts hatte es sie verschlagen, auch dann noch, als Cormac das Segel gekappt hatte. Jetzt trieb das Schiff weiter, allerdings nicht mehr so schnell, und sie schöpften die ganze lange Nacht hindurch. Kurz nach dem Morgengrauen erspähten sie eine Inselgruppe weit vor ihnen, die jener sehr ähnlich sah, deren Geburt sie Zeuge gewesen waren. Sie erstreckte sich in gerader Linie, und die einzelnen Inseln waren so nah beisammen, daß sie wie sieben Buckel einer Schlange aussahen.

Gestern noch hätten sie nur den einen Gedanken gehabt, bei einer solchen Insel anzulegen, um Reparaturen vorzunehmen und sich auszuruhen. Doch die vier waren noch so erschüttert, daß sie einstweilen bloß stumm auf diese Kette von Inseln starrten. Es beunruhigte Cormac, daß sie die Inseln erst beobachten mußten, um festzustellen, ob sie sich nicht bewegten.

Als sie glaubten, sicher sein zu können, daß diese reglos waren, setzten sie das Segel. Während sie immer noch kräftig Wasser schöpften, nahmen sie Kurs auf die größte der sieben Inseln. Alle waren felsig, wie viele der winzigen Inseln in diesem Gewässer südlich von Britannien, und nur die genügsamsten Pflanzen vermochten sich auf diesem Eruptivgestein zu halten. Die erschöpften vier beschlugen das Segel, legten das Schiff an und plagten sich dann über eine Stunde, es einen Strand hochzuziehen, der kaum als solcher bezeichnet werden konnte.

Wald gab es hier nicht, ja nicht ein einziger Baum war zu sehen, so daß sie gezwungen waren, den Mast zu benutzen – sehr vorsichtig, damit er ja nicht zersplittere –, um das Schiff zu kielholen.

Das Loch im Kiel war nicht groß – aber womit konnten sie es dichten?

»Darüber zerbrechen wir uns später den Kopf«, meinte der Prinz von Leinster, der nun, nachdem er festen Boden unter den Füßen hatte, auch wieder fester auftrat. »Ruhen wir uns eine Weile auf etwas aus, das sich nicht bewegt, und essen einen Bissen – und mit Ale werde ich ihn hinunterspülen, nicht mit geschmacklosem Wasser.«

Damit war Wulfher sehr einverstanden. Sie schlüpften aus ihrer Rüstung und setzten oder kauerten sich in den Schatten des gekielholten Schiffes. Die leicht seewasserfeuchten Rationen bedeuteten für sie ein Festmahl, und das gute Ale war nicht vom Salz des Meeres verdorben. Wulfher brauchte nicht viel, ehe er vor Erschöpfung einschlief. Ceann blickte ihn gähnend an. Mit einem Lächeln legte auch er sich auf den Rücken.

Cormac und Samaire schauten einander an. Auch sie waren erschöpft. Aber – auf dem Meer war keine Gelegenheit, sich unbeobachtet zu umarmen, so eng, wie es auf dem Schiff war. Wortlos verließen sie die beiden schlafenden Männer und spazierten landein, über harten pockennarbigen Boden: erstarrte Lava und Magma. Cormac ließ Kettenhemd und Helm zurück, nicht jedoch seine Waffen.

Als sie eine Anhöhe erklommen hatten, starrten sie ungläubig und erfreut auf einen Teich, der gewiß nicht Teil der See war. Mit neuer Energie stiegen sie zu ihm hinunter. In dem Gestein hatte sich beim Auskühlen ein flaches Becken geformt, und darin hatten sich ein paar Fuß Regenwasser gesammelt.

Samaire wandte sich dem Mann an ihrer Seite zu. Er zog sie an sich und küßte sie. Sie schmiegte sich an ihn, und ihre Finger glitten hoch und spielten mit seinem Nackenhaar.

»Wenn wir Eirrin doch noch erreichen«, sagte er rauh, »wird alles zwischen uns anders sein.«

Ihr Blick aus den grünen Augen begegnete seinem. »Wieso?«

»Du bist die Witwe eines Prinzen von Osraige und sowohl Tochter wie Schwester von leinsterschen Königen.«

»Solange mich niemand erkennt, bin ich all das nicht, und wir werden uns auch nicht direkt nach Leinster begeben, mein allzu besorgter Liebster.« Er öffnete den Mund, doch sie drückte ihm schnell einen Finger auf die Lippen. »Die anderen werden nicht ewig schlafen, und wir werden uns auch ausruhen müssen. Muß ich mich dir aufdrängen?«

Das war nicht nötig, und nach einer Weile schliefen Cormac und Samaire neben dem winzigen Süßwasserteich ein.

Nach dem Erwachen machte Wulfher zwei Entdeckungen: das Paar, das in unvollständiger Kleidung neben einem kleinen Teich lag – und einen breiten schwarzen Streifen neben dem Strand, der aus einem nachgiebigen Material bestand: Pech. Mit dem Helm eines Wikingers, der ihn nicht mehr brauchte und nichts dagegen haben konnte, daß man ihn für eine gute Sache zweckentfremdete, schöpften Däne und Gäle die Masse. Damit das Schiff zu reparieren war einfach, und die beiden überzogen fast den ganzen Kiel mit dem aufdringlich riechenden teerigen Zeug.

»Ho«, rief Wulfher, als er Cormac und Samaire herbeikommen sah, und ihm entging nicht, daß sie hastig die Hände lösten. »Und was hast du gemacht, während wir hier die Arbeit allein taten?«

»Zwanzig Pikten und drei Ungeheuer erschlagen«, entgegnete Cormac gleichmütig, »und einen riesigen Dänen, der keine höflichen Worte herausbrachte, sondern nur dumme Fragen stellte.«

Wulfher schüttelte den Kopf. Dann blickte er zum Himmel. »Die Sonne hat bereits ihren halben Weg für heute zurückgelegt, und das Pech ist noch nicht trokken. Wir werden über Nacht hier bleiben.«

»Gut!« freute sich Samaire. »Wie wäre es, wenn wir etwas zu essen und einen Beutel zum Befeuchten der Kehle mitnähmen und uns hier umsähen?«

»Umsehen!« schnaubte Wulfher. »Auf dieser leeren Tafel eines Riesen?« Er ließ den Blick über die kleine Insel wandern, wo es offenbar keine Tiere, ja nicht einmal Insekten gab und nur da und dort ein paar Grashalme von windgetragenen Samen zu wachsen begannen. »Cormac, fällt dir was an dieser Insel auf?«

Cormac nickte. »Sie ist aus der Tiefe aufgetaucht, und, nach dem winzigen bißchen Grün zu schließen, erst vor kurzem.«

Wulfher stampfte auf, als wolle er die Festigkeit des Bodens erproben. »Ich hoffe, sie entschließt sich nicht, dorthin zurückzukehren, von wo sie kam – solange wir uns auf ihr befinden!«

Ceanns finster gehobene Brauen deuteten seinen Unmut darüber an, daß der Däne einen solch unguten Gedanken hatte aussprechen müssen.

Samaire, die sich neben ihre Vorräte gekniet hatte, sagte verärgert: »Das hättet Ihr auch für Euch behalten können, Spalter von Schilden und Schädeln!«

Cormac wunderte sich, und Wulfher kratzte sich verlegen im Bart und blickte übers Meer. Ceann sah zu, wie Cormac einen gluckernden Beutel hob, während Samaire eine geringe Menge Wegzehrung einsteckte: Seewasser konnte Pökelfleisch kaum etwas anhaben.

»Wulfher und ich sehen uns auf dieser Seite der Insel um«, erklärte Ceann deutend, und erntete dafür ein dankbares Lächeln seiner Schwester.

»Du bist und bleibst der beste Mann und Bruder, Ceann«, sagte sie und wandte sich dann Cormac zu.

Gemeinsam machten sie sich auf den Weg. Sie bogen um einen steilen, zerklüfteten Felsen strandauf und verschwanden außer Sicht.

Wie Liebende bei einem sorglosen Picknick wanderten die beiden dahin und blieben dann und wann stehen, um erfreut einen einsamen Halm zu betrachten, der sich aus der erstarrten Lava plagte. Immer wieder tauschten die beiden verliebte Blicke und ein fast scheues Lächeln.

Die Insel war zwar schmal, doch lang, und so hatten sie weit zu gehen. Samaire stolperte einmal und fiel. Sie verdrehte sich das Handgelenk, als sie sich an einem groben Bimsstein festhalten wollte. Der Mann, der sich schnell bückte, um ihr hochzuhelfen, war besorgter um sie, als sie es ihm zugetraut hätte. Fast staunend blickte sie in sein narbiges Gesicht.

Eine lange Weile blieben sie, wo sie waren, hielten einander, und jeder hing stumm seinen Gedanken nach. Die Gegend um sie war hier weniger trostlos.

Ein gewaltiger Felsblock hob sich hoch über ihre Köpfe wie ein steinerner Posten, der Wache über die kahle Öde der Insel hielt. Sie gingen um ihn herum und fanden seltsamerweise Fischgerippe. Da sie auf dem Fels lagen und weder verkohlt noch versteinert waren, vermutete Samaire, daß die Insel sich unter dem Meer gebildet hatte und bereits abgekühlt aus dem Wasser getaucht war.

»Die Gesellschaft einer so klugen Person ist erfreulich«, sagte Cormac, »um so mehr, da sie eine Frau ist.«

Es war eine so förmliche und ernstgemeinte Feststellung, daß Samaire geschmeichelt lachte. Und gemeinsam lachend gingen sie weiter.

Das breite Loch, zu dem sie gelangten, war wie ein Brunnenschacht und fast bis oben mit dunklem Brackwasser gefüllt. Es war unmöglich zu erkennen, wie tief dieser naturgeschaffene Brunnen war, dessen Durchmesser etwa Cormacs zweifache Länge betrug. Auf einen plötzlichen Einfall hin schlug Samaire mit drängender Bestimmtheit vor, sich hier eine Weile auszuruhen und ein paar Schluck aus dem Alesack zu nehmen.

Sie setzten sich an den Rand des Schachtes. Als Cormac sich darüberlehnte und sein Schwert ins Wasser streckte, war die Klinge schon nach ein paar Zoll nicht mehr zu sehen.

»Ein Brunnen mit schwarzem Wasser«, sagte Samaire. »Ich wüßte nicht, was weniger appetitlich oder romantisch wäre – aber heute finde ich alles schön, Cormac, und romantisch ebenfalls.«

Er blickte sie an. Wie von selbst fielen sie einander in die Arme und preßten die Lippen aufeinander. Sein Herz schlug schneller, als sie sich ihm entzog und ihm den Alebeutel anbot.

»Deine Lippen schmecken mir besser«, erklärte er und legte eine Hand um ihre Taille.

»Glaubst du vielleicht, wir seien Flitterwöchler oder du seist ein Mann aus Eisen? Es ist ja erst eine kurze Weile her ...« Sie unterbrach sich und errötete unter seinem Blick. »Nein, nein, mein *Dairlin-Boy,* wir haben Zeit, die ganze Nacht! Und ich werde auch nie nein zu dir sagen können.«

Er lächelte und blickte ihr eindringlich in die Augen, dann nickte er. Er öffnete den Lederbeutel, doch als er trinken wollte, erinnerte er sich und reichte ihn ihr zuerst. Es war lange her, seit er sich in der Gesellschaft einer Frau befunden hatte und noch viel mehr in der einer Dame.

Sie nahm einen Schluck, legte den Beutel ab und schüttelte sich.

»O Cormac! Wulfher würde dich in die schwarze Grube hier werfen, und ich hätte auch gute Lust dazu!«

Stirnrunzelnd griff er nach dem gluckernden Beutel. Es war einer von denen, die sie mit Wasser gefüllt hatten. Lachend ließ Cormac sich auf den Rücken fallen. Einen Augenblick später stützte sie sich auf die Knie und beugte sich über ihn. Sie legte die Hände um seinen Hals und tat, als würge sie ihn. Er rollte die Augen und keuchte und röchelte, wie erwartet.

Da sah er, wie eine augenlose Schlange sich aus der Grube hinter ihr erhob und blind herumschwang, bis sie die junge Frau gefunden hatte.

Samaire schrie gellend. Kaum hatte die augenlose, mundlose Schlange – ein Tau von der Stärke ihres Handgelenks und scheinbar ohne Ende – sie berührt, schien sie wie durch Zauberei zu wachsen. Sie schlang sich um Samaires Oberkörper und wand sich zu ihrem Hals hoch.

Noch auf dem Rücken liegend, streckte Cormac die Arme aus, um nach der knochenlosen Kreatur zu greifen, die Samaire erdrosseln und in die nasse schwarze Grube ziehen wollte. Er vermochte sie jedoch nicht zu lösen, und er sah, wie Samaire die Augen hervorquollen, als das Tau aus Fleisch sich immer fester schloß und zog. Mit einer Hand zerrte sie an dem Ungeheuer, das ihr Leben bedrohte, mit der anderen schlug sie um sich, bis ihre Finger sich blindlings in Cormacs Gürtel hakten. Ohne zu überlegen, krallte sie sich daran fest.

Cormac faßte sie am Handgelenk und löste ihre Finger. Ohne das Gelenk loszulassen, wälzte er sich auf die Seite und riß sein Schwert aus der Scheide. Dann blickte er hoch, um zu sehen, wo er zuschlagen konnte, ohne Samaire zu treffen.

Ihre grünen Augen waren riesig und ihr Gesicht bläulich. »C-o-r-mmm ...« Doch den Rest seines Namens brachte sie nicht mehr heraus.

Halb lehnte sie bereits rückwärts über der Grube. Cormac, der verzweifelt ihr Handgelenk festhielt, wurde auf die Knie gezogen. Er erkannte, was er tun mußte, und zwar sofort. Hoch schwang das Schwert und sauste silberblitzend hinab. Mit einem Hieb schnitt Cormac ganz durch die augenlose Schlange, so daß seine Klinge funkensprühend gegen den Rand der Grube krachte. Der längere untere Teil fiel in die Grube zurück, während Samaire aufs Gesicht fiel. Cormac, der immer noch ihren Arm hielt, wurde mit ihr wieder auf den Boden gezogen. Jetzt konnte er den abgetrennten Schlangenteil von ihrem Hals lösen. Sie röchelte, schluchzte und keuchte verzweifelt nach Luft. Cormac starrte entsetzt auf die tiefroten Male zusammengezogener Haut, die sich rings um ihren zuvor so makellosen Hals gebildet hatten. Dann betrachtete er das gummiartige Ding in seiner Hand. Die Unterseite war mit *Saugnäpfen* ausgestattet! Auf welch unmögliche, augenlose Schlange mit Saugnäpfen waren sie hier gestoßen, die ...

Drei weitere der fleischigen kalten Taue peitschten über den Rand der Grube durch die Luft. Eines fand ihn, und er hieb danach, er mußte jedoch vorsichtig sein, um nicht in sein eigenes Bein zu hauen. Ein zweites berührte Samaires Bein, und sie schrie schrill vor Entsetzen, als es herumpeitschte.

Und wieder befand Samaire sich im Griff eines blind suchenden Ungeheuers – das sofort einen schlangengleichen Fangarm um sie legte und an ihr zog.

Mit den Beinmuskeln gegen das mächtige Muskeltau ankämpfend, das sich um seine Wade schlang, schlug Cormac zu – und mußte die Klinge hastig zur Seite ziehen, als die Frau einen Schritt nach hinten gezerrt wurde und er fast sie getroffen hätte. Er und das Ungeheuer, das an seinem Bein zog, hatten dasselbe vor, und so war es einfach, an den Rand der Grube zu gelangen. Dort hieb er das Schwert erneut hinab. Doch ein Ruck des Fangarms raubte ihm das Gleichgewicht, und seine Klinge glitt, ohne etwas auszurichten, an dem schlangenähnlichen, sich windenden Ding entlang. Nur ein bißchen Haut löste sich, als schuppe man einen Fisch.

Und dann, mit einem Entsetzensschrei, war Samaire auch schon über den Rand des natürlichen Brunnens gezerrt. Ein Platschen – und sie verschwand außer Sicht in dem dunklen Wasser, das, wie Cormac hätte schwören können, seit Beginn des Angriffs noch schwärzer geworden war.

»SAMAIRE!«

Mit seinem Schwert befreite Cormac sein Bein, und ein weiteres sich windendes Stück des Ungeheuers lag zuckend auf dem Boden. Es benahm sich, als steckte eigenes Leben in ihm. Cormac ließ sein Schwert fallen und zog seinen Dolch, dann holte er tief Luft und sprang mit den Füßen voraus in die Grube.

Wenn es überhaupt etwas gab, worüber er froh sein konnte, dann darüber, daß er keine Rüstung trug.

Trotzdem sank er wie ein Stein.

Dunkle Flüssigkeit wirbelte um ihn. Gewiß war es kein Wasser, sondern irgendein schwarzer Lebenssaft der Ungeheuer, die hier in dieser Höllengrube hausten. Das Wasser – oder vielmehr dieses ungewöhnliche tintenartige Zeug – brannte in seinen Augen. Trotzdem zwang er sich, sie offenzuhalten. Ein Schlangentau streifte ihn. Er stieß seinen Dolch hinein und zog ihn mit einer langsamen, von der Flüssigkeit behinderten Bewegung heraus. Das durchbohrte Schlangenstück verlor viel Lebenssaft und wand sich vor Schmerzen. Cormac trat verzweifelt um sich und drehte sich in dem flüssigen Schlamm. Seine Hand glitt durch das Wasser, berührte etwas Kaltes und Glitschiges – und kam mit Stoff in Berührung.

Cormacs Finger schlossen sich wie von selbst darum, und er spürte die zitternde Wärme von Samaires Haut darunter. Seine tastende Hand berührte das kaltblütige Tau, das sich um Samaires Bein geschlungen hatte, und er setzte den Dolch an. Er sägte, als wolle er eine Scheibe altbackenes Brot abschneiden.

Die Frau wurde heftig hin und her gerissen, als die Kreatur der Klinge zu entgehen suchte. Blut machte das dunkle Wasser um Cormacs Handgelenk noch ekliger. Endlich war der Dolch durchgedrungen, und das Schlangending, das nicht sterben wollte, zuckte und peitschte über seinem Arm. Unter Wasser tretend, riß Cormac den Dolch zurück. Seine Augen waren riesig, sein Haar stand im Aufwärtsstrom der Flüssigkeit hoch, und er begann den Druck seiner Lunge zu spüren. Samaire mußte es noch schlimmer ergehen, und es mochte bloß noch Sekunden dauern, bis ihre salzwassergefüllte Lunge ihr den Tod brachte.

Nur ein paar Zoll weit vermochte er in dem gräßlichen Dunkel zu sehen, das durch den wirbelnden Tintensaft des Ungeheuers noch vertieft wurde. Jetzt konnte er mit dem Dolch nichts mehr ausrichten, denn zu groß war die Gefahr, die Frau zu treffen. Nein, er mußte zuerst eines dieser Schlangentaue mit der Hand ertasten und dann die Klinge ansetzen.

Samaire streifte ihn, als sie aufwärts getrieben wurde, und Cormac half noch kräftiger nach, damit sie zur lebenswichtigen Luft gelangte. Er hoffte nur, daß es nicht bereits zu spät war. Die Ungeheuer des schwarzen Brunnens hatten erkannt, daß nicht sie es war, die ihnen Schmerzen zufügte, und hatten sie deshalb losgelassen, daran zweifelte Cormac nicht.

Nun würden sie sich mit ihm beschäftigen, der keine hilflose Beute, sondern ein gefährlicher Feind war.

Cormac hackte nach einem zugreifenden Muskelstrang. Er riß, und Cormac stieß sich heftig ab. Sogleich schoß er hoch und leerte seine Lunge, noch ehe sein Kopf aus dem Wasser tauchte. Er schnappte nach Luft und stieß sie wieder aus. Samaire lebte! Zwar hustete und spuckte sie, und ihr Haar hing in schmutzigen Strähnen herab, aber sie lebte. Wieder holte er tief Atem – und schon wurde er gepackt und unter die Oberfläche gezerrt.

Mit dem Dolch um sich schlagend – denn nun war außer ihm und den Schlangen niemand in dem dunklen Wasser dieser Ungeheuergrube – schoß Cormac in die Tiefe.

Da erkannte er, daß er nicht gegen Schlangen mit Saugnäpfen an der Unterseite kämpfte, sondern gegen eine riesige Kreatur, die Schlangen als Arme besaß. Sie war dunkel, und ihr Leib bildete ein stumpfes Oval, aus dem diese bedrohlichen Arme wuchsen, von denen einige, dank seiner Klinge, nur noch Stummel waren. Durch das aufgewirbelte tintenartige Wasser blickten die tellergroßen Augen ihn voll Bosheit an. Noch fremdartiger war das Maul, das dem Schnabel eines Greifvogels glich. Eine derartige Wasserkreatur hatte er noch nie gesehen.

Acht Fangarme, dachte er, während er hieb und stach und trat. Gehört hatte er von solchen Ungeheuern der Tiefsee. Und jetzt schnitt seine geschwungene Klinge durch eines dieser böse funkelnden Augen.

Das Ungeheuer war nun außer sich vor Schmerzen und Angst. Stummeln und Tentakel peitschten und zuckten wie Taue im Sturm. Cormac wurde von ihnen gegen die Seite des runden Felsbrunnens geschmettert. Aber er schlug zurück. Wieder quoll Blut aus einem neuen Stummel. Plötzlich, aus einer Entfernung von kaum einem Fuß, starrte er in das schreckliche Auge des dem Alptraum eines Gottes entsprungenen Ungeheuers. Er sah, wie das Maul sich öffnete, während kalte Saugarme über ihn glitten.

Der verzweifelte Gäle stach seinen Dolch geradewegs in das gräßliche Auge, bis der Griff gegen das kalte Fleisch stieß. Dann hielt er sich an einem Tentakel, dicht am Leib, fest und drehte die Klinge.

Der Brunnen wurde zu einem wahren Mahlstrom von Bewegungen. Wieder wurde Cormac davongeschmettert. Ein tauglicher Tentakel peitschte gegen seinen Arm, packte ihn flüchtig und schnellte davon. Ein anderer schlug wie eine schwere Geißel auf seinen Bauch. Ein dritter griff nach seinem Bein und hielt es fest. Von der verzweifelt um sich schlagenden und sich windenden Kreatur, die sich bestimmt in Agonie befand, wurde er in die Tiefe gezogen.

Seine Brust schmerzte, seine Augen brannten. Aber er krümmte sich und bekam den Tentakel zu fassen, der

ihn hielt, und schon setzte er den Sachsendolch an. Der Saugarm löste sich, noch ehe er durchtrennt war. Mit beiden Armen und den kräftigen Beinen stieß Cormac sich hoch, so daß er wie ein Pfeil emporschoß.

Wieder tauchte sein Kopf aus dem Todeswasser, und diesmal blieb er unbedroht. Wassertretend versuchte er die paar Fuß hochzuspringen, um die Kante des brunnengleichen Loches fassen zu können, denn an der glatten Wand fand sich kein Halt für Hände oder Füße.

»Cormac! O *Cormac!*«

Gut, dachte er, wenn sie so laut schreien kann, muß das *Dairlin*-Mädchen in Ordnung sein.

Seine Hand bekam etwas Kaltes, Glitschiges zu fassen. Fluchend schleuderte er das abgetrennte Tentakelstück aus der Grube.

»Ho! Was soll das? Erst ein Schrei als Begrüßung und jetzt auch noch Wurfgeschosse!«

Das war Wulfher. Er wußte, wann ein Spaß angebracht war; wann ein Mann lebte und sich tapfer bemühte, am Leben zu bleiben. Doch Ceann war bei weitem nicht so an Grauen und Schlachten gewöhnt, daß er die Lage einschätzen konnte, und er rief zutiefst erschrocken den Namen seiner Schwester.

Dann befanden sich zwei Köpfe zwischen Cormac und dem Himmel. Ceann und Wulfher blickten auf ihn hinunter, und auf Samaire.

»Mir geht es gut«, versicherte Samaire, noch ehe ihr Bruder fragen konnte.

Offenbar konnte Cormac dasselbe von sich sagen. Jedenfalls schüttelte Wulfher bekümmert den Kopf. »Wenn du schon unbedingt schwimmen gehen willst, alter Freund, warum vergewisserst du dich da nicht, ehe du ins Wasser springst, ob du auch wieder herauskommen kannst?«

»Wulfher, ich werde deine abgetrennte Zunge diesem Arm des Ungeheuers nachwerfen – aber ganz langsam werde ich sie dir abschneiden!«

Wulfher gelang es, ungemein betroffen auszusehen. »In diesem Fall«, erklärte er, »wäre es dumm von mir, dir zu helfen!« Er streckte eine Prankenhand zu Samaire hinunter.

Sie hob ihre, die zwischen den Stahltrossen von Fingern verschwanden. Mit einer Hand und ganz behutsam zog der Däne sie aus dem Brunnen.

»Aber das ist ja ein Krake, den du da gefunden hast!« rief Wulfher hinunter. »O Cormac, hast du überhaupt eine Ahnung, wie köstlich die schmecken? Also, wenn du unverletzt und ungefährdet bist, dann sei doch ein guter Junge und tauch hinunter, um ihn hochzuholen!«

»Ceann – ich wäre dir dankbar, wenn du mir deine Hand leihen würdest«, sagte Cormac.

Eine Minute später war er aus der Grube des Ungeheuers und auf felsigem Boden, den der durchgeweichte MacArt besonders warm und angenehm fand.

»Möglicherweise könnten wir ein Mahl aus dem da zubereiten«, meinte Wulfher mit einem Blick auf den abgetrennten Saugarm, und er tat, als bemerke er gar nicht, daß sein Freund mit dem klebrigen Blut und der schwarzen Schutztinte des Ungeheuers besudelt war und obendrein heftig nach Luft keuchte. »Aber es ist wahrscheinlich zu zäh. Es wäre schon besser, Cormac, wenn du das ganze Ding raufholtest. Wie tief ist denn dieser schmutzige Brunnen?«

»Sag du es mir«, entgegnete Cormac und schwang beide Füße gegen Wulfhers Beine, »wenn du mit unserem Abendessen hochkommst.«

Mit einem gewaltigen Aufplatschen verschwand der Schädelspalter im schwarzen Wasser.

Ceann blickte entsetzt drein, wie er es eigentlich schon die ganze Zeit getan hatte, obgleich seine Schwester und sein Freund ganz offensichtlich unbeschadet waren. Wulfhers Benehmen hatten den jungen Königssohn sehr bestürzt. Er hatte sich wenig mit Gewalttätig-

keit beschäftigt und kannte die rauhen Scherze zwischen Kameraden nicht, die viele Male gemeinsam dem Tod gegenübergestanden hatten.

Samaire aber lachte, und nachdem Wulfher hustend und keuchend auftauchte und Cormac mit einer wahren Flut von Verwünschungen überschüttete, mußte selbst Ceann Ruadh lächeln.

Dann tauchte Wulfher. Und er kam auch nicht ohne das tote Ungeheuer zurück, dem Tentakel und Stummel schlaff hinabhingen. Sein gewaltiges Gewicht wurde ihnen alsbald bewußt, als sie versuchten, es aus dem Wasser zu ziehen und zu schieben. Brummelnd sprang Cormac schließlich in den Brunnen zurück. Er zerlegte mit Wulfher den Kraken im Wasser und reichte den anderen das Fleisch hoch, das Wulfher beharrlich *Steaks* nannte.

Die Kreatur hatte in ihrer tiefen Felsengrube gelegen, als diese Insel sich gelöst hatte und hochgeworfen worden war, schlossen sie. Wie vermutet, befand dieses Land, auf dem sie standen, sich noch nicht lange über dem Wasser. Aber wie hatte dieser Riesentintenfisch überlebt?

»Vielleicht waren auch Fische und so was mit ihm im ... uh ... Brunnen«, meinte Ceann, »und kamen mit hoch.«

»Möglicherweise ein paar«, sagte Wulfher kopfschüttelnd. »Aber wir können sehen, daß die Kreatur nur noch drei ganze Tentakel hat, obwohl Cormac sich erinnert, bloß drei abgetrennt zu haben. Zwei weitere fehlen, und die Wunden sehen keineswegs frisch aus. Die Base meiner Mutter hatte mal einen Tintenfisch, den ihr Mann Ivarr ihr mitbrachte. Obgleich sie ihn gut fütterte – mit Schalentieren hauptsächlich –, fraß er doch innerhalb eines Jahres drei seiner eigenen Tentakel auf.«

»Das arme Tier«, murmelte Samaire und blickte auf die abgehackten Stücke des Ungeheuers, das gern sie gefressen hätte. »Um am Leben zu bleiben, fraß es von

sich selbst – und jetzt sind wir darauf gestoßen, und alle seine Bemühungen waren umsonst.«

»Wenn das deine Einstellung ist, Tochter eines schwachsinnigen Huhns, werde ich dich das nächste Mal deinem Schicksal überlassen und mich nicht naß machen, um dich zu retten.«

Sie blickte Cormac erschrocken an, doch er lächelte.

Da fiel Ceann Ruadh etwas ein, und er gab zu bedenken, daß sie kein Holz hatten, um ein Feuer zum Kochen des Tintenfischfleisches zu machen.

Da geschah es, daß Cormac MacArt seinen Freund Wulfher Schädelspalter wieder in den Brunnen stieß.

9. DIE SMARAGDINSEL

O Land meiner Geburt, welch eine Pracht,
welch eine Freude!
Durch die blaue See zu pflügen,
des Meeres Wellen zu messen
Zu dir, geliebtes Eirrin!

Ceann Ruadh, der »Bardenkönig«
(aus *Reise der Verbannten*)

Viele Tage waren es her, da Samaire von Leinster in Reitkleidung von ihrer eigenen Küste entführt worden war. Ein grünes Seidenband aus der Wikingerbeute hielt jetzt ihr Haar zurück und war in die orangeroten Zöpfe geflochten. Aber sonst hatte es nichts gegeben, womit sie sich hätte zurechtmachen können.

Sowohl die Frauen als auch die Männer von Eirrin trugen ihr Haar lang und schmückten sich mit Zierat. Broschen hielten ihre Kleidung zusammen. Torques aus Silber oder Gold verschönten, ja umschmeichelten ihren Hals. Männer wie Frauen widmeten ihrer Frisur viel Zeit, sie flochten ihr Haar, drehten es zu langen Locken oder türmten es auf den Kopf und steckten es mit goldenen Nadeln und Ringen fest. Damen mit viel Muße polierten ihre Nägel und färbten sie auch manchmal rot, und sie benutzten ab und zu sogar pflanzliche Farben, um sich das Gesicht zu tönen. Die Augenbrauen wurden fast immer mit Beerensaft geschwärzt, ob die Frauen nun blond, rot- oder braunhaarig waren.

Zwar wurde nichts aus den Tintenfischsteaks, aber Samaire benutzte die tintenfarbige Ausscheidung der Kreatur, um sich die Brauen zu färben – woraufhin zwei ihrer Gefährten sie alsbald darauf aufmerksam machten, daß sie nach Fisch roch. (Wulfhers unerwartete und bisher ungeahnte Ritterlichkeit verbot ihm, davon zu sprechen.)

Mit Meerwasser wusch Samaire die Krakentinte ab –

und kratzte und kratzte danach, um die Salzkruste zu lösen ...

Mit günstigem Wind fuhr ihr Langschiff über das dunkelblaue Gewässer, stetig nordwestwärts. Und Ceann spielte auf seiner Laute und sang.

Tage zogen dahin und Inseln vorbei.

»Das«, sagte Wulfher, »ist die See von Eirrin – und das Britannien.« Er deutete auf eine dunstverhangene Küste im Norden.

Ceann und Samaire blickten erfreut in die angegebene Richtung und dann nach links von dem kaum erkennbaren Land, in Suche nach ihrem eigenen. Doch Devon und Cornwall lagen weit unterhalb von Eirrins südlichster Küste, und ihre Mühe blieb unbelohnt, so sehr sie die Augen auch anstrengten und über den Horizont wandern ließen.

Auch lenkte Wulfher das Schiff nicht in die Wasserstraße, welche die von den Römern Brittania und Hibernia oder Ivernia genannten Inseln trennte. Ceann fragte ihn, warum nicht.

»Wir können uns nicht auf einen Kampf einlassen«, erklärte der Däne. »Die See von Eirrin ist selten frei von Gesetzlosen beider Länder, dazu kommen noch meine eigenen Landsleute sowie norwegische Wikinger – und Pikten und Jüten und Sachsen ebenfalls.«

Die grünen Augen Samaires ruhten auf ihm. Sie hatte das Gefühl, die halbe Welt verschwöre sich gegen sie, um zu verhindern, daß sie in ihre Heimat zurückkehrte.

»Und wenn wir doch hier hochsegelten«, warf Cormac ein, »in der Hoffnung, all denen zu entgehen und sichere Landung an der Küste von Meath zu finden, kämen wir an eurem geliebten Leinster vorbei und seinem großen Hafen Atha Cliath, den manche *Dubh linn* – dunkler Teich – nennen, und als das könnte er sich sehr wohl für uns erweisen!«

Ceann seufzte und blickte sehnsüchtig über die Schulter in die Richtung, die sie nicht einschlagen würden. »Ja – und wir könnten jetzt in unserem eigenen Land mit keinem freundlichen Empfang rechnen! Aber – wohin dann?«

»Zur Küste von Munster würde ich vorschlagen, nahe Cobh, weit über der Isle of Cat, aber – sichere neunzig Meilen etwa unterhalb von Carman in Leinster. Von dort nach Cashel und Meath zwischen Leinster und Connacht – wo ich vielleicht willkommen bin ... vielleicht aber auch nicht.«

Cormac blickte Samaire an. »Den Shannon hoch, landein von seinem Westufer.«

Die junge Frau seufzte tief. »Diese lange Zeit und jetzt die schreckliche Seereise ... und dann Tage um Tage quer durch das Land, bis wir Tara erreichen. Ich verzweifle schon ...« Da warf sie den Kopf mit dem sonnenfarbigen Haar und den Grübchen am Kinn zurück. »Nein, vergeßt das! Ich werde niemals verzweifeln, bevor das Schwarz des Todes mir die Augen schließt.«

»So spricht eine echte Tochter Eirrins!« lobte Cormac. »Und – Samaire ... nach so vielen Jahren der Verbannung kehre ich zurück, da sind sieben Tage quer durch das Land so gut wie nichts.«

Sie lächelte. »Ja, und ich werde dich auf all die Schönheit Eirrins aufmerksam machen, Cormac MacArt!«

Wulfher sagte kein Wort, sondern blickte reglos geradeaus. Mehrere dieser Jahre, die Cormac erwähnt hatte, hatte er in der Gesellschaft des riesigen Dänen verbracht. Ihr Verhältnis war immer gut gewesen, sie hatten viele Abenteuer mit dem Schwert erlebt und im großen und ganzen eine schöne Zeit miteinander gehabt.

Weiter glitt das Schiff durch das Wasser. Gegen Sonnenuntergang bot sich ihnen der Anblick, bei dem sich ein Augenpaar mit Tränen verschleierte: die ferne Küste Eirrins. Statt sich zu dieser Stunde dem Wind zu widersetzen, schlug Wulfher vor, das Segel zu beschlagen und bis Einbruch der Dunkelheit auf dem Meer zu bleiben.

»Unnötige Stunden, die wir auf den Planken aus norwegischen Bäumen und allem Wasser der Welt vergeuden!« beschwerte sich Ceann. »Ich glaube, das halte ich nicht aus.«

»Nach Sonnenuntergang wird es nicht lange dauern, bis wir die Küste erreichen«, tröstete Wulfher ihn. »Überleg doch selbst, wieviel besser ihr drei euch fühlen werdet, nachdem ihr ein bißchen geschlafen habt.«

»Sehr vernünftig.« Cormac nickte.

Sowohl Ceann wie seine Schwester funkelten ihren Landsmann an, doch sie widersprachen nicht. Obgleich beide königlichen Geblütes und von Leinster waren, sahen sie den Sohn Arts von Connacht als Führer und besten Kopf unter ihnen an.

Auf dem schwach schaukelnden Schiff aßen sie zu Abend, und Ceann klimperte eine schwermütige Weise, zu der er leise sang:

»Das Trillern der Amsel von Litir Lee,
Die Wellen des Rughraidhe, die ans Ufer schlagen;
Das Brüllen des Ochsen von Magh-maoin,
Und das Muhen des Kalbes von Glenn-da-maoil.

Die Kähne, die in den Wellen schaukeln,
Das Kläffen der Hunde im schönen Laighin,
Der Ruf Brans in Cnoc-an-air,
Und der Schrei der Adler über dem Mount Leinster.«

Und Samaire fügte leise hinzu:

»Gab es je einen Ort, ob hoch oder tief,
Der besser ist als Eirrin?
Dorthin wird Samaire sich begeben,
An der Seite von Arts Sohn.«

Sie bemerkte nicht einmal, daß alle drei sie anschauten und zwei Augenpaare danach auf Cormac blickten,

Sohn Arts, dann wieder zu ihr und sich schließlich hastig abwandten.

Sie ruhten sich aus, doch keiner der vier fand viel Schlaf.

»Aber – wir haben fest angenommen – nein, Wulfher, du *mußt* mit uns kommen!«

Während er das Steuerruder drehte, um das Schiff zur Küste zu bringen, schüttelte Wulfher den Kopf. »Mir werden dein Lautenspiel und deine Lieder fehlen, Prinz der Barden. Aber Eirrin und seine Angelegenheiten sind nicht die meinen. Die Gefahr für euch drei, die ihr im Grund genommen alle Verbannte seid, ist groß genug, daß ihr nicht auch noch einen Sohn Odins aus dem Lande Dänemark mitnehmen müßt.«

»Aber, Wulfher ...«, begann Samaire mit zusammengezogenen Brauen.

»Ich kann mit diesem Schiff umgehen, und ihr habt keine Verwendung dafür. Bald werde ich eine Mannschaft gefunden haben und zu dem zurückkehren, was ... ich am besten kann.«

»Und am liebsten tust«, fügte Cormac hinzu, und Samaire entging die Sehnsucht in seiner Stimme durchaus nicht.

»Und am liebsten tue«, bestätigte Wulfher mit dem Rücken zu Cormac.

Das kleine Schiff glitt im Sternenschein zur Küste. Ihre Beute zu teilen war nicht leicht, da die Gälen dem Dänen den größten Teil überlassen wollten und er sich weigerte, ihn anzunehmen, denn er sagte, sie müßten schließlich ihren Weg durch »zivilisierte« Lande machen, wo Ware oder vielmehr ihr Gegenwert in Geld wichtig war.

Trotzdem gelang es ihnen, mehr für ihn zurückzulassen, als er ahnte, während er am Ruder stand. Samaire achtete nicht darauf, daß Cormac geradeaus starrte. Sie und ihr Bruder hatten nicht wie er die Erfahrung machen müssen, daß jede Küste sich als feindselig erweisen mochte, vor allem für jene, die wie Diebe in der Nacht kamen.

Der Däne brachte ihr erobertes Schiff zu einer sandigen Landzunge, die sanft zum Wasser abfiel und landein mit Lehmboden verschmolz, der saftiges Grün hervorbrachte. Im Mondschein blickten sie einander an, und Tränen glitzerten auf mehr als einer gälischen Wange.

»Hat jemand etwas dagegen, wenn ich dieses Schiff *Bardenprinz* nenne?« fragte Wulfher mit belegter Stimme, als wäre ihm etwas im Hals steckengeblieben.

Ceann schüttelte den Kopf, und erst nach dem dritten Versuch brachte er ein leises »Nein« heraus. Kurz darauf fügte er hinzu: »Ich erachte es als große Ehre.«

Wulfhers Zähne blitzten in einem Lächeln. Dann blickte er Cormac an.

»Wir zwei sind Veteranen vieler Abenteuer und harter Kämpfe auf Leben und Tod«, sagte er. »Blutsbrüder?«

»Wir haben gemeinsam genug Blut vergossen«, brummte Cormac. »Blutsbrüder, du altes häßliches Wuschelgesicht!«

»Vielleicht sehen wir uns wieder, falls es mir einfallen sollte, daß ich noch einmal was mit einem kampfdurstigen Sohn eines gälischen Schweinebauern zu tun haben möchte.«

»Ich verwünsche den Tag, da ich dir erzählte, daß mein Vater Schweine auf unserem Land hatte!«

»Geht endlich von Bord, ehe einer von uns etwas Lächerliches sagt!«

»Oder weint«, murmelte Samaire und beobachtete die beiden Männer. Das Schiff schaukelte von sanften Flutwellen bespült und scharrte leicht über den Sand.

»Alle Götter mit dir, Wulfher Schädelspalter, und gutes Wetter!«

»Und mit dir, Cormac an Cliuin, und mögest du immer Loki entgehen und den Komplotten von Göttern und Menschen.« Einen Augenblick stand Wulfher da, mit dem Rücken zum Mond, eine riesenhafte dunkle Gestalt mit struppigem Bart. Dann brummte er erneut: »Geht endlich von Bord! Ich muß weiter und habe viel zu tun!«

Ohne ein weiteres Wort drehte Cormac sich um und schwang sich über das Schanzkleid. Samaire blickte zu dem Dänen zurück, um etwas zu sagen, doch Cormac zischte ihr warnend zu, und Ceann wollte ihr hinunterhelfen. Statt dessen aber folgte sie Cormacs Beispiel, und Ceann ihrem.

Eine lange Weile blickten sie im Mondschein dem Wikingerschiff nach und staunten, wie ein einzelner Mann so geschickt damit umgehen konnte. Takelwerk und Holz knarrten, und das gestreifte Segel zog auf und blähte sich in der Brise. Das Schiff fuhr nordwärts, um so schnell zwischen Eirrin und Britannien hindurchzukommen, wie es mit seiner Einmannbesatzung möglich war.

Ceann drehte sich eine Sekunde vor Samaire hastig um.

Dann stahlen die drei in Eirrin Geborenen sich ans Land ihrer Jugend – wie Diebe in der Nacht, und das in ihrem eigenen Heimatland.

10. PIKTEN!

Des Meeres Höhlen, wohin keine Armee sich wagt;
Der mächtige Katarakt des großen Eas Ruadh;
Die wogenden Wellen einer Springflut,
Wo CORMACS Grimm ihrer harrt.

Ceann Ruadh

Es war verständlich, daß der Fischer und seine Familie dem Trio voll Mißtrauen entgegenblickten, das da wie aus dem Nichts auftauchte, und das nach Einbruch der Dunkelheit! Außerdem sahen die drei gar nicht wie die Fischerleute aus, die hier an der Küste zu Hause waren. Doch Samaire fand sehr überzeugende Worte, und Ceann spielte und sang für sie. Bald vergaßen Dond und seine Familie – die noch spät auf waren, da sie den reichlichen Fang des Tages feierten – ihr Mißtrauen. Sie bewiesen den dreien ihre Gastfreundschaft, wie es in Eirrin üblich war.

Trotzdem verlor Dond seine Besorgnis nicht völlig. Er bot Samaire an, bei ihnen in dem kleinen, strohbedeckten Haus zu schlafen. Für mehr war nicht Platz, erklärte der Fischer etwas verlegen. Die beiden Männer dürften jedoch gern die Nacht im Schuppen verbringen.

Cormac und Ceann bedankten sich für das Angebot. Sie verstanden Donds Zögern, sie in sein Haus einzulassen, denn es war Nacht, und sie trugen Waffen.

Sie schauten zu, wie Samaire mit Lendabaer und Dond MacForgall sowie dem jungen, aber kräftig gebauten Sohn Dondal und dem noch jüngeren Sohn Laeg und der Tochter Devorgill das Haus betrat. Der Unterschied zwischen ihnen war erstaunlich, und nicht nur, was ihre Haarfarbe betraf; Dond und seine Familie stammten alle von der alten schwarzhaarigen Rasse mit der etwas dunkleren Haut ab, genau wie Cormac, während Samaire leuchtend rotes Haar hatte und mit Sommersprossen übersät war. Es lag auch nicht nur an der

Figur, denn im Gegensatz zu der schlanken Königstochter war Lendabaer durch die Geburt von fünf Kindern – zwei hatte sie verloren – von beachtlichem Umfang, wozu wohl ebenfalls die nahrhaften Meeresfrüchte, das Roggenbrot, viel Haferbrei, Lauch und Salat beitrugen.

Da war auch das Gewand und die Haltung, die Samaire nicht verleugnen konnte. Dond und Dondal trugen dünne Kittel, der des Sohnes war ärmellos, dazu leichte Beinkleider aus Flachs, die stark verknittert waren. Die rührige Lendabaer mit dem üppigen Schwarzhaar (das sie mit nicht weniger als drei verschiedenfarbigen Bändern zurückgebunden hatte) trug einen langen Rock von stumpfem Blau. Er floß unter einem weißen, ungebleichten Kittel hervor, und darüber trug sie noch eine riesige Schürze.

Obgleich Samaire nicht ganz fünfeinhalb Fuß groß war, überragte sie Lendabaer um mehrere Zoll und war von fast derselben Größe wie Dond – doch bei weitem nicht von der des früh entwickelten Sechzehnjährigen. In Samaires Flammenhaar war ein Band geflochten, und ein ledernes Wams bedeckte die weiße Tunika. Sie hatte einen Gürtel darübergeschnallt, so daß es in Falten über das Lederbeinkleid fiel, das sie zur Zeit ihrer Entführung getragen hatte, und das wiederum verlor sich in den weichen, ungewöhnlichen Stiefelschäften, die bis über ihre Knie reichten und die sie mit Lederschnüren am Gürtel befestigt hatte.

»Sie sieht aus wie eine Kriegerin«, murmelte Cormac.

»Jeder Zoll«, bestätigte Ceann nickend.

Dann verschwanden die Familie und Samaire in dem kleinen Haus, und deutlich war zu hören, wie ein schwerer Riegel vorgeschoben wurde. Cormac und Ceann schauten sich lächelnd an und gingen in den Schuppen, dort fanden sie ein Fleckchen, wo sie sich ausstrecken konnten.

»Puh!« entfuhr es dem Prinzen. Cormac grinste.

»Ja, und jetzt weißt du auch, weshalb ihnen gar nicht

auffiel, daß wir nach Meer riechen. Ich würde wetten, daß es im Haus nicht weniger nach Fisch stinkt wie hier!«

Ceann brummelte etwas in der Dunkelheit. Trotz der Härte ihrer Liegestätten und dem Gestank nach Fisch und Salzwasser schliefen die beiden rasch ein, nun, da sie sich wieder auf heimatlichem Boden befanden.

Cormac erwachte im Dunkeln. Bei dem Leben, das er geführt hatte, kam es von selbst, daß sein Schlaf leicht war und das geringste ungewohnte Geräusch ihn weckte. Er setzte sich auf. Wieder hörte er den Laut. Ein zukkendes Umsichschlagen, begleitet von einem unendlich schwachen Winseln.

Stirnrunzelnd zückte er lautlos das Schwert und trat ebenso leise zur Schuppentür. Unmittelbar außerhalb sah er den Urheber des Geräusches, das ihn geweckt hatte.

Es war der Hund Flaith, und jetzt zuckte und winselte er nicht mehr. Aus seinem Hals ragte ein schmaler Schaft, der mit seinem Zucken zu zittern aufgehört hatte. Cormac MacArt brauchte keinen Schritt weiter zu machen, um den Pfeil genauer zu betrachten, er wußte auch so, daß es eine Feuersteinspitze war, die den Hund getötet hatte, und zwar in absoluter Stille.

Im Schutze der Schwärze des Schuppeninnern spähte er hinaus auf Donds vom Mondschein gesprenkeltes Land. Gedrungene Gestalten bewegten sich lautlos. Sie schlossen einen Ring um das kleine, stille Haus. Mit gleicher Lautlosigkeit kehrte Cormac in den Schuppen zurück und bückte sich über den tief schlafenden Ceann. Er wußte noch nicht, welche Art Mann der Prinz war, nur das dessen Leben bisher anders als seines verlaufen war. Wulfher hatte erwähnt, daß der rothaarige Königssohn gekämpft hatte wie ein geborener Krieger, aber – wie wachte er auf?

Diesmal wurde er von zwei kräftigen Händen geweckt: eine, die ihn am Arm schüttelte, die andere, die auf seinen Mund gepreßt war.

Sobald sich Ceann rührte, beugte Cormac sich noch tiefer über ihn und flüsterte: »Ich bin es, Cormac. Sei ganz still und greif nach den Waffen – das Haus soll überfallen werden.«

Ceann zuckte zusammen, dann spürte Cormac, wie er nickte, und zog beide Hände zurück. Ceann erhob sich lautlos. Er stellte keine Fragen, sondern beeilte sich. Der Prinz hatte sich eine Schuppenrüstung von einem Wikinger auf Samaireheim langfristig ausgeborgt, sowie ein gutes Schwert und zwei Dolche in Scheiden am Gürtel. Den Rundschild hatte er, genau wie Cormac, am Rücken getragen. Um weniger kriegerisch und furchterregend zu wirken, hatten beide Männer Kittel über ihre Rüstung angezogen. Als sie sich ausstreckten, hatten sie außer Schild und Waffengürtel – und Cormac den Helm – nichts abgelegt.

Sie hatten gerade die breiten Gürtel mit den daran hängenden Scheiden umgeschnallt und nach den Schilden gegriffen, als gellendes Wolfsgeheul aus vielen Kehlen die Nacht zerriß.

»Gott meiner Väter! Was ...«

»Pikten!« brummte Cormac und ging zur Tür. »Sie brüllen, wenn sie angreifen. Das soll ihre Opfer erschrecken und sie vor Angst erstarren lassen.«

Ceann sah die breiten Schultern und den behelmten Kopf des anderen im Mondschein vor der offenen Tür. Und schon donnerte über das Kriegsgeheul der Pikten ein gewaltiger Schlachtruf. Der losstürmende Cormac verschwand.

Als wolle er sich von dem schrecklichen Lärm befreien, schüttelte Ceann den Kopf und folgte ihm.

Diese Pikten der gegenüberliegenden Küste waren gedrungene, ungemein kräftige Männer mit dickem schwarzen Haar, das sie manchmal mit Silberreifen aus der Stirn hielten. Nur wenige trugen Rüstungen, ja die meisten waren so gut wie nackt. Normalerweise waren sie mit Feuerstein- oder Bronzewaffen ausgestattet, wenn sie mit Stahl kämpften, war dieser erbeutet. Sie griffen wie Berserker an und schlugen alles nieder. Gefangene interessierten sie nicht, und Erbarmen kannten sie ebensowenig.

Als Ceann die Schuppentür erreichte, sah er, daß sie die Kate des Fischers umzingelt hatten; sie zählten etwa ein Dutzend. Sie wirbelten herum, dem Mann entgegen, der wie ein fliegender Schatten auf sie zustürmte. Seinen wikingererbeuteten Schild hielt er hoch, bereit, ihn nach der einen oder anderen Seite einzusetzen, und sein weit ausgestrecktes Schwert blitzte durch die Nacht wie ein fliegendes Silberband.

Der nächste Piktenschrei, den Ceann Ruadh hörte, während er hinter Cormac hersauste, war der eines Sterbenden, der die blanke Klinge zu spüren bekommen hatte. Ein Pfeil prallte von Cormacs Helm ab, und ein zweiter traf seine Brust dicht neben dem rechten Arm, drang jedoch nicht durch das dichte Kettenhemd. Und schon fiel der nächste heulend herbeistürmende Wilde mit durchbohrtem Herzen.

Ceann hatte keine Zeit für Ritterlichkeit. Der Pikte, der sich auf Cormacs Rücken stürzen wollte, hatte den eigenen Rücken dem Prinzen von Leinster zugewandt, und das war nicht gesund für ihn. Ceann hielt im Sturm nicht einmal inne, als er ihm mit dem Schwert die Schulter spaltete.

Das schreckliche Geheul verstummte nicht, sondern wurde im Gegenteil noch durch Schmerzensschreie, Röcheln und das Klirren von Waffen verstärkt. Nachdem er drei Pikten auf seinem Weg getötet hatte, erreichte Cormac die Haustür.

Mit einem Schrei, der das Blut stocken ließ, sprang ein kleiner, wie ein Affe gebauter Pikte, der von der Seite herbeigestürmt war, hoch in die Luft. Er landete direkt vor Cormac. Und schon schwang die mit Widerhaken versehene Piktenklinge zum Todesstreich herab – und Ceann durchbohrte den Pikten mit der Wucht seines eigenen Sturms.

Der Aufgespießte wurde mehrere Fuß zurückgeworfen, und der Prinz mußte anhalten und einen Schritt zurück tun, um seine Klinge befreien zu können. Ein Schwert traf mit ungeheurer Kraft und lautem Krachen seinen Schild, daß er rückwärtsstolperte. Nachdem er knapp einem Dolchstoß in seinen Schenkel entgangen war, trat Ceann dem Angreifer heftig zwischen die Beine. Nur ein Lendentuch aus feingegerbtem Leder schützte den Pikten, der vor Schmerzen nicht einmal einen Laut hervorbrachte. Er sackte zusammen, krümmte sich und übergab sich.

Ceann hatte keine Zeit, ihm den Gnadenstoß zu geben, denn zwei Feinde griffen ihn gleichzeitig an. Ein schwerer Schlag traf seinen Schild und ein zweiter sein Schwert so dicht unter der Parierstange, daß es ihm fast aus der Hand gehauen wurde. Blindlings schwang er sowohl Schild wie Schwert aufeinander zu, indem er die Arme weit von sich streckte. Der Schild schmetterte einen Mann taumelnd und mit einem Schmerzensschrei zurück, während das Schwert durch leere Luft schnitt. Trotz seiner verzweifelten Flinkheit, mit der er sich zur Seite warf, spürte Ceann kalten Stahl auf der Haut seiner Wade und wußte, daß sein ledernes Beinkleid wie Leinen aufgeschlitzt war.

Seine pfeifende Klinge schwang herum, während der Pikte sein Schwert zurückriß. Einen Augenblick stand der stämmige dunkle Wilde wie unverletzt da, doch dann brach er tot zusammen, und Ceann rannte weiter, auf Cormac zu.

Cormac stand mit dem Rücken zur Tür, und sein Schwert wirbelte blitzend durch die Luft und hielt fünf der gedrungenen Männer zurück, die ihn wie japsende Hunde einen Wolf in die Enge gedrängt hatten.

Ein Pikte sprang Ceann mit hocherhobenem Dolch

entgegen und verlor mehrere Zähne durch den harten Schildrand. Dann traf ein Schwert Ceanns linkes Schienbein mit solcher Wucht, daß er stürzte, obgleich kein Blut spritzte.

Als er auf dem Rücken lag, sah er den Tod durch ein herabsausendes Schwert auf sich zukommen, das selbst zwei Harnische von der Art zerhacken würde, wie er einen trug.

»HE-EEEEEEEEEJJAAAA-A-A-AAAAAAAAA!«

Es war ein erschreckender, unmenschlicher Schrei, der die Luft hinter dem Pikten über Ceann zerriß. Der gestürzte Leinstermann sah, wie sein Feind zusammenzuckte und langsam nach vorn kippte – und er sah die Spitze eines Fischspeers aus dem muskulösen Bauch des Pikten ragen.

Hastig rollte Ceann fort von dem Sterbenden und kam auf die Füße. Er stellte fest, daß Dondal, Sohn Donds des Fischers, ihm das Leben gerettet hatte.

Nachdem er einen Fensterladen geöffnet und herausgesprungen war, hatte den Sechzehnjährigen die Berserkerwut erfaßt. Jetzt stemmte er den Fuß gegen den Rücken des Toten, um die Widerhakenspitze seines Speers heraus zu bekommen.

»Laß ihn stecken, und hab Dank«, rief Ceann. »Kannst du damit umgehen?« Er streckte dem Jungen das Schwert des Pikten entgegen, das aus gutem irischen Stahl bestand und irgendeiner Leiche gestohlen worden war. Es war nur gerecht, es in gälische Hände zurückzugeben.

»Ja«, sagte Dondal – oder vielmehr, er brüllte es. Er packte das Schwert. Mit roter Wut in den Augen schwang der Junge herum und sah sich einem herbeistürzenden Pikten gegenüber, der sein Schwert wie eine gestutzte Lanze hielt. Ein heftiger Hieb schlug es ihm klirrend aus der Hand, und der Rückschwung von Dondals Klinge trennte des Pikten Arm ab.

»Dondal!« rief Ceann und rannte erneut weiter zum

Haus und zu Cormac. Dondal aber stand über den Pikten gebeugt und hieb auf ihn ein, als hacke er Holz.

Als er auf Ceanns Ruf hochblickte, glaubte Ceann, nie solche Augen gesehen zu haben. »Arghhhh!« knurrte der Fischersohn und folgte Ceann ohne Rüstung, ohne Schild, und doch bereit, es mit einer ganzen Welt stahlbewaffneter Feinde aufzunehmen.

Leichen lagen vor der Kate verstreut, und Cormac stand immer noch an der Tür mit vier Gegnern, die versuchten, an ihn heranzukommen. Der Lärm war entsetzlich und der Blutgeruch ebenso.

Plötzlich schwang die Tür auf, und ein erstaunter Pikte starb zwei Sekunden später mit einem Fischspeer im Hals.

»Gut gemacht«, lobte Cormac, »aber bleibt im Haus, Dond – Ihr habt keine Rüstung.«

»Die Familie bleibt im Haus«, antwortete Dond MacForgall, als er seinen blutigen Speer zurückriß. »Macht Platz, damit wir uns ihnen gemeinsam stellen können!«

Nackt, von einem Lendentuch abgesehen, genau wie die Pikten, trat der Fischer heraus. Hinter ihm schlug sein Weib die Tür zu und verriegelte sie. Cormac hackte den Arm eines Pikten ab, der nach Donds Knie schlagen wollte; und Dond schlug einen anderen mit seinem Speer zurück.

Dondal stand einem gerüsteten Pikten gegenüber, der ein bißchen etwas vom Kampf mit Schwert und Schild verstand. Obgleich er nicht ungeschickt war, konnte er sich gegen den stürmischen Angriff des Jungen nur verteidigen, ohne selbst zum Angriff übergehen zu können. Ceann kämpfte gegen einen ähnlich erfahrenen Gegner, und sie wechselten Hieb um Hieb.

Schwert krachte gegen Schild, und Funken flogen, und dann mußte er, der diesen abgewehrten Streich geschlagen hatte, den eigenen Schild hochschwingen, um den Gegenhieb abzuwehren. Rundherum tanzten die beiden. Ceanns rotes Haar flatterte im Mondschein, und die Halskette aus Bärenzähnen seines Gegners, der ein lächerlich leuchtend gelbes Lendentuch trug, klapperte.

Lendabaer und ihr jüngerer Sohn und die Tochter blieben im Haus, wo sie sicher waren – doch die andere, die bei ihnen war, gab sich nicht damit zufrieden, untätig in der Kate zu verweilen. Unter einem Schwall eindringlicher Proteste und Ermahnungen Lendabaers schwang die Tür erneut auf.

»HA-A-A-A-A-A-A-A-A-AAHHHHHHH!«

Mit diesem Schrei sprang Samaire heraus. Das rechte Knie und die Hand hielt sie ausgestreckt. In der Faust hielt sie das schwere alte Schwert von Donds Großvater. Mit einer klaffenden, doch nicht tödlichen Wunde wich der Pikte, der einen Mann angegriffen hatte und jetzt von einer Frau verletzt worden war, zurück. Mit riesigen Augen starrte er Samaire an.

Sie tobte wie eine Furie zwischen Cormac und Dond, das gewaltige Bronzeschwert in einer und ein Küchenmesser in der anderen Hand.

»Heee-jahhhh!« schrillte Samaire erneut. Sie legte alle Kraft in einen Schwertstreich und erlaubte dem Schwung, sie ganz herumzudrehen – woraufhin sie den verblüfften Pikten so heftig gegen das Schienbein trat, daß er umfiel.

»Ohhh!« hauchte sie beeindruckt, als sie sah, wie Cormac auf ein Knie sank und die Schildkante herabschmetterte, ohne dabei aufzuhören mit dem Schwert zu parieren. So gewaltig war seine Kraft, daß sie die Brust des Pikten zerschmetterte, den Samaire zu Fall gebracht hatte. Der Streich ihres Bronzeschwerts wäre gar nicht mehr nötig gewesen.

Neben ihr warf der von Dond seitwärts geschwungene Speer eine dunkle gedrungene Gestalt um, die jedoch schnell wieder hochkam und die Flucht ergriff. Dond rannte um das Haus herum zum Strand.

»Nein! Dond, NEIN!« brüllte Cormac, doch der Fischer achtete nicht auf ihn und raste hinter dem Fliehenden her.

»Verdammt, du verfluchter Sohn einer Wölfin – jetzt blute ich!« schrie Ceann fast ungläubig.

Bisher hatte der Prinz fair gekämpft, doch jetzt wurde er zum Berserker. Mit einem Hieb, als wolle er einen Baum fällen, tötete er seinen Angreifer. Dann schaute der Königssohn sich um und blinzelte, als erwache er gerade. Er sah, wie Dondals Gegner die Flucht ergriff – und Dondal in eine andere Richtung losrannte!

An Ceann raste der Junge vorbei und ließ sein Schwert fallen. Im Laufen riß er seinen Fischspeer hoch und rannte um die Hausecke. Sowohl Vater wie Sohn jagten die letzten beiden Überlebenden eines Überfalls, der ein piktisches Massaker hätte werden sollen und statt dessen zum Massaker der Pikten geworden war.

»Sie sind wahnsinnig!« schrie Cormac.

Dicht gefolgt von Samaire rannten er und Ceann ebenfalls ums Haus und den Pfad entlang, der zu Donds Anlegeplatz führte. Plötzlich blieben die drei jedoch stehen, denn sie erkannten, daß Dond und sein Sohn unverletzt waren. Sie blickten einander beeindruckt an.

Ein Pikte lag halb im Wasser und halb am Strand, der andere in dem Langboot. Beide waren von geschleuderten Fischspeeren durchbohrt.

Dreizehn Wilde hatten beabsichtigt, eine leichte Beute zu überfallen, und waren statt dessen in die Fänge wilder Wölfe geraten. So zählte das Piktenvolk nun um dreizehn Krieger weniger.

11. EIN GEBORENER KRIEGER

Nach ruhmvollen Schlachten,
In Landen weit und breit,
Kämpfte er wie ein Löwe,
Ehe er sich den verdienten Schlaf gönnte.

Ceann Ruadh, der »Bardenkönig«
(aus *Cormac der Gäle*)

Die munstersche Sonne spitzte wie eine wachsende Perle über den Rand des Horizonts und schickte ihre Strahlen über das kleine Grundstück eines einfachen Fischers.

Es war ein Schlachtfeld.

Samaire und Dond waren unverletzt. Ceann hatte ein paar blutende Kratzer abbekommen und ein paar Blutergüsse, und er hinkte nach dem Hieb auf sein Schienbein, der den Knochen geprellt hatte. Dondal hatte eine Schnittwunde über dem Knie des linken Beins und eine zweite am rechten Arm. Er spürte allerdings kaum noch etwas davon, noch hörte er viel von den Geräuschen um ihn herum, seit Cormac ihm die Hand auf die Schulter gelegt hatte.

»Du bist der geborene Krieger«, hatte er zu dem Jungen gesagt.

Und MacArt hatte ein geübtes Auge für Krieger. Er selbst war ihm in seiner frühen Jugend sehr ähnlich gewesen, allerdings dank seiner Ausbildung etwas besser im Umgang mit Waffen. Mit leuchtenden Augen saß Dondal glücklich da und träumte vor sich hin, während seine Mutter ihm die Verletzungen versorgte. Keine der beiden Wunden war tief.

Cormac MacArt hatte nicht nur weitere Blutergüsse und Kratzer davongetragen, zwei Finger seiner Linken waren auch aufgeschnitten und würden ihm zu schaffen machen. Der Piktendolch hatte seine Knöchel getroffen. Eine Schwertspitze war zwischen die Kettenglieder seiner Rüstung oberhalb der Hüfte in seine Seite gedrungen, glücklicherweise hatten die Stahlglieder jedoch gehalten, und so war die Stichwunde nicht tief. Vorsichtig drückte Samaire erst das Blut heraus, ehe sie sie mit heißem Wasser und Lendabaers Heilkräuterauszug behandelte. Weitere Verletzungen hatte er am Schwertarm und dem Handrücken der Rechten.

»Heldenlicht habe ich um deinen Kopf gesehen, Cormac«, platzte Dond heraus. »Seit Cuchulain in alter Zeit hat keiner seine Feinde so tapfer und furchterregend geschlagen!«

Der Name, den Cormac diesen Leuten als seinen genannt hatte, war eine Zusammensetzung aus seinem eigenen und seinem alten Decknamen: Cormac MacOthna. Er und seine Begleiter behaupteten aus dem Westen Munsters, fern von hier, zu kommen. Denn obgleich das Land nicht das beste und nur schwach besiedelt war, nahm es doch eine große Fläche ein, nämlich ein Drittel von Eirrin, einschließlich der Shannonmündung. Ceann nannte sich hier Celthair MacRos, und Samaire hatte für sich den einfachen alten Namen Ess ausgewählt.

»Kein Heldenlicht sah oder fühlte ich«, entgegnete Cormac lächelnd, denn er war entschlossen, bei dem brennenden Zeug nicht zusammenzuzucken, das Lendabaer für die Behandlung der Verletzungen benutzte. »Aber wir haben es ihnen gezeigt, nicht wahr?«

»Allerdings«, bestätigte Lendabaer. »Und was soll eine Frau tun, deren Männer Krieger wurden und die rings um das Haus Blut und Leichen hat?«

»Sich freuen«, sagte Dond und blickte sie an; damit war das Thema erledigt.

»Nun, Dond MacForgall, es hat auch etwas eingebracht«, meinte Ceann/Celthair, »das sehr brauchbare Boot der Pikten und ihr Eigentum – einschließlich genügend Waffen für die Männer einer ganzen Stadt und reichlich Pfeile, um eine einzunehmen! Sie gehören euch als den Siegern.«

»Wir wollen keine Stadt einnehmen«, entgegnete Dond und blickte nervös auf den wie verzauberten Dondal. »Aber – die anderen Sachen ... Ihr drei habt uns gerettet, daran besteht kein Zweifel! Diese hübschen Sachen – die kostbaren Gürtel, die sie bestimmt Ermordeten abgenommen haben, die zwei, die Rüstung trugen ...«

Ceann schüttelte den Kopf. »Nicht für uns. Dond, wir haben euch nicht die ganze Wahrheit gesagt. Wir ...«

»Das war mir klar«, murmelte Landebaer, »und wir wollen gar nicht mehr hören.« Sie stand am Herd, und auch sie warf einen nervösen Blick auf ihren Ältesten.

Ceann hob eine Hand. »Cormac und ich haben nicht nur unsere Rüstung unter unseren Kitteln versteckt, um friedliche Leute nicht zu erschrecken, sondern auch die Beute, die wir einer Wikingerschar abgenommen haben. In einem Überfall, ähnlich diesem der Pikten auf euch, griffen uns die Wikinger an, brandschatzten und nahmen Samaire Ess und mich gefangen. Cormac war es, der zu unserer Rettung kam.«

»Das glaube ich gern!« Dond nickte und blickte Cormac erneut an, als wäre er ein Gott oder zumindest die Reinkarnation des legendären Cuchu von Muirthemne.

»Nun, ich will damit sagen, daß wir reichlich von Wikingern gestohlene Beute bei uns haben«, fuhr Ceann fort.

»Und da ist noch etwas«, warf Cormac ein und sah Dond sehr ernst an. »Es wäre besser, wenn wir andere Kleidung trügen. Zugegeben, unsere ist nicht ganz sauber und auch nicht ohne Risse, aber ...«

»Alles in meinem Haus, das einem von euch paßt, ist euer«, versicherte ihm die mehr als mollige Frau am Herd. »Denn ihr habt unsere ganze Familie gerettet.«

»Wir bestehen darauf, euch ein bißchen von dem Wikingergold dafür zu geben«, sagte Cormac. Als er sah, daß sowohl Dond als auch seine Frau protestieren wollten, fügte er schnell hinzu: »Damit die Handelsbedingungen erfüllt werden und keiner in der Schuld des andern steht.«

»O Mutter!« rief der Junge Laeg aufgeregt. *»Gold!«*

»Wär' gefährlich für einfache Landleute wie uns, wenn wir mit Gold oder Edelsteinen zum Markt von Rorybaile kämen«, sagte Dond. »Und obendrein würde es Mißtrauen erregen.«

Cormac streckte ein Bein aus und lächelte. Er saß in einem Sessel, den Dond selbst angefertigt hatte, und das mit großem Geschick.

»Nicht für dich, Dond MacForgall! Glaubst du denn nicht, daß jene, die euch kennen, und auch solche, die es nicht tun, nicht bald wissen werden, was hier geschehen ist? Selbst Fremde in Rorybaile werden es erfahren, und glaubt nicht, daß man nicht sogar in Cobh von diesem Piktenüberfall und seinem Ausgang reden wird!«

Rorybail, von dem Cormac sprach, als wäre es eine Metropole, war eine einige Meilen entfernte Kleinstadt, wohin Händler kamen und den hier gefangenen Fisch aufkauften, um ihn landein zu bringen. Cobh mit seinem günstigen Hafen war eine wachsende Stadt an den beiden Armen des Liaghs und würde einst Cork heißen.

Die Familie starrte ihn an – alle, außer Dondal, der weiterhin auf etwas blickte, das nur er zu sehen vermochte.

»Cobh!« flüsterte Lendabaer andächtig.

Samaire legte ihr die Arme um die fleischigen Schultern. »Was das bißchen Gold von den Wikingerräubern betrifft«, sagte sie, »nun, das habt ihr auch von den Pikten, genau wie die Waffen und Pfeile, die ihr verkaufen könnt, nicht wahr?«

Lendabaer blickte sie an und blinzelte, während Dond laut lachte.

»Ich muß was holen«, erklärte er und verschwand

plötzlich. Er kehrte bald strahlend und stolz mit zwei gut verschlossenen Tonkrügen zurück. Seine Frau warf einen Blick darauf und seufzte.

Schmackhaftes Ale enthielten sie, und statt zu arbeiten, wurde bei den MacForgalls von Munster heute gefeiert.

Die Nachbarn, die vorbeikamen, ließen sich nur zu gern zu einem Becher Ale einladen und konnten nicht genug von der Geschichte über die Schlacht hier hören. Sie waren auch durchaus bereit mitzuhelfen, die toten Pikten in einiger Entfernung des Hauses ihres jetzt mehr als guten Freundes Dond zu begraben. Der Tag schritt voran, und die Geschichte mußte immer wieder erzählt werden. Und unausbleiblich wurde sie immer mehr ausgeschmückt. Es gab wahrhaftig wenig genug, worüber man sich an dieser Küste des stillen Munsters unterhalten konnte, und so würde die Geschichte von Cormac, Sohn Cuchulains – denn so nannte man ihn inzwischen –, sowie des mächtigen Celthair mit dem Flammenhaar und der Ess mit den Sonnenzöpfen, genau wie die Heldentaten von Dond und Dondal und ihre großartigen Leistungen mit den einfachen Fischspeeren jahrelang erzählt werden und weiterbestehen.

Ceann war der erste, dem das Ale in den Kopf stieg, dann Cormac, kurzauf gefolgt von Dond – und seinem Sohn, trotz aller Bemühung seiner Mutter, den Jungen vom Ale fernzuhalten. Aber er war jetzt ein Held, und er trank nicht nur das Ale seines Vaters, sondern auch von dem, das dieser und jener Nachbar mitbrachte. Lächelnd boten sie dem Jungen immer wieder an. Zum Dank erfuhren sie, wie Cormac und Ceann alle gerettet hatten – und wie Dondal MacDond seinerseits jeden von ihnen gerettet und sieben grimmige Pikten getötet hatte. Sein Kopf schwoll an und mit ihm seine Geschichte, und daran war nicht nur das Ale schuld.

Alle waren erfreut, daß die drei noch eine weitere Nacht hier verbringen würden, nur Samaire nicht. Aber sie konnte wenig dagegen tun. Denn Ceann, Cormac, Dondal und Dond sowie nicht weniger als fünf andere Männer – benachbarte Fischer –, schliefen bereits vor Einbruch der Nacht tief und fest.

Am nächsten Morgen hatte Lendabaer wahrhaftig Grund zu jammern. Und sie tat es auch, als sie ihren Sohn Dondal in einer zu kleinen piktischen Rüstung und mit Helm sah, und dazu trug er auch noch Schwert und Dolch. Grinsend stand er an der Tür.

Der Junge erklärte, daß er die drei Gäste nach Cashel, der Hauptstadt, begleiten und dort als Soldat in den Dienst des Königs treten würde.

»O ach und weh!« rief Lendabaer und schlug die Hände vor das gerötete Gesicht.

Dond bestand darauf, daß er den Jungen hier brauchte. Lendabaer weinte. Dondal jedoch war völlig verändert, und das über Nacht, und blieb eisern. Der Junge verhöhnte sogar andere Piktentöter, die ihr Leben lang nur mit Netzen, Rudern und Fischspeeren umgingen, während der König vielleicht gerade für seine Krone und sein Land einen solchen Mann benötigte.

Samaire bedachte Cormac mit einem Blick, daß er sich am liebsten verkrochen hätte.

»*Mußtest* du blutdürstiger Schwertschwinger zu diesem armen Fischerssohn unbedingt sagen ›du bist der geborene Krieger‹? O Cormac! Das mag ihn schon innerhalb eines Monats das Leben kosten!«

Während sie im Morgengrauen am Strand spazierten, verriet Cormac MacArt dem Fischer Dond MacForgall allerlei. Vögel zwitscherten und kreischten, und das Branden der Wellen rauschte in ihren Ohren.

»In mir steckt Stolz, Dond, und ...«

»Ja, und mit gutem Grund!«

»Hör mir einen Augenblick ruhig zu, Freund«, bat Cormac leise. Er warf einen Blick in Richtung der Kate. »Dieser Stolz duldet nicht, daß ich weiterhin lüge, und ein guter Mann wie du, in Eirrin geboren und ein Held von Natur, wenn es um den Schutz seiner Familie geht ... Was wollte ich eigentlich sagen?«

Dond unterdrückte ein Lächeln. »Ich leide unter dem gleichen Brummschädel wie du, Sohn Othnas. Du wolltest ...«

»Ich weiß es jetzt, weil du es gesagt hast. Ich habe keinen Vater namens Othna. Ich bin in Connacht geboren, Dond, mein Vater hieß Art, und einen Namen gab er mir, der schwer zu tragen ist.«

Dond blieb wie angewurzelt stehen und starrte ihn an. »Mein Lord!«

Cormac legte ihm eine Hand auf die Schulter. »Beleidige mich nicht, indem du aufhörst, mich ›Freund Cormac‹ zu nennen, Freund. Jedenfalls ist es lange her, da mußte ich aus Connacht fliehen, denn der damalige Hochkönig fürchtete einen Mann mit einem Namen wie dem meinen.«

»Verständlich, denn es ist ein Name größer noch als Cuchulain, Cormac MacArt. Der Hochkönig, den du meinst, war gewiß Laegair Nialls Sohn?«

»Eben der. Mit Hilfe des Königs von Leinster, wie ich glaube, hat er mich hereingelegt, aber es gelang mir gerade noch zu fliehen; vor vielen Jahren war das. Jetzt bin ich auf dem Weg nach Tara, in der Hoffnung, vor den Hochkönig und die Versammlung treten zu können, denn ein in Eirrin Geborener kann seine Heimat nicht vergessen. Doch das darf niemand wissen, ehe ich dort angelangt und empfangen worden bin – wie immer dieser Empfang auch aussehen mag.«

»Das heißt, Ihr – du willst zum Feis von Tara, mein Lo ... Freund Cormac?«

»So ist es.«

»Nun, so werdet Ihr für mich und gegenüber anderen bis lange nach dieser Zeit Cormac MacOthna mit seinen Freunden sein, als diese habe ich euch kennen- und schätzengelernt – doch zur Julzeit sollen alle erfahren, daß es Cormac MacArt aus Connacht war, der hier gekämpft und geschlafen hat.« Plötzlich grinste Dond. »Und mit mir einen Brummschädel hatte.«

»Sei vorsichtig, Dond. Mein Name mag dann vielleicht noch weniger wert sein als jetzt, denn in zwölf Jahren haben die Menschen vieles vergessen.«

»Zwölf ... aber da warst du ja noch ein Junge!«

»Ja. Und das ist ebenfalls etwas, worüber ich mit dir reden möchte. Auch Dondal ist noch ein Junge, Dond, und nicht so erfahren im Umgang mit Waffen, wie ich es damals war, denn ich wurde von Kriegern ausgebildet und ging obendrein zu einem Druiden in die Schule. Ich verspreche dir eines, Freund: Ich werde nicht von Cashel weiterreisen, ehe ich euch den Jungen heimgeschickt habe.«

Dond wurde blaß und stolperte regelrecht. Es war nicht das erste Mal, daß Cormac Männer schwach vor Freude sah, und er tat, als bemerkte er es nicht.

»Sag es seiner Mutter, stille ihre Tränen, und beruhige sie. Doch eines mußt du wissen, Dond, so versuche dich damit abzufinden, und sieh zu, daß auch dein gutes Weib Lendabaer es tut: Euer Sohn Dondal ist wahrhaftig der geborene Krieger. Er ist dazu geschaffen, ein Schwert aus gutem Stahl zu führen, nicht ein Messer zum Ausweiden oder ein Netz und auch nicht einen Fischspeer. Und du kannst sicher sein, eines Tages wird der Name Dondal MacDond im ganzen Land in aller Munde sein!«

»Das ... das glaubst du?«

»Du weißt, daß ich ein Streiter bin, Dond, und einer, dessen Arme schon oft blutgefärbt waren, doch nur einmal in Eirrin. Oh, jetzt zweimal ...«

»Pikten zählen nicht!« rief Dond in jungenhaftem Eifer.

»Nun, jedenfalls erkenne ich es, wenn einer zum Krieger geboren ist.«

Dond nickte, und dann wurde nicht mehr darüber gesprochen.

Obgleich er dem Mann vorbehaltlos als Freund traute, den er nicht nur gerettet, sondern mit dem er gekämpft hatte, erwähnte Cormac die wahren Namen von »Celthair« und »Ess« nicht. Gewiß, ihre Sache war jetzt seine, doch davon zu erzählen stand ihm seiner Meinung nach nicht zu.

Später erkannte er, daß Dond bereits von Cormacs Versprechen, ihren Sohn zurückzuschicken, zu seiner Frau gesprochen hatte, denn sie umarmte und küßte ihn auf die Wange, als sie Abschied nahmen.

Nicht halb so eindrucksvoll, wie er es in seiner piktischen Rüstung und den erbeuteten Waffen zu sein glaubte, machte Dondal ihren Führer. Samaire hatte die langen Stiefel anbehalten, die sie so liebte, doch trug sie jetzt einen grobgewebten Kittel, der ihr bis über die Knie reichte. Auch Ceann und Cormac trugen nun von der Fischersfrau selbstgewebte und -genähte Kleidung. Doch ihre weiten, langen Umhänge, in die Samaire versteckte Beutel genäht hatte, behielten sie alle drei.

Während die Vögel ringsum sangen und die Sonne strahlte, als wäre sie glücklich über die Leichen der dreizehn Wilden, die nun die Erde nährten, stapften die vier landein. Hinter ihnen hüpften plappernd die zwei jüngeren Kinder Donds und Lendabaers her, bis ihr Bruder sie anwies umzukehren. Mit langen Gesichtern, doch ohne Widerrede gehorchten sie ihm und rannten mit tränenverschmierten Gesichtern heim.

Stolzen Hauptes eilte Dondal dahin, daß sich Cormac gezwungen sah, seine langen Schritte etwas zu bremsen.

Steif erinnerte Samaire daran, daß sie genug Wikingerreichtum hatten, um Pferde für jeden einzelnen Munstermann zu kaufen.

»Wir sind hier auf dem Land, *Dairlin*-Mädchen. Wir haben uns doch geeinigt, daß es das beste ist, unseren Reichtum nicht zur Schau zu tragen. Mit Pferd oder gar Pferdewagen würden wir nur auf uns aufmerksam machen. Nein, wir wandern zu Fuß nach Cashel weiter.«

»Ich schwöre bei den Göttern der großen Stämme von Leinster, zu denen sie schworen, ehe Padraigh kam«, brummelte Samaire, »daß dieses Wandern noch mein Tod sein wird, und das mir, einer starken Frau, die gekämpft hat wie ein Mann.«

»Es hat dir niemand befohlen, Stiefel zu tragen, die dir nicht richtig passen«, erinnerte sie Cormac und erntete einen finsteren Blick unter frisch geschwärzten Wimpern.

Später an diesem Tag, als sich die Gelegenheit ergab, fragte Dondal Cormac leise – und nervös, dabei stammelnd und sich die Lippen benetzend, wie es nicht gerade zu einem Krieger paßte –, ob Ess Sonnenzopf sein Mädchen sei.

Cormac überlegte kurz. Da wagte der Junge es doch tatsächlich ... hmm! Nun, sagte Cormac sich, im Grund genommen ist er dazu ja alt genug. Da ist es sicher das beste, ihn gar nicht erst in Versuchung zu führen, die schönste Frau anzubeten, die er je gesehen hat, und sich dabei lächerlich zu machen.

»Ja«, antwortete er deshalb.

»Oh«, murmelte Dondal entmutigt. »Ich habe es fast gedacht«, fügte er noch niedergeschlagener hinzu. Doch nach einigen Schritten sagte er hastig: »Eine schöne, wundervolle Frau ist es, die du dir da erwählt hast, Cormac MacOthna, und eine Kampfgefährtin obendrein!«

Cormac nickte und schritt nun fast blind dahin, ohne auf die staubige Straße zu achten, die hübschen blauen und gelben Sommerblumen, die dichter werdenden Bäume, die Heidelbeeren und die Heide zu beiden Seiten der Straße, die alle die herrliche Julisonne genossen.

Meine Frau, dachte er, und war nicht glücklicher als der hochgewachsene Junge, der stolz neben ihm schritt. Samaire, Tochter eines Königs, Schwester eines Königs,

Witwe eines Prinzen. Nein, Cormac, Verbannter und Seeräuber, nicht deine Frau ist diese königliche Schönheit, und sie wird es auch nie sein. Hüte dein Herz, landloser Verbannter, du bist zu alt, so töricht zu sein wie dieser arme dumme Junge, dem der Kopf von seiner Wichtigkeit geschwollen ist.

Wenn du diese Frau willst, sagte er sich, wäre es das beste, du würdest jetzt gleich mit ihr umkehren, zum Piktenschiff laufen und damit in See stechen. Denn so hättest du eher eine Chance, sie zu behalten und mit ihr glücklich zu sein, als so, wie es jetzt aussieht. Wenn ich meinen Ruf wiederherstelle und ihnen helfe, gegen ihren verräterischen Bruder vorzugehen, und vielleicht gar Ceann die Krone Leinsters gewinnen kann ... nun, dann könnte es schon sein, daß ich als Feldherr von Leinsters Armeen das Schwert führen werde. Doch nie werde ich der Gemahl einer Prinzessin, ein so guter Freund ihr königlicher Bruder mir auch sein mag.

Stumm schritten sie dahin, jeder in seine eigenen Gedanken über ihre gemeinsame und getrennte Zukunft versunken. Ein seltsamer Zug waren sie wahrhaftig, zu Fuß im südlichen Munster von Eirrin: Der Fischerssohn Dondal in seiner piktischen Rüstung, der verbannte Sieger vieler Schlachten mit dem narbigen Gesicht und den verkniffenen Augen, und die königlichen Erben von Leinsters Thron!

12. DER PRINZ VON MUNSTER

Crom war ihr Taggott
und ihr Donnerer,
der Morgen und Finsternis machte;
Brigid war ihre Königin des Gesanges
und zu ihr
beteten sie mit inbrünstigen Lippen.

D'Arcy McGee: *Die Kelten*

Munster war ein hügeliges Land, das wußten die vier Pilger nun besser, als ihnen lieb war. Westlich von ihnen erhob sich Galti Mor gut dreitausend Fuß. Ostwärts erstreckte sich die Comeragh-Kette mit ihren Bergkuppen, und die Wanderer selbst waren dem Vorland des Knockmealdown-Gebirges gefolgt. Nur wenigen Wanderern waren sie begegnet, denn nun war eine arbeitsreiche Zeit für Landleute, da sowohl Vögel wie Käfer sich für ihre Ernte interessierten.

Klein-Kilsheed in Munster war nun eine stolze Stadt mit etwa hundert Häusern, aus ehemals vier oder fünf Familien gewachsen. Schläfrig lag diese kleine Stadt in der Sonne an den Ufern des Suirs. Nördlich von Kilsheed, am selben Fluß, stand Cashel, ihr erstes Ziel auf ihrer Reise gen Norden und dann Osten, nach Tara.

Außer seinen vielfarbigen Wohnhäusern und großen Märkten, sowohl unter freiem Himmel als auch unter Dach, und einer winzigen Garnison, hatte Kilsheed einen Gasthof, einen einzigen. In seine rauchige Wirtsstube mit den fettigen Wänden begaben sich die vier. An der Tür, über der das gebrochene Schild – ein Vollmond – hing, kam ihnen eine einheimische Familie entgegen, die offenbar hier etwas gefeiert hatte. Cormac steuerte ihren verlassenen Tisch an. Sie erregten Aufmerksamkeit, da sie fremd hier waren. Die Leute lächelten, als sie die Laute bemerkten, die der Mann mit dem roten Haar umgehängt hatte, und die Männer fanden bewundernde Blicke für Samaire mit ihren ungewöhnlichen Stiefeln, die unter einem übergroßen Kittel verschwanden, der trotzdem ihre schlanke und durchaus weibliche Figur nicht verbergen konnte.

Für Cormac gab es kein Lächeln – abgesehen von dem einen schlampigen Schankmädchen mit grell bemaltem Gesicht und Nägeln wie Blutstropfen auf den langen weißen Fingern. Das Lächeln, das Dondal erntete, war von völlig anderer Art. Die Gäste stupsten einander und tauschten leise Worte. Der Junge bemerkte es nicht. Doch selbst wenn es ihm aufgefallen wäre, dachte Cormac, hätte er sich eingebildet, die Leute bewunderten ihn ob seines guten Aussehens und seiner imposanten kriegerischen Erscheinung.

Sie bekamen gutes Ale vorgesetzt, köstliches Brot und fettes Schweinefleisch in fetter Soße mit Lauch. Ein Mann mit freundlichem, rotem Vollmondgesicht kam geschäftig aus der Küche, um sie willkommen zu heißen. Er ließ sie wissen, daß es seine eigene zarte Tochter sei, die sie bediente, und er für sie und seine Gäste verantwortlich sei, und ebenfalls, um ihnen zu versichern, daß sie auch über Nacht hier gut aufgehoben wären.

Nach einem flüchtigen Blick auf die rauch- und fettgeschwärzten Deckenbalken schaute Cormac sich in der Gaststube um.

Der Kerl, der allein in einer Ecke saß, war ein Priester des neuen Glaubens, und obgleich er nickte und fast lächelte, bedachte Cormac ihn mit einem kurzen finsteren Blick. An der Wand hockte ein Mann, der düster über seinem Ale grübelte, und die ins Gesicht gezogene Kapuze seines Umhangs deutete an, daß er nicht angeredet werden wollte. Eine Laute lehnte an der Wand neben ihm, doch er machte keine Anstalten, nach ihr zu greifen und zu spielen, auch gönnte er den vier neuen Gästen nicht mehr als einen flüchtigen Blick. Ganz offensichtlich interessierte er sich für nichts und niemanden, auch nicht für diesen anderen Spielmann, der gerade gekommen war. In der Nähe lümmelten drei Soldaten, die sich laut und prahlend unterhielten. Einer hatte sein Bein so weit ausgestreckt, daß die Wirtstochter auf ihrem Weg von und zu der Küche jedesmal aufpassen mußte, nicht darüberzufallen.

Weitere Gäste gab es nicht. Der kräftigste der drei Soldaten, der etwa dreißig war, fixierte Samaire auf unverschämte Weise mit den blassen Augen. Cormac folgte seinem Blick, um festzustellen, worauf genau der Bursche starrte.

Sie war eine Frau, deren Haltung und Augen Selbstsicherheit verrieten. Und diese Augen waren grün wie die ersten Knospen des Frühlings, dazu die Lippen rot wie die Beeren der Eberesche, dachte er auf die poetische Weise seiner Vorfahren, und ihr Haar wie der Umhang eines Königs aus Goldfäden, oder wie die Sonne kurz vor dem Untergehen. Und dazu ein Gesicht und eine Figur, die in einem Mann Verlangen weckten.

Und dieser Soldat brannte bereits vor Begehren, vermutete Cormac, und konnte seinen Blick nicht von ihr nehmen. Natürlich war das Samaire aufgefallen, und da es ihr offenbar peinlich war, hielt sie den Blick auf ihren Teller gerichtet. Mit dem Alekrug in der Hand drehte Cormac sich halb um und fixierte nun seinerseits den Soldaten. Es dauerte mehrere Sekunden, bis der Mann es bemerkte oder bis er seinen Blick von Samaire reißen und ihn dem Dunkelhaarigen mit dem narbigen Gesicht zuwenden konnte, dessen Augen unter den zusammengekniffenen Lidern kaum zu sehen waren.

Eine Weile wechselten die beiden Männer Blicke: der des Soldaten unverschämt, Cormacs finster und warnend. Dann, ohne den Blick abzuwenden, sagte der Soldat etwas zu seinen Kameraden, dabei deutete er mit einem Kopfnicken in Samaires Richtung. Die zwei anderen Soldaten lachten.

»Und ich wette, sie kratzt wie eine rollige Katze, wenn

sie erst auf dem Rücken liegt«, fügte einer der zwei der Bemerkung seines Freundes hinzu. Alle drei lachten, und dann war es Cormac, der, etwa acht Fuß entfernt, etwas sagte.

»Ich würde dir raten, den Mund zu halten, kleiner Mann. Katzen gibt es viele; such dir eine und laß dich von ihr kratzen.«

Blinzelnd richteten die drei nun den Blick auf Cormac, der diesen Rat mit ruhiger, ja gleichmütiger Stimme gegeben hatte und nun den Krug an die Lippen hob. Ceann blickte ihn an, Samaire weiterhin auf ihren Teller, und Dondal an Cormac vorbei auf die drei im Dienst des Königs, die murmelten, aber, wie Cormac erkannte, mit Absicht so, daß man ganz einfach hören mußte, was sie sprachen.

»... und keiner von den dreien Mann genug für sie ist!«

»Ich wüßte drei andere, die sich nicht schwer täten!« Die Soldaten lachten.

»Cormac ...«, begann Dondal leise. Er sah sehr nervös aus.

»Iß, Dondal. Trink. Sie werfen mit Worten um sich, um uns herauszufordern. Es ist nicht das erstemal, daß ich Krähen gehört habe – und Esel.« Cormacs Stimme war so laut wie die der Soldaten.

Flüchtig herrschte Schweigen am Nebentisch, dann war ein krächzendes »Eeeeeeeh« zu hören und nach einer kurzen Pause ein »Iahhhhhhh!« Keine schlechte Nachahmung der erwähnten Tiere.

Mit gesenktem Kopf blickte Samaire Cormac ins Gesicht. Er lächelte. Daraufhin wandte sie sich wieder ihrem Teller zu und stocherte in ihrem Essen herum, nur um den Kopf nicht heben zu müssen.

»Ich schlage vor, wir machen einen Spaziergang oder ziehen uns in die Kammer zurück, die der Wirt für uns vorbereitet hat«, sagte Cormac leise. »Wir brauchen nicht hierzubleiben. Jedenfalls habe ich keine große

Lust, mich mit Soldaten des Königs von Munster anzulegen!« Er wandte sich auf seinem Stuhl von dem unverschämten Trio ab. Die Wirtstochter, die in Küchennähe stand, hatte sie beobachtet und kam nun auf sie zu, ehe Cormac sie rief.

Der vermummte Spielmann hatte nach seiner Laute gegriffen und zupfte eine sanfte Weise.

»Wir brechen jetzt auf«, sagte Cormac zu dem Mädchen, »und danken euch. Würdest du deinen Vater bitten ... ah.« Der Wirt eilte schon aus der Küche auf sie zu und warf besorgte Blicke auf die Soldaten.

Die Wirtstochter schaute mit großen erschrockenen Augen auf, als eine Stimme höhnisch seitlich hinter Cormac erklang.

»Ganz gewiß ist einer, der schon fast ein Jahr hier lebt und Soldat obendrein ist, ein besserer Begleiter für einen nächtlichen Spaziergang, meine Hübsche.«

Cormac wechselte den Krug von der Rechten in die Linke über. Samaire widmete eine Weile noch ihre Aufmerksamkeit dem Rest ihres Essens, dann blickte auch sie hoch. Ihr Gesicht war offen, sie hatte die Brauen über den klaren Augen gehoben und machte eine Unschuldsmiene, während sie völlig ruhigen Tons sagte:

»Es ist mir gar nicht aufgefallen, daß es dunkel geworden ist. Und gewiß bedarf ich doch keines Schutzes in einer Stadt mit so wackeren Soldaten.«

Schweigen folgte. Unmerklich verlagerte Cormac unter dem Tisch die Füße, um zu einem Angriff von der Seite bereit zu sein. Er lächelte nicht, war jedoch stolz auf »seine Frau«, denn ihre Worte mochten dem Burschen den Wind aus den Segeln nehmen und seine Überheblichkeit dämpfen und ihn vielleicht verlegen wie ein gescholtener Schäferhund zu seinem Tisch zurückschicken.

»Und das ist auch gut so«, entgegnete der Soldat nach kurzem Schweigen, »da du ja in Begleitung dieses mondfinsteren Narbengesichts und dem hundeohrigen Jungen in der komischen Gewandung bist.«

»Fischmäuliger Esel!« brauste Dondal eher phantasievoll, denn passend auf. Mit dramatischer Plötzlichkeit sprang er auf, daß sein Stuhl nach hinten kippte und der Rand seines Tellers hochgerissen wurde und ein abgenagter Knochen sowie Fett auf den Tisch rutschten.

»Dondal!« warnte Cormac, doch der Junge in der zu kleinen Rüstung war bereits um den Tisch und stürmte mit größerer Geschwindigkeit als Anmut auf den Soldaten zu.

Fast gleichmütig, die Lippen verächtlich verzogen, schwang der Soldat eine Hand und versetzte Dondal einen Stoß, daß er rückwärts taumelte. Dabei stolperte er zuerst über die eigenen Füße, dann prallte er gegen einen Tisch und stürzte krachend auf den Rücken. Sein Kopf schlug hart auf dem Boden auf, und er blieb reglos liegen. Cormac warf nur einen schnellen Blick auf ihn und vergewisserte sich, daß der Junge die Augen geschlossen, nicht offen hatte. Er lebte also noch und war nur bewußtlos. Und da war Cormac auch schon auf den Beinen.

»Du bist ein Maulheld und brüllender Esel, der Frauen beleidigt und dem Soldatentum im Dienste deines Königs Schande bringt«, sagte er ruhig. »Und«, fügte er hinzu, als das Gesicht des Mannes rot anlief und er nach seinem Schwert griff, »du hast keine Achtung vor dem Eigentum dieses guten Mannes, unserem Wirt, sondern legst es hier auf eine Prügelei an, daß seine Einrichtung in Gefahr gerät. Ich begebe mich jetzt ins Freie, und ich habe nichts dagegen, wenn du mir folgst.«

Cormac wandte dem Soldaten den Rücken zu, der das Schwert bereits halb aus seiner hübsch emaillierten Scheide gezogen hatte. Dann schritt Cormac zur Tür und hinaus auf die im Dämmerlicht liegende Straße, die stellenweise von den Schatten der Häuser noch verdunkelt wurde.

Er drehte sich um, als der Soldat mit gezücktem Langschwert herausstürmte. Um seine eigene Klinge aus der Scheide zu ziehen, war keine Zeit mehr.

Mit der Hand am Knauf erwartete Cormac den Angriff und bewegte sich erst im letzten Augenblick mit der Geschwindigkeit eines Wirbelsturms. Er trat zur Seite, lauschte dem Pfeifen der Klinge, die für seinen Kopf bestimmt gewesen war, und ließ den Fuß hinter sich ausgestreckt. Der Soldat stolperte darüber und stürzte krachend zu Boden. Er stöhnte laut, blieb einen Augenblick still liegen, bis er sich gefaßt hatte, dann rollte er hastig herum, um der Klinge des Feindes zu entgehen. Doch es erfolgte kein Angriff. So starrte er zu dem Dunkelhaarigen hoch, der mit dem Schwert in der Scheide über ihm stand und kühl auf ihn herabblickte.

»Jetzt sind wir quitt – es sei denn, der Junge hat sich den Schädel gebrochen, dann kostet es dich deinen«, erklärte Cormac. »Du hattest keine Mühe, ihn niederzustrecken, und mir ging es nicht anders mit dir.« Das hätte genug sein müssen, doch Cormac war nicht wirklich so friedliebend, wie er sich bemühte zu sein, so fügte er unwillkürlich hinzu: »Du eignest dich besser dazu, dich mit Frauen und Halbwüchsigen anzulegen – allerdings hätten die Worte der Frau einen jeden sich vor Verlegenheit verkriechen lassen, der seinen Vater gut genug gekannt hatte, daß er ihm richtiges Benehmen beigebracht hätte.«

Ein paar Sekunden starrte der Liegende ihn erstaunt an. Seine Miene veränderte sich, als Wut in ihm hochstieg. Dann kniff er finster die Augen zusammen, umklammerte den Schwertgriff fester und stand auf.

»Erst heute hat mich jemand Cuchulain genannt«, sagte Cormac, »und du siehst mir nicht aus, als würdest du wagen, mit so einem die Klinge zu kreuzen.«

»Es kommt nicht zum Klingenwechsel, du arrogantes Schwein aus einer schmutzigen Bauernsuhle! Mein

Schwert braucht bloß eine Hülle – deinen Bauch!« Und schon griff der Soldat erneut an.

MacArts Klinge sauste kratzend aus der Scheide und hoch. Sie fing des anderen Schwert ab und schob es zurück, so daß Stahl auf Stahl scharrte, statt aneinanderzuschmettern. Da Cormac genausowenig einen Schild hatte wie der andere, sprang er vor und stieß dem Soldaten, der größer war als er, eine Schulter in die Brust. Das verwirrte den Mann völlig, und er stolperte rückwärts, und schon schoß Cormacs Fuß hinter seinen Knöchel.

Der riesenhafte Mann krachte ein zweites Mal zu Boden.

Schnell warf Cormac einen Blick auf die Tür des Gasthofs. Wo blieben die Kameraden dieses Kerls? Wieso kamen sie ihm nicht zu Hilfe? Da erschienen Ceann und Samaire an der Tür – und verdammtes Pech, ein ganzer Trupp stürmte waffenrasselnd die Straße herbei!

Da habe ich mir ganz schönen Ärger eingehandelt mit diesem Rohling, dachte Cormac MacArt. Nun, wenn weitere Feinde kamen, war es besser, gleich jetzt etwas gegen die Übermacht zu unternehmen. Der Soldat schlug das Schwert mit einer Wucht, daß es durch Kettenhemd und Haut bis zu den Knochen gedrungen wäre, hätte Cormac sich nicht geduckt und ihm seine Klinge in den Oberschenkel gestochen.

Der Munstermann fiel ein drittes Mal. Diesmal erhob er sich auch nicht, sondern blieb liegen und wand sich vor Schmerzen.

Cormac wirbelte herum und blickte auf die blanken Schwerter von fünf behelmten und schildtragenden Soldaten des Königs. Sie waren keine fünfzehn Schritte mehr entfernt und näherten sich im Laufschritt.

»HA-AAALLLLT!« donnerte eine Stimme aus dem Gasthof.

Sie blieben stehen. Sie und Cormac und alle blickten

zur Gasthoftür. Dort stand der vermummte Spielmann mitten zwischen Ceann und Samaire zu beiden Seiten und den Kameraden des kampfwütigen Soldaten hinter sich. Rasch warf er die Kapuze zurück, so daß ein schmales junges Gesicht erkennbar war, mit Schnurrbart und eingerahmt von dunklem Haar, das mit einem Silberreifen aus der Stirn gehalten wurde.

»Jene, die mich nicht kennen, sollen fragen.«

Der Trupp, der auf Cormac zugestürmt war, verbeugte sich vor dem Mann im langen Umhang, während Cormac die Brauen hob. Durch den Führer des Trupps erfuhr er jedoch sogleich, wer dieser Spielmann war.

»Wir kennen Euch, Prinz Senchann Eoghanachta MacEogain!«

Senchann von Munster deutete auf Cormac. »Dieser Mann *ist* ein Mann und würdig, im Dienst meines Vaters zu stehen. Der dort im Staub zu seinen Füßen – wohin er gehört –, ist nicht wert, meinem Vater zu dienen, auch nicht Munster oder überhaupt Eirrin. Ihr alle wißt, daß ich gern unerkannt durch das Land wandere, um die ehrlichen Worte und Wünsche unseres Volkes zu erfahren. Heute abend hörte und sah ich, wie dieser eingebildete und unverschämte Kerl – mit Unterstützung seiner Kameraden, die ihre Strafe noch bekommen werden – eine Dame in der Gaststube beleidigte und Streit mit ihren Begleitern suchte. Es ist Gottes Wille, daß er an einen geriet, der ein besserer Kämpfer ist als er, und daß er nun wie ein Schwein, das er auch ist, im Schmutz liegt.«

Kurzes Schweigen setzte ein. Cormac unterdrückte ein Lächeln, das ihn jedoch innerlich wärmte. Der kleine Trupp stand in steifer Haltung und wartete auf die Befehle des Königssohns. Die beiden Männer hinter dem Prinzen verharrten genauso starr – und das Licht aus der Gaststube ließ erkennen, wie bleich und besorgt sie waren.

»Der Truppführer bleibt hier«, bestimmte Prinz Senchann. »Ihr anderen tragt oder schleift *das* da zur Kaserne.« Er deutete auf den Burschen, der sich vor Cormacs Füßen wand, und Cormac fiel auf, daß keine Ringe seine Finger schmückten. »Ihr nehmt auch diese beiden Unwürdigen mit!« Er drehte sich um.

Ceann und Samaire traten zur Seite, und der als Spielmann vermummte Prinz wandte sich an die beiden Soldaten, deren Gesichter nun aschgrau waren. »Eure Schwerter!« Sie reichten sie ihm, eins nach dem andern, mit dem Griff voraus. In wartender Haltung drehte er sich wieder um, und die Soldaten, die auf Cormac zugestürmt waren, rührten sich.

Sie streiften ihn nur mit einem Blick, als sie ihren Kameraden mit dem blutigen Schenkel hochoben. Die anderen zwei traten mit verlegenen Gesichtern zu ihnen. Dann marschierte der Trupp los, mit Ausnahme des Offiziers, der den Namen des munsterschen Prinzen genannt hatte. Lange stumme Sekunden vergingen, bis Cormac bewußt wurde, daß der Mann ihm den Vortritt ließ und darauf wartete, daß er in die Gaststube zurückkehrte.

Mit dem Schwert in der Hand machte Cormac die paar Schritte. Am Fuß der drei Eingangsstufen blieb er stehen, drehte das Schwert um und reichte es Senchann, ebenfalls mit dem Griff voraus.

»Ein guter Griff, wohlgeformt und verziert«, bemerkte Senchann, »und er liegt gut in der Hand. Und auch ein guter Mann, dem er gehört. Steckt Euer Schwert ein, Krieger, und nennt mir Euren Namen.«

Mit einem Scharren glitt Cormacs Klinge in die Scheide. »Ich bin Cormac MacOthna, mit meinen Begleitern auf dem Weg nach Cashel und dann nach Tara, Lord Prinz.«

»Nun, Krieger Cormac, es ist bedauerlich für Munster, daß Ihr nicht in Cashel bleiben und in unseren Dienst treten wollt. Doch kommt jetzt herein.« Er blickte an Cormac vorbei. »Fiacc MacCumal, nicht wahr?«

Erstaunen sprach aus der Stimme des Offiziers. »Jawohl, mein Lord.«

»Ihr braucht Euch nicht zu wundern, Hauptmann Fiacc. Ich weiß, was in diesem Königreich vorgeht, und mein Vater ebenso.«

Wieder machten Samaire und Ceann Platz, und Senchann kehrte in den Gasthof »Mondscheibe« zurück. Cormac folgte ihm, auch er ging zwischen seinen beiden Gefährten hindurch, dicht gefolgt von Hauptmann Fiacc.

»Lord Prinz ...«, begann der Wirt.

Senchann winkte so heftig ab, daß sein langer brauner Umhang wallte. »Ein gutes Haus führt Ihr, Meister Tuachel. Wir hätten gern Ale.«

»Lord Prinz, wenn ich gewußt hätte ... Lord, ich ...«

»Ale!«

»Ja, Lord Prinz. Sofort. Boann!« Der Wirt wirbelte herum, und bei seinem Ruf erwachte seine Tochter mit den großen Augen aus ihrer Erstarrung und brachte sofort überschäumende Krüge. Senchann hatte sich inzwischen über Dondal gebeugt.

»Er lebt, wie wir ja alle wußten, und wird gleich zu sich kommen. Wer ist dieser arme, merkwürdig gekleidete Junge mit dem Herz eines Löwen, MacOthna?«

Cormac antwortete bündig, und Senchann blickte ihn mit erhobenen Brauen an.

»*Dreizehn* Pikten?«

»Ja, Königssohn.«

Die großen braunen Augen unter den immer noch gehobenen Brauen wandten sich Samaire zu. »Und selbst Ihr habt wacker gegen sie gekämpft?«

Sie nickte.

Lachend schüttelte Senchann von Munster den Kopf. »Was habe ich da für tapfere Recken kennengelernt? Da war dieses unverschämte Schwein von einem Soldaten nichts weiter als ein kläffendes Hündchen, das einen Rudel Wölfe verbellen wollte! Ein Wunder, daß Ihr ihn nicht in den Staub gezwungen habt ...« Er blickte Samaire fragend an.

»S ... Ess, Lord Prinz. Und mein Bruder Celthair.«

»Cormac und Celthair und Ess und Dondal Fischerssohn! Ah – er blinzelt und fragt sich, wo er ist. Verhalt dich eine Weile still, Dondal MacDond, denn du hast dir den Kopf angeschlagen, deine Ehre gerächt, und dein Prinz steht an deiner Seite.«

»M ... mein ... Prinz?«

»Ja. Und ich weiß, daß du ein tapferer junger Mann bist. Cormac MacOthna hat mir gesagt, daß du der geborene Krieger bist und auf dem Weg zu meinem Vater warst, um ihm dein Schwert anzubieten. Das ist doch richtig?«

Dondals Augen strahlten. »Jawohl, Lord Prinz.«

Cormac hatte über diesen Punkt bereits mit Senchann gesprochen. Der Prinz blickte ihn an, und Cormac schüttelte unmerklich den Kopf. Lächelnd schaute Senchann wieder zu dem noch liegenden Jungen hinunter.

»Ist dir klar, daß das Soldatsein bedeutet, immer bereit zu sein, und eine lange Ausbildung erfordert und daß der Mann, auf den du so mutig losgestürmt bist, deinen Vater um seinen Erstgeborenen gebracht hätte, wenn er mit der Waffe gegen dich vorgegangen wäre?«

Dondal errötete und schloß die Augen. Mit kaum vernehmbarer Stimme antwortete er: »Jawohl, Lord Prinz.« Nach einem Augenblick fügte er hinzu: »Es ist große Schmach, die ich trage.«

»Nun«, entgegnete Senchann, »so ist es mir auch schon ergangen, und nicht nur einmal. Ich ziehe einen Umhang vor! Aber denk nicht mehr daran. Sei versichert, der, dem du dienen wolltest, würde dir dasselbe sagen: Kehr nach Hause zurück, hilf deinem Vater und erleichtere das Wasser von den feinen Meeresfrüchten, die wir selbst in Cashel so zu schätzen wissen. *Übe* inzwischen mit den Waffen, und sei jederzeit bereit, Familie, Leben und Vaterland zu verteidigen. Aber übertreibe nicht mit dem Schwert, denn es ist nicht gut, es unnötig zu röten, Dondal MacDond.«

Bedrückt antwortete Dondal: »Ich werde mir Eure Worte zu Herzen nehmen, Lord Prinz.«

»Du mußt wissen, daß ich keineswegs erpicht bin, die Krone Munsters zu tragen, Dondal MacDond, denn das würde das Ableben meines Vaters voraussetzen. Doch – wenn dieser Tag je kommt, erwarte ich, daß du dich zu mir begibst und mir dies hier aushändigst.«

Unter seinem Umhang brachte der Prinz einen schmalen Torques zum Vorschein, der aus drei geflochtenen Silbersträngen, keiner stärker als zehn Haare, bestand. Er legte ihn um den Hals des Fischerssohns. Dondal riß den Mund auf, brachte jedoch keinen Ton hervor.

»Steh jetzt auf, MacDond, und setz dich zum Ale zu uns«, lud der Prinz den Jungen ein. Dann wandte er sich an den stumm dasitzenden Offizier. »Hauptmann Fiacc, aus dieser Sache müßt Ihr etwas gelernt haben. Erstens, daß Euren Männern beigebracht werden muß, was Benehmen und Ehre sind, und daß sie sich im Dienste Munsters befinden, um den Frieden zu erhalten, nicht um Streit in Schenken anzufangen und Frauen zu beleidigen, ob sie sie nun kennen oder nicht. Und noch etwas: Die Dinge sind nicht immer so, wie es den Anschein hat. Es müssen Fragen gestellt werden, ehe man aufs Geratewohl handelt. Ich meine jetzt Euren Trupp, Hauptmann – hätte ich Euch nicht zurückgehalten, wäre dieser Mann, der sehr wohl im Recht war, angegriffen und getötet worden. Habe ich recht?«

Fiacc kaute verlegen an der Lippe. Senchann entging Cormacs dünnes Lächeln nicht, und auch er lächelte. »Nun, der *Versuch* wäre zumindest unternommen worden, diesen Mann zu töten, der nichts anderes tat, als die Ehre einer Frau und seine eigene zu verteidigen, und noch mehr Blut wäre vergossen worden. Und das alles, weil der Mann, dem er eine Lektion erteilte, kein echter Mann ist. Ist Euch das klar, Hauptmann Fiacc?«

»Jawohl, Lord Prinz.«

Senchann seufzte tief. »Es sieht ganz so aus, als hätte ich ungewollt sowohl Dondal wie Fiacc zum Verstummen gebracht. Aber machen wir es uns jetzt bequem und trinken ein wenig und unterhalten uns.«

13. DIE HAUPTSTADT VON MUNSTER

Die Eiche strebt mächtig himmelan,
stark und von schimmernder Pracht.
Ach, wäre ich frei aller Bande fortan,
für die unberührten Pfade der Nacht.

Edna Carberry, *I-Breasil (das Jenseits)*

»Und *üben*«, riet Cormac MacArt.

Dondal nickte traurig. Er wirkte niedergeschlagen und irgendwie kleiner, obwohl sich an seiner Statur natürlich nichts geändert hatte, und er trug seine Piktenrüstung – zusammengerollt über der Schulter. Im Keim erstickt war seine hoffnungsvolle militärische Laufbahn, zumindest für eine längere Weile. Der Fischerssohn drehte sich um und machte sich auf den Heimweg wie ein Hund, der über Nacht gestreunt hatte und nun müde und mit leerem Bauch nach Hause lief.

Cormac wandte sich Prinz Senchann zu. Die beiden Männer wechselten einen Blick, der durchaus Verständnis für Dondals Gemütsverfassung verriet. Senchanns Schnurrbart zuckte, und die großen Schneidezähne blitzten in der Morgensonne. Sein weiter Umhang war um die Laute gewickelt und hinter den Sattel geschnallt. Heute trug der schlanke Königssohn eine Soldatentunika und Sandalen, nichts weiter; der Sommertag war warm und ein Beinkleid unnötig – Senchann hatte muskulöse Waden, die er durchaus zeigen konnte.

Im Sattel drehte er sich zu seinen Begleitern um. Tuachel, der Wirt, hatte die Hände vor dem Faßbauch gefaltet und stand strahlend an der Tür, da er glaubte, der Prinz habe sich seinetwegen umgewandt, um ihm viel Glück zu wünschen. Er täuschte sich, doch in seiner Güte nickte Eogain ihm freundlich zu, ehe sein Blick über die andern schweifte.

Zwei Soldaten der Kilsheeder Garnison sollten den

kleinen Trupp begleiten. Alle waren gut beritten. Die Geschwister aus Leinster sahen so gar nicht wie Königskinder aus, aber das tat Senchann Eoghanacht genausowenig. Samaire hatte viel Zeit für ihre Frisur aufgewendet. Sie hatte drei Bänder aus Gold und Silber – die sie bisher in ihrer bäuerlichen Kleidung versteckt gehabt hatte – in ihr Haar geflochten und es hochgesteckt.

Senchann griff nach dem Zügel. Auf sein Nicken hin ritt der Soldat, der sie führen sollte, an die Spitze, und die sechs Pferde trotteten zu der Straße nach Cashel.

Cormac ritt neben dem Prinzen, Ceann und Samaire hinter ihnen, und der zweite Soldat bildete den Abschluß. Während sie dahintrotteten und -trabten, erfuhr Cormac so allerlei, was er wissen wollte. Er stellte seine Fragen jedoch vorsichtig, um ihnen den Anschein von normaler Neugier zu geben.

Es gab keine Streitigkeiten zwischen Munster und seinen Nachbarn, Connacht und Leinster, hörte er. Zwischen diesen Königreichen im Westen und Osten grenzte ein kleiner Teil des südlichen Meaths an Munster und bildete einen Korridor zwischen dem Shannon – an dessen anderem Ufer Connacht lag – und Leinster. Auch mit Meath gab es keine Unstimmigkeiten. In Munster herrschte Frieden. In ganz Eirrin herrschte Frieden, wie schon Samaire gesagt hatte.

So vorsichtig wie Cormac mit seinen Fragen war Senchann mit seiner Bemerkung, daß man in Munster gehört habe, Feredach an-Dubh sei kein guter König.

»Es gibt vielleicht – eine gewisse – Nervosität in einigen Kreisen hier«, sagte der Prinz. »Es wird befürchtet, daß Feredach es möglicherweise für nötig hält, sein Volk zu ... *besänftigen,* damit es seine ... Unzufriedenheit mit ihm vergißt, falls es sie überhaupt wirklich gibt.«

Cormac beobachtete einen Zitronenfalter, der an einer Blume kostete. Er hat gelernt, wie ein König zu reden, dachte er. Mit reichlich »vielleicht«, »möglicherweise«,

»falls« und »in einigen Kreisen hier«, und selbst das nicht ohne Einschränkung. Laut sagte er: »Oh – Ihr meint, indem er einen Feind sucht, um den Leinstermännern ein gemeinsames Ziel zu geben, jemand, über den sie herfallen können?«

»Ihr versteht das erstaunlich gut, Cormac MacOthna.«

Cormac antwortete nicht darauf. Ja, er kannte die Gedankengänge von Königen. Es war keineswegs neu, daß ein Monarch, der in seinem Land Schwierigkeiten hatte, nach einer Ausrede für einen Krieg suchte, um durch ihn sein Volk wieder zu vereinigen – und es mit eroberter Beute zu besänftigen.

»Dann ist Lord Feredach demnach also nicht ein Mann, wie sein Vater war?«

»O nein! Sein Vater war ein Freund des Königshauses von Munster und dort gern gesehen, genau wie sein älterer Bruder Liadh, der vor ihm auf dem Thron saß.«

»So stimmt es also, daß König Feredach seinen Bruder Liadh meucheln ließ, Lord Prinz? Oder darf man einem Königssohn keine derartige Frage stellen?«

»Es ist keine Frage, die man einem Königssohn stellt«, antwortete Senchann widerwillig. »Aber ich sage Euch soviel: Wer weiß?«

»Ich habe seit Feredachs Thronbesteigung nichts mehr von seinem jüngeren Bruder und seiner Schwester gehört.«

Senchann MacEogain zuckte die Schulter. »Leute anderswo hören sicher auch wenig von mir oder meinen Geschwistern.«

Cormac lachte. »Von Euch hören sie bestimmt – ein Königssohn, der in einfachem braunen Kapuzenumhang herumzieht, ohne Pferd, dafür mit einer Laute!«

»Nun, so erfährt man … allerhand«, entgegnete Senchann mit leichtem Lächeln. »Ah – diese Strecke kenne ich, es ist eine gute Straße. Rossa!« rief er dem Soldaten vor ihnen zu. »Wir wollen galoppieren, bis wir zum Brown Dog Hill kommen!«

Grinsend drehte der Soldat sich flüchtig um, dann gab er seinem Pferd die Fersen. Senchann und Cormac folgten seinem Beispiel. Letzterer verzog das Gesicht. Er war in seiner frühen Jugend zwar geritten, doch zog er selbst das Deck eines schlingernden Schiffes unter seinen Füßen dem harten Ledersattel unter seinem Allerwertesten und dem breiten Rücken zwischen den Schenkeln vor. Der Berg, der seinen Namen vor langer Zeit aus irgendeinem Grund bekommen hatte, an den sich niemand erinnerte, kam für ihn nicht schnell genug herbei.

Als sie ihn erreichten, zügelten sie ihre unruhigen Pferde und ritten ihn im Schritt hoch. Als es wieder abwärts ging, wollte Cormac etwas sagen, doch schon begannen die Tiere zu traben.

Cormac biß die Zähne zusammen, damit sie nicht aufeinanderschlugen, denn dieser Trab erschien ihm noch viel schlimmer als der Galopp, der im Vergleich verhältnismäßig glatt war. Immer noch machte man sich Gedanken darüber und versuchte zu ergründen, ob es stimmte, daß das Pferd beim Galoppieren alle vier Beine vom Boden hob; es gab keine Möglichkeit, es mit Sicherheit festzustellen, aber man stritt deshalb und schloß Wetten ab. Und nun beim Trab hatte Cormac das Gefühl, als tänzelte das Tier, auf dem er saß, auf einem Bein. Er klammerte sich mit den Oberschenkeln fest und war glücklich, als sie den Fuß des Berges erreichten, von wo ab die Straße wieder eben verlief und so kurvig wie ein Feldweg.

Des Prinzen Worte hatten Cormac überzeugt, daß sich Ceann und Samaire König Eogain zu erkennen geben durften, ohne um ihre Sicherheit fürchten zu müssen. Cormac hielt es für richtiger, den Prinzen schon jetzt einzuweihen, nicht erst in der Burg seines Vaters. Er wartete, bis sie nach der Überquerung eines schmalen Flusses zu Mittag Rast machten, um sich mit Brot und kaltem Braten zu stärken. Dann ersuchte er Senchann leise, die beiden Soldaten unter irgendeinem Vorwand kurz wegzuschicken. Der Prinz hob die Brauen und tat es.

»Es gibt weder böses Blut noch dicke Freundschaft zwischen den Königen von Munster und Leinster«, erklärte Cormac Ceann und Samaire laut. »König Eogain schätzte sowohl König Liadh wie seinen Vater.«

Ceann nickte. »Dann können wir dem Prinzen und seinem Vater ja den Grund für unsere Reise in den Norden anvertrauen.«

Mit zusammengekniffenen Augen blickte Senchann von einem zum andern, dann öffnete er den Mund, um etwas zu sagen, fast heftig, wie es schien.

»Lord Prinz«, kam Cormac ihm zuvor, »da wir sehr vorsichtig sein müssen und nicht wissen, wem wir trauen können, waren wir nicht ehrlich zu Euch.« Er blickte ihm in die Augen. »Lord Prinz Senchann von Munster, gestattet, daß ich Euch Lord Ceann und Lady Samaire, Prinz und Prinzessin von Leinster, vorstelle?«

»Wir hoffen, Ihr versteht den Grund für unsere Täuschung, mein Lord«, sagte Samaire, während Senchann sich zu fassen versuchte.

Nach einer kurzen Weile antwortete er: »Meine Lady ... ich fürchte, nein.«

So erzählten sie, und Senchanns Miene wurde immer grimmiger. Als sie zum Ende ihrer Geschichte voll finsterster Heimtücke, Gefangenschaft und blutiger Rettung kamen, sprachen Ceann und Samaire von Cormac lediglich als »Cormac MacOthna aus dem fernen Ulahd«.

Schließlich herrschte Stille, vom Summen der Insekten abgesehen, dem Zwitschern der Vögel und dem sanften Rauschen des schmalen Flusses, den sie überquert hatten. Nach kurzem Nachdenken seufzte Senchann schwer.

»Das ist eine häßliche Geschichte. Ein Mann übt Verrat an seinem eigenen Bruder, um den Thron zu gewinnen, der ihm rechtmäßig nicht zusteht – und dann auch noch an seinen jüngeren Geschwistern, um diesen Thron zu behalten. Das ist wahrhaftig nicht edel!«

»Es ist schurkisch!« knirschte Ceann.

»Ich danke euch für euer Vertrauen«, sagte Senchann MacEogain, »und schlage vor, daß ihr selbst, nicht ich, meinem königlichen Vater diese häßliche Geschichte erzählt.«

Das hatten sie auch nicht anders vorgehabt.

»Dann sollten wir unsere Rast beenden«, meinte Senchann, »und die Pferde vom Weiden zurückholen, damit wir das schöne Cashel noch vor Anbruch der Dunkelheit erreichen.«

Sie schafften es auch gerade noch. Der hochragende kleine Berg, der Rock of Cashel genannt wurde, kam noch vor der Stadt in Sicht, während die Sonne am Horizont unterging. Sie tauchte das Land in Abendrot, als sie das Stadttor am Fuß des Berges erreichten. Wie sie sahen, hatten die Anhänger des neuen Glaubens die Erlaubnis erhalten, auf der Kuppe eine Kapelle zu errichten. Davor erhob sich das Symbol ihres Glaubens, aus Stein gehauen und riesig.

Cormac war nicht erbaut davon, eine Stadt zu betreten, über die ein römisches Hinrichtungsinstrument wachte; dieses gewaltige Kreuz war für ihn ein finsterer und ausgesprochen unangenehmer Wachposten. Die Römer hatten viele Menschen an solch schreckliche Kreuze gebunden, wo sie verhungerten, verdursteten oder durch die Unbilden der Witterung den Tod fanden. Es hatte auch nicht viele gegeben wie diesen ersten Cäsar, der vor jetzt nahezu sechs Jahrhunderten herrschte und sich den Ruf erworben hatte, barmherzig zu sein, weil er befohlen hatte, den nur langsam sterbenden Gekreuzigten mit dem Schwert zu einem schnelleren Ende zu verhelfen. (Wahrscheinlich, dachte Cormac, weil ihr Stöhnen und Ächzen seine Festgelage gestört hatte!)

Nun hatte der seit langem verbannte Gäle eine düstere Vorahnung. Er runzelte die Stirn, und seine Lippen spannten sich. Das keltische Blut in ihm reichte Tausende von Jahren bis Atlantis zurück, dessen Kreuz unten offen und ein Symbol des Lebens gewesen war, nicht des Todes. Er hätte es lieber gesehen, wenn sie zu einer anderen Zeit angekommen wären als ausgerechnet jetzt, da die sterbende Sonne den langen finsteren Schatten des Granitkreuzes über Cashel warf. Es erinnerte ihn an Verrat und Tod, und er grübelte über ihre Entscheidung nach, Senchann und seinen Vater Eogan in alles einzuweihen.

14. DER KÖNIG VON MUNSTER

Von roten Beeren schwer
die Eberesche einsam steht,
durch die Gänge der Burg
ein klammer Klagewind weht.
Er sitzt versunken in der Halle
bei seiner Kriegerschar,
doch nimmt er kaum
das ihn preisende Saitenspiel wahr.

Edna Carberry, *Art der Einsame*

In seiner Seeräuberzeit hatte Cormac einen Schwerthieb in die Rückseite des Oberschenkels abbekommen, der auch den Knochen verletzt hatte. Die Wunde verursachte qualvolle Schmerzen und brachte ihn in Lebensgefahr. So schafften seine Männer ihn zu einer kleinen Insel oberhalb von Alba, damit sie dort entweder ausheilen konnte oder er sterben würde. Dort hatte er einen langen Monat gelegen. Durch die Hilfe – ob nun medizinisch oder übernatürlich, das hatte er nie ergründet – des Druiden Luchu von Alba und des ungewöhnlichen stummen Mädchens Seimsolas – was soviel wie »Licht der Schönheit« hieß –, war MacArt wieder genesen.

Lieber hätte ich wieder diese Wunde, dachte er am Morgen nach ihrer Ankunft in Cashel, als diese Schmerzen durch Sattel und Pferd in den Schenkeln und der Kehrseite!

Nun, zumindest hatte er gut geschlafen. Erschöpft, staubbedeckt und sattelmüde hatten sie Senchann versichert, daß sie sich nichts so sehr ersehnten wie eine Nacht ungestörten Schlafes. Der Prinz hatte sie fast wie ein Schmuggler in die Halle der Gäste gebracht. In diesem Gebäude gleich neben dem Königspalast hatten sie sehr gut gespeist und sich nach kurzem Gespräch zurückgezogen. Dabei hatten sie sich geeinigt, daß Cormacs wahrer Name weiterhin geheimbleiben sollte.

Jetzt, am Vormittag nach ihrer Ankunft, folgten sie Prinz Senchann ins Königshaus.

Zwei Wachen mit Lanzen, reichverzierten Schwertscheiden und vergoldeten -griffen und rautenförmigen Schilden standen Posten vor der Flügeltür des Eingangs. Beide trugen weiße Tuniken und Harnische aus glänzendem roten Leder, das mit kunstvoll gehämmertem Eisen verstärkt war. Ein langer weißer Haarbusch hing von den Helmen herab; gebleichte oder gefärbte Ochsenschwänze, vermuteten die drei Besucher.

Zwischen diesen Wachen hindurch passierten die vier die Tür in den langen, breiten Raum dahinter.

Massive, eckige Eichenbalken trugen die Decke der Königshalle in Cashel. Andere, noch massivere Balken stützten die der Decke. Sie waren von tiefem Rotbraun, und rötliche Bronzestreifen zierten sie wie Ringe. Der Raum, den sie einrahmten, bot gewiß gut hundert Personen Platz, und mehr als hundert hätten an den Tischen sitzen können, die an den Seitenwänden verliefen. Cormac MacArt fragte sich, ob gewöhnlich so viele hier speisten, aber das war wohl nicht anzunehmen.

Keine Wachen standen hier, ja die Halle war völlig leer, nicht einmal der König thronte heute dort, und die drei Fremden machten sich so ihre Gedanken.

Die drei, die nun vornehm gewandet waren und lange Umhänge trugen, wechselten erstaunte Blicke, während sie Prinz Senchann folgten. Geradewegs durch die breite Halle schritt er, und der purpurverbrämte Saum seines wallenden Umhangs schwang um seine Absätze. Gelb wie Schlüsselblumen war seine Farbe, und aus glänzender reiner Seide war er angefertigt.

Für Cormac war das Gehen so unangenehm wie das Sitzen. Ein Tag im schon lange nicht mehr vertrauten Sattel hatte zum Muskelkater in Gesäß und den Innen-

seiten der Oberschenkel geführt, aber er bemühte sich, es sich nicht anmerken zu lassen, während er dem Prinzen zur Audienz mit seinem Vater folgte.

Doch wo war der König?

Sie erfuhren es alsbald: hinter einer Tür ohne Knauf oder Rahmen, als eine von zehn dunklen Wandtäfelungen getarnt. Dahinter befand sich ein fast stickig warmes, kleines Gemach mit schweren karmesinroten Wandbehängen. Der Boden war von Wand zu Wand mit einem dicken Teppich in dunklerem Rot ausgelegt.

Ein Mann saß in einem Sessel auf dem erhöhten hinteren Teil des Gemachs. Außer ihm hielt niemand sich hier auf.

Das Gemach war von der Farbe des Blutes, sein Bewohner nicht.

Tatsächlich sah er aus, als flösse in seinen Adern insgesamt nicht mehr als ein Becher Blut. Von fahlem Weiß war seine Haut. Ein geflochtener goldener Doppelreifen ruhte auf den schütteren, mit Grau durchzogenen rötlichen Locken. Der gewaltige rote Schnurrbart, der die Oberlippe und Teil seiner Wangen verdeckte, betonte seine Blässe noch, und das tiefe Blau seines Gewandes tat es ebenfalls. Eine riesige Brustplakette aus Gold reichte über den ganzen Oberkörper vom Hals bis zum Bauch und war mit Granatsteinen, Perlen und blauen Achaten verziert.

Seine Besucher traten ein und blieben stehen, denn kein Eirringeborener beugte das Knie, auch nicht vor einem gekrönten Haupt.

Außer dem Sessel, in dem der König thronte, gab es fünf weitere Sitzgelegenheiten: lehnenlose Holzstühle wie die der Römer.

Seine Majestät Eogan Eoghnnact sorgte dafür, daß seine Besucher sich mit ihren Anliegen kurz faßten und rasch verabschiedeten, indem er ihnen unbequeme Hocker anbot, wie er es auch jetzt tat.

»Majestät«, wandte Senchann sich an seinen Vater,

»ich lernte diese drei vor zwei Abenden in einem Gasthof von Kilsheed kennen. Ein unverschämter Soldat – in unserem Weiß und Rot – machte mehrere Bemerkungen über diese Lady. Schließlich wagte er es, sich ihr zu nähern und ihr seine Gesellschaft anzutragen, und das vor ihrem Bruder und ihrem Beschützer. Unser Soldat war es, der mit voller Absicht einen Kampf herausforderte; und dieser Mann hier war es, der ihn beendete, und zwar mühelos. Eogan, König von Munster, ich stelle Euch hiermit Cormac MacOthna aus Ulahd vor und überlasse es diesen beiden anderen, sich selbst mit Euch bekannt zu machen.«

Eogan betrachtete Cormac mit braunen Augen, die immer wieder blinzelten und sich offenbar anstrengen mußten. »Habt Ihr etwas zu den Worten des Prinzen hinzuzufügen, Cormac MacOthna?«

»Nein, Lord König.«

»Also ein Mann der Waffen und weniger Worte. Wollt Ihr in die Dienste eines Königs treten, Waffenmann?«

»Verzeiht, Lord König, doch das liegt nicht in meiner Absicht.«

Der König nahm das mit einem Extrablinzeln zur Kenntnis und schwieg einen Moment. Dann sagte er: »Wäre ich Beschützer dieser lieblichen Dame, würde auch ich nicht in den Dienst anderer treten, ob sie nun Götter oder einfache Könige wären! Mein Sohn hat gesagt, ihr würdet euch selbst vorstellen. Bitte tut es. Des Prinzen Ersuchen um eine Audienz war dringend, und da kann nur etwas Besonderes dahinterstecken.«

»Meine Schwester, Sire, erhielt bei ihrer Geburt den Namen Samaire, und mich nannte man Ceann, unser Vater ist Ulad, der König von Leinster.«

Eogan ließ sich seine Überraschung kaum anmerken. Er versicherte ihnen, daß sie hier herzlich willkommen seien. Dann erkundigte er sich nach dem Grund ihres Besuches ohne Gefolge und Vorankündigung. Cormac und Senchann hörten stumm zu, während die anderen sprachen und des Königs Gäste aus Leinster ihre Geschichte erzählten.

Während er zuhörte, verbarg Eogan seine Bestürzung nicht. Er lehnte sich zurück und überlegte, dabei spielten seine beringten weißen Finger mit der linken Schnurrbartspitze, und seine Kinnbacken wackelten.

»Euer Bruder ist es, der die Krone trägt, egal, wie er zu ihr gekommen ist«, murmelte er und schwieg wieder. Dann seufzte er, blickte Ceann in die Augen und sagte etwas, das Cormac verriet, daß hier ein nachdenklicher Kopf die Krone trug und ein pragmatischer obendrein. So ernst und gemessen wie Eogan sprach, hörte Cormac zu und prägte sich seine Worte ein.

»Ich kann und werde Euch dreien nicht weniger anbieten als die Gastfreundschaft dieses Hauses, solange Ihr hierbleiben möchtet. Ich werde auch nicht weniger als ehrlich sein.« Er betrachtete sie ernst, blinzelte und beugte sich ein wenig vor. Cormac fragte sich, ob der König möglicherweise alles verschwommen sah, das weiter als eine Armlänge – oder seine Nase – von seinen Augen entfernt war.

»Eure Eröffnung beunruhigt mich, königliche Gäste, und Eure Anwesenheit hier stellt eine Gefahr für mein Land dar. Ich muß Euch bitten, Eure Identität geheimzuhalten. Denn es könnte böses Blut zwischen Munster und Leinster geben, würde König Feredach erfahren, daß ich seine verbannten Geschwister aufgenommen habe – und obendrein ihre schreckliche Geschichte kenne.«

Schroff entgegnete Ceann. »Wir sind lange unterwegs, seit diese ehrenlosen Norweger uns im Sumpfland überfielen, Lord König von Munster. Und wir haben auch nicht die Absicht, unsere Reise hier zu beenden. Wir bedanken uns für Euer Angebot und versichern Euch, daß wir Eure Gastfreundschaft nicht lange in Anspruch nehmen, sondern bald nach Tara aufbrechen werden, wo wir den Hochkönig um Gehör und Schutz bitten wollen.«

»Und auch dort«, fügte Samaire hinzu, denn sie gehörte nicht zu den Frauen, die es nicht wagten, den Mund zu öffnen, wenn Männer sprachen, »werden wir nicht bleiben. Wir haben ein Zuhause, Eogan Eoghannact, und das ist nicht in Munster oder Meath, in Cashel oder Tara!«

»Mir gefiel, wie unverblümt du heute vormittag zu dem König gesprochen hast«, sagte Cormac zu Samaire.

»Etwas zu offen«, warf Ceann ein. »Jedenfalls wurden die ungekrönten Häupter Leinsters nicht an des Königs Tafel geladen!«

Die drei saßen in der aus zwei Gemächern bestehenden Suite, die man ihnen im Königshaus zugewiesen hatte. Vor ihnen stand das Mahl, das zwei Diener in Rot und Weiß aufgetragen hatten. Die Suite war prächtig, das Dinner königlichem Besuch angemessen. Doch war da das fast greifbare Gefühl, daß sie nur aus einer Art Pflichtbewußtsein so aufgenommen worden, doch alles andere denn willkommen waren.

»Mit anderen zu dinieren, wäre peinlich gewesen«, gab Cormac zu bedenken, »denn die Menschen sind neugierig. Auch hätte man uns nicht mit falschen Namen an des Königs Tafel setzen können.«

»Das ist es nicht allein«, entgegnete Samaire, »und das wissen wir sehr wohl!«

»Ein Kreuz, der Galgen der Römer, steht aus Granit auf dem Berg von Cashel«, sagte Cormac und blickte düster auf Eogans Hauptstadt hinab. »Und Eogan fürchtet seinen Schatten!«

»Und seinen eigenen!« stellte Samaire heftig fest. Sie hielt den ziselierten Silberkelch vors Gesicht und studierte die kunstvolle Verzierung.

Nachdem sein eigener Kelch frisch gefüllt war, lehnte Cormac sich zurück und überkreuzte die Fußgelenke.

Seine sattelwunde Kehrseite protestierte. Entschlossen, sich nichts anmerken zu lassen, versuchte er, es sich ein bißchen bequemer zu machen. Bald würde er wieder auf dem Pferderücken sitzen, und er ärgerte sich, daß sein sonst so unempfindlicher Körper ihm solche Beschwerden machte, obwohl er nicht verletzt war.

»Er ist nicht der erste König, der so vorsichtig ist«, brummte er, »und gewiß nicht der letzte. Immerhin ist ein König für viele Menschen verantwortlich. Wir kennen Eogan von den Eoghannachta zuwenig, um beurteilen zu können, ob er nur an sich selbst denkt. Wie Lagaire von den ua-Neill!« Letzteres knirschte er. »Aber – ich habe nachgedacht.«

»Wenn dir etwas eingefallen ist, Cormac MacArt, wollen wir es hören«, sagte Ceann majestätisch.

Cormac rührte sich nicht, sondern blieb in seiner entspannten Haltung sitzen, doch seine Augen waren kalt wie Gletschereis, als er sie auf den anderen richtete. »Führ dich mir gegenüber nicht wie ein König auf, Ceann Ruadh! Beschützer bin ich offenbar – doch in deinen Diensten stehe ich nicht!«

Bei dem einsetzenden Schweigen blickte Samaire von einem zum anderen. Dann lächelte Ceann, doch dünn.

»Gut, Cormac, den man Wolf nennt, wenn es sich anhörte, als spreche ich als Prinz zu einem Untertan, bedaure ich Ton und Worte.«

Cormac nickte lächelnd. Das war eine majestätisch formulierte Entschuldigung, und er freute sich weniger über sie als über Ceann. »Beim Blut der Götter, Ceann Ruadh, einen guten König würdest du abgeben, das steht fest!«

»Soll das ein Treue-Eid sein?« fragte Samaire betont unschuldig, doch ihr Bruder warf ihr einen tadelnden Blick zu.

»Ich glaube, daß ich euch meinen Gedankengang nicht vorenthalten sollte«, sagte Cormac. Prinz und

Prinzessin blickten ihn leicht verlegen, doch nun sichtlich aufmerksam an.

»Überlegt mal! Angenommen, was ohne weiteres der Fall sein mag, Eogan denkt folgendes: *Ich bin Eogan und König, und was immer er sonst sein mag, auch Feredach ist König*. So manches sieht unter Königen ganz anders aus. *Es könnte unsere Beziehungen sehr verbessern, wenn ich Feredach eine Botschaft schickte.*«

Ohne die Augen von Cormac zu nehmen, griff Ceann nach seinem Kelch. Samaire beugte sich vor und zog die Brauen zusammen.

»Die Botschaft würde den König von Leinster darauf aufmerksam machen, daß Eogan jene *lästigen Verwandten* Feredachs als Gäste hat, die nach Übersee hätten abgeschoben werden sollen.« Cormac zuckte die Schultern. »So steht Feredach in Eogans Schuld, und Eogan braucht sich weniger Sorgen zu machen – ihr euch dagegen mehr!«

»Aber«, begann Samaire, »kein Mensch würde ...«

»Kein Mensch, außer einem König«, unterbrach ihr Bruder sie. »Es kann durchaus so sein, wie du meinst, Cormac. Bei den Göttern meines Volkes, es gibt vielleicht doch Schlangen in Eirrin – solche, die auf zwei Beinen wandeln!«

»Watscheln«, berichtigte Samaire, aber niemand lächelte.

»Doch wollte er offenbar nicht, daß wir länger verweilen«, entgegnete Ceann nachdenklich, während er scheinbar die Wand gegenüber studierte.

Plötzlich lächelte Cormac. Er streckte die bisher verschränkten Beine so heftig aus, daß die Fersen auf den Boden schlugen. »Ja, ehe er Zeit zum Überlegen und sich mit seinem Ratgeber hatte besprechen können. Und du hast ihm erklärt, daß wir schon bald weiterziehen wollen! Das hilft uns, denn wenn Eogan versucht, uns zu überreden, länger zu bleiben, können wir ziemlich sicher sein, daß er sich Rat geholt und getan hat, was ich vermute und wie ich es euch gesagt habe.«

Am nächsten Tag schickte Eogan nach ihnen und erinnerte sie daran, daß die Königsversammlung von Tara nicht mehr fern war und daß er mit Gefolge zum Berg Tara reiste. Die drei seien herzlich willkommen, solange als hochgeehrte Gäste hierzubleiben, um dann mit ihm, in passender Begleitung zu reisen ...

Die drei ließen sich ihr Mißtrauen nicht anmerken, als er sie überreden wollte, länger zu verweilen – vermutlich, damit sein Kurier Zeit hatte, Leinster zu erreichen. Am Nachmittag verließen sie die Burg und gingen in die Stadt, dabei berieten sie, was sie tun sollten.

»Wir können nicht sicher sein«, murmelte Ceann mit zusammengezogenen Brauen. »*Sein* Angebot ...« Sie nannten auf den Straßen von Cashel keine Namen. »... könnte völlig natürlich sein, so wie es auch der Logik nicht entbehrt. Immerhin gibt es Räuber und Meuchler auf den Landstraßen und in den Wäldern.«

»Genau wie in großen Häusern gewisser Städte von Munster«, entgegnete Cormac und blickte mit voller Absicht nicht auf zwei gegen eine Hauswand lungernde Männer, die weiße Tuniken und stahlverstärkte rote Lederharnische trugen.

»Dann stehen wir vor einem Dilemma«, sagte Samaire düster. »Uns der Gefahr der Straße allein zu stellen, oder ... der anderen, von der wir gesprochen haben. Beide mag es geben – oder auch nicht.«

Cormac drückte die Verantwortung für die zwei, die er sich selbst auferlegt hatte. Allein wäre er bereits auf dem Weg gen Norden, ohne Abschied von hier und ohne sich Gedanken über die möglicherweise harrenden Gefahren zu machen: Auf Gefahren achtete man und begegnete ihnen, wenn es soweit war.

Sie bogen in eine Straße ein, in der ein Markt stattfand, wo es sehr laut zuging. Bei einem Stand mit Wacholderbeeren neben Grünalgen, die hier auch Seespinat genannt wurden, blieben sie stehen. Ein Fuß stupste Cormacs, und das war eindeutig kein Versehen. Er sah einen Greis neben sich, der sich schwer auf seinen Stock stützte. Ein weißer Bart ragte aus der gesichtsvermummenden Kapuze seines zerlumpten, orangefarbenen Umhangs.

Der Stock schwang in einer deutenden Bewegung herum, und der Alte humpelte davon. Cormac blickte dem gebückten Rücken nach, bis der Vermummte über die Schulter schaute, sicher um sich zu vergewissern, daß man ihm auch folgte. Cormac legte je eine Hand auf die Arme seiner beiden Begleiter und beugte sich zwischen die zwei.

»Wir sollen jemandem folgen. Kommt mit, aber unauffällig.«

Der Greis kam trotz des gekrümmten Rückens und des Stockes, auf den er sich stützte, rasch voran. Die drei bahnten sich ihren Weg durch Käufer und Verkäufer die Straße hoch. Ihr vermummter Führer bog in eine Gasse ein, in der ein riesiges Sonnendach aus tiefgrünem Segeltuch fast für Dunkelheit sorgte. Cormac folgte ihm mit der Hand um den Dolchgriff.

In der Düsternis richtete der scheinbare Greis sich kurz auf und schob die Kapuze zurück. Nur flüchtig war sein schnurrbärtiges Gesicht mit den übergroßen Schneidezähnen zu erkennen. Es gehörte dem Maskierungen liebenden Senchann MacEogain!

»Heute noch verläßt ein Kurier Cashel«, murmelte er, und Ceann sowie Samaire drängten sich näher. »Er reitet zu Feredach in Leinster und trägt die Botschaft, daß ihr hier unter ständiger Beobachtung seid und *festgehalten* werdet.«

Fast zischend sog Ceann die Luft ein, während der andere Prinz eilig mit leiser Stimme weiterredete.

»Der Kurier soll durchblicken lassen, daß ein Pakt zwischen den Königen dieser beiden Länder geschlossen werden könnte, während sie sich zum Feis-mor in Tara von Meath begeben, und daß sie sich bestimmt über eure ... *Zukunft* werden einigen können.«

»Wir würden keine haben«, antwortete Ceann mit leiser Stimme, die sich fast wie ein Knurren anhörte. »Nicht in Feredachs blutigen Händen!«

»Dann hört zu und schweigt dabei. Ich bin euch nicht feindlich gesinnt, und mir gefällt der Verrat meines Vaters nicht weniger als euch!«

Sie lauschten, während Senchann hastig seinen Plan darlegte.

Es war etwas später am Nachmittag, als ein Spielmann, seine Laute zupfend und gedämpft singend, ohne Eile Cashel durch das Nordtor verließ. Er trug einen zerlumpten orangefarbenen Umhang, dessen Kapuze er sich tief ins Gesicht gezogen hatte. Die Männer in Weiß und Rot gönnten ihm nur einen flüchtigen Blick.

Noch etwas später humpelte eine verkrüppelte Frau durch dasselbe Tor, schlampig und heruntergekommen. Ihre murmelnde Stimme verriet, daß sie über die Blüte ihrer Jahre hinaus war. Ihr Haar war auf die alte Weise völlig unter einem Tuch verborgen – was verriet, daß sie verheiratet war. Es entging ihr nicht, wie ein Wächter spöttisch zu einem andern sagte, daß sie wohl in Cashel gewesen sei, um den Unterhalt für ihren Mann auf dem Rücken zu verdienen.

Etwa zur selben Zeit verließ ein wohlberittener Mann Cashel durch das Connachttor im Nordosten. Krumm war er, mit Narben im Gesicht und einem Umhang über dem schmutzigen Wams. Es war nichts Auffälliges an ihm, außer vielleicht, daß die beiden Pferde, die er führte, erstaunlich gut für Packtiere waren.

Einer der Weißroten am Tor blickte ihm nach, doch der schmutzige Narbengesichtige richtete sich auf der Landstraße nicht auf und beschleunigte auch den Schritt seines Fuchses kein bißchen. Dann kam eine

Gruppe Kaufleute herbei, auf die er sein Augenmerk richten mußte, und das Narbengesicht war vergessen.

Nachdem die Straße um einen Hügel gebogen war, der einen Blick auf das Stadttor von Cashel verhinderte, richtete der Reiter sich auf und riß an den langen Zügeln der Packpferde. Gleichzeitig drückte er seinem Fuchs eine Ferse in die Weiche. Das war allerdings unklug, denn der Mann hüpfte regelrecht im Sattel, wie es nur einem schlechten Reiter passieren kann, als das Tier in einen schnellen Trab fiel.

Niemand sah ihn, als er den Weg nahm, der die Nordstraße mit der Straße nach Connacht verband. Er fluchte den ganzen Weg, bis er das breite Band der anderen Straße erreichte und das Rufen aus den Bäumen hörte. Er nahm die Zügel straff und bog in das Eiben- und Haselnußgehölz ein. Zwei Personen kamen ihm entgegen.

Sogleich saßen die schlampige Frau und der zerlumpte Spielmann auf die Packpferde auf, und trotz der Verwünschungen des Narbengesichtigen galoppierten sie nordwärts los. So verließen ein Prinz, eine Prinzessin und ein verbannter Krieger Cashel in Munster, ohne ein Dankeschön oder Lebewohl für einen König, der ihnen seine Gastfreundschaft angeboten hatte.

15. DIE RÄUBER

Rot waren ihre Klingen und ihre Herzen schwarz
des Schwarzen Cabris' Männer aus dem Brosnawald.
Alle vier wollten den Tod Cormac MacArts
Und haben es mit ihrem Blut bezahlt.

Diarmuid of Tulla Mor (?)

An jenem Abend wußten die drei, die nun auf der Flucht waren, lediglich, daß sie sich irgendwo östlich vom Shannon befanden. Bei Einbruch der Dämmerung verließen sie die Straße und bogen in einen dichten Wald ein.

Die Bäume erhoben sich rings um sie wie drohende Gestalten, als sie ohne jegliches Licht immer tiefer drangen. Schon bald sahen sie sich gezwungen, abzusitzen und ihre Pferde zu führen. Cormac zuckte zusammen, als der Schmerz beim Gehen seine Muskeln hochschoß, doch er schwieg. Die beiden andern, die das Reiten gewöhnt waren, hatten gar nicht daran gedacht, daß es unbequem für ihn sein könnte, und er dachte nicht daran, es ihnen zu gestehen.

In einer kleinen Lichtung banden sie ihre Pferde an, damit sie weiden konnten, getränkt waren sie erst vor kurzem an einer Furt geworden. In der Dunkelheit und fast völligen Stille aßen Ceann, Samaire und Cormac den kalten Braten und Käse, den Cormac auf dem Markt von Cashel gekauft hatte.

Sie verbrachten die Nacht hier und hielten abwechselnd Wache. Auf Ceann fiel das Los als erster, und er weckte Cormac zur Ablösung auf. Während MacArt noch gegen den Schlaf ankämpfte, hörte er ein Rascheln. Samaire kam zu ihm. Sie beugte sich zu ihm hinab und drückte ihre Lippen auf seine. Mit vereinten Mündern sanken sie auf die Satteldecke, die er über den Moosboden gebreitet hatte. Er spürte ihren Körper vibrieren wie die straff gespannte Feder einer Belagerungsmaschine.

Ganz leise sagte er: »Schlaf, Samaire, denn ich kann dir deine Wache nicht ersparen. Wir alle brauchen so viel Schlaf, wie wir nur kriegen können.«

Schmollend legte sie sich auf die Decke und schmiegte sich an ihn. Er beherrschte sich mit aller Mühe und berührte sie nicht. Bald wurde ihr Atem tiefer, und er spürte die Wärme ihres an ihn gekuschelten Körpers noch stärker. Sie schlief. Cormac zwickte sich hin und wieder in Arm oder Bein, um ja auch wachzubleiben.

Schließlich weckte er sie, und als er überzeugt sein konnte, daß sie auch wirklich ganz wach war, schlief er. Seine Jahre als Krieger und Küstenpirat hatten ihn gelehrt, sogleich einzuschlafen, wann immer er es wollte.

Im Morgengrauen weckte sie ihn, und Ceann erwachte, als er ihre Stimmen hörte.

Die Nachtwache der drei war unnötig gewesen, außer den normalen nächtlichen Geräuschen des Waldes hatten sie nichts gehört. Sie frühstückten und wünschten sich, es wäre ein Bach zum Baden in der Nähe, doch darauf mußten sie verzichten.

Plötzlich schaute sich Samaire mit erschrockenen Augen um. Dem Ton ihrer Stimme nach war sie der Panik nah. »Ich ... wir wissen nicht, in welcher Richtung die Straße liegt!«

Cormac MacArt lächelte. »O doch, es sei denn, es hat einen nächtlichen Besucher gegeben, der so leise war, daß wir ihn nicht hörten. Kommt.«

Die Pferde an den Zügeln führend, folgten sie ihm. Der Busch, den Cormac absichtlich geknickt hatte, wies ihnen den Weg. Ein Stück weiter blieb er stehen, um eine Brosche zu lösen, die in der Borke einer Linde steckte.

Samaire begann: »Wie ...«

Grinsend antwortete Ceann: »Unser kluger Cormac

hat sie gestern abend hineingesteckt, um unseren Rückweg zu markieren. Wir zwei allein, Schwesterchen hätten uns bestimmt verirrt.«

Sie stapften weiter. Cormac holte sich ein dünnes Goldkettchen zurück, das in die Rinde einer Eiche geklemmt herabhing. Ein bißchen weiter blitzte eine andere Brosche im dünnen Sonnenschein, der durch die Laubdecke der Baumkronen filterte. Das Schmuckstück war etwas höher als Cormacs Kopf in einen Baum gesteckt, wäre jedoch nicht nötig gewesen, denn durch den hier bereits lichteren Wald war helles Tageslicht zu sehen.

Cormac hob den Arm, dann drehte er den Kopf zu den beiden um, die ihm folgten. »Psst! Keinen Laut! Horcht!«

Die drei standen reglos und lauschten und hielten auch die Pferde so ruhig wie möglich. Schon in Sekunden hörten sie den Grund für Cormacs Warnung. Der Hufschlag vieler Pferde näherte sich auf der Straße, und so schnell war der Galopp, daß er sich wie ein Trommeln anhörte.

Durch die Bäume hindurch sahen die Flüchtlinge den Trupp. Es waren elf Wohlberittene. Roter Lederharnisch glänzte über weißer Tunika. In zwei Atemzügen waren sie vorüber – doch unbewußt hielten die drei im Wald immer noch die Luft an.

Eine Staubwolke folgte dem trommelnden Trupp der Soldaten Eogans von Munster, und der Hufschlag verlor sich rasch in der Ferne.

»Bei den Göttern!« entfuhr es Ceann. »Diese Männer wurden geschickt, um uns zu *eskortieren* ...«

»Ja«, bestätigte Cormac, »unser Begleitschutz. Und zwar *zurück* nach Cashel, zur gut bewachten *Gastlichkeit!*«

»O weh!« murmelte Samaire verzweifelt.

Cormac wandte sich den beiden zu. Obgleich er die Augen zusammengekniffen hatte, lächelte er. »Kein

Grund zur Verzweiflung. Wir warten, bis der Schatten über jenen Ast dort fällt, und – *folgen* diesen gen Norden reitenden Soldaten!«

Prinz Ceann Ruadh grinste.

Sie vertrauten sich Cormac an. Er wartete, bis der Staub sich gesetzt hatte und sie ganz sicher nicht mehr von den eiligen Reitern gesehen werden konnten. Obgleich er es nicht für nötig gehalten hatte, seine Begleiter darauf aufmerksam zu machen, hatte er sich vergewissert, daß kein zweiter Trupp dem ersten folgte. Weder Eogan noch der Befehlshaber der Garnison war auf den Gedanken gekommen, daß ihre Opfer – ihre Beute? – hinter dem Trupp auf die Straße kommen mochten.

Doch das taten die drei. Ohne Rast zu machen, ritten sie Meile um Meile mit knarrenden Sätteln – und in Cormacs Fall auch mit schmerzendem Gesäß. Hin und wieder, wenn sie eine Hügelkuppe erreichten oder zu einer längeren geraden Strecke kamen, sahen sie weit vor sich eine Staubwolke, und sie wußten, daß ihre »Verfolger« keinen Verdacht geschöpft hatten und immer noch in großer Eile waren.

»Was machen wir, wenn sie eine Rast einlegen und uns entdecken?« fragte Samaire. »Oder wenn sie von der Straße abbiegen, wie wir es taten, und wir sie überholen?«

»Eine gute Frage. Ceann! Hast du Samaire gehört?«

Ceann nickte. Er schob die Hand über den flachen Bauch zum Schwertknauf, denn Waffen und Rüstung gehörten zu den Sachen, die Cormac in Cashel und auf dem Markt dort erstanden hatte.

Cormac schüttelte den Kopf. »Nein, wir kämpfen nur, wenn es gar nicht anders geht. Sie führen keine Bogen bei sich, was bedeutet, daß sie uns lebend haben wollen, was zu erwarten war. Das bedeutet auch, daß sie uns erst stellen müssen, ehe sie gegen uns vorgehen können. Außerdem reiten sie schon länger als wir, und das im Galopp. Nein, falls wir sie überholen oder sie uns sehen sollten, geben wir den Tieren die Fersen und *reiten!*«

Ceann schüttelte den Kopf. »Könige gäben viel darum, einen Ratgeber wie dich zu haben, Cormac MacArt!«

»MacCuchulain!« murmelte Samaire und blickte voll Bewunderung auf den narbigen Mann.

Sie ritten unter einem Himmel, der einem großen blau-weißen Zelt glich mit einem blendenden Schmuckstück, der Sonne. Zweimal überholten sie Bauernkarren, und einmal kamen sie an einer Familie vorbei, die in einem Flachsfeld arbeitete. Alle winkten freundlich, wie sie selbst es auch taten, als sie einer Familie auf einem Wagen begegneten und zwei Männern zu Fuß. Cormac bedauerte, daß sie keine Zeit hatten anzuhalten, aber das ließ sich nicht machen.

Die Sonne stand schon tief im Westen, als eine Baumreihe einen Wasserlauf ankündete. Wortlos lenkte Cormac sein Pferd darauf zu.

Bald waren die schwitzenden Pferde getränkt und durften grasen, während ihre Reiter sich in das kühle Naß des zwar breiten, aber nicht tiefen Baches mit seinem Kieselbett stürzten. Erfrischt saßen sie auf und ritten ein paar Meilen im Bach aufwärts. Bei einer Furt verließen sie ihn und folgten ihm eine weitere Meile an seinem anderen Ufer aufwärts.

Die Nacht war nicht mehr fern, als sie auf einen Bauernjungen stießen. Er war etwa zehn und gerade dabei, das Bachufer mit fünf Forellen zu verlassen. Er blickte ihnen entgegen, offenbar ohne Furcht.

»Ein guter Fang!« lobte Cormac als Gruß.

Der Junge strahlte, sagte jedoch: »Vor drei Tagen habe ich sieben hier an der gleichen Stelle gefischt!«

»Nun, es gibt gute und schlechte Tage«, meinte Cormac. »Aber dein Fang ist auf jeden Fall erstaunlich, das freut mich. Wir kommen von weither – sagst du uns, wo wir uns hier befinden?«

Der Junge starrte ihn an. »Unser Hof ist ganz in der Nähe. Er gehört meinem Vater, Mogh MacFindtain!«

Samaire lächelte; Cormac dagegen nickte ernst. »Er muß stolz auf seinen Sohn sein, der ein so guter Fischer ist. Du magst es vielleicht komisch finden, MacMogh, aber – wir kommen von Leinster und wissen nicht so recht, wo wir hier sind. Haben wir ...«

Der Junge grinste. »Ihr seid in Meath, zwischen dem Shannon und Slieve Sidhe – habt ihr denn nicht bemerkt, wieviel grüner das Land wurde?«

Ceann lachte über den Heimatstolz des Jungen. Seine Begleiter lächelten. Sie waren froh, aus Munster entkommen und sowohl seinen Soldaten als auch Leinster entgangen zu sein und die Grenze nach Meath überschritten zu haben. Ohne Zwischenfall hatten sie den Nordosten erreicht und damit ein Land, wo ihnen zweifellos niemand Böses wünschte. Meath – und vor ihnen das Rath Tara und der Hof des Hochkönigs.

Sie waren nicht abgeneigt, Lugh, den Jungen nach Hause zu begleiten. Es war ein schmuckes Häuschen aus gutem Holz und so an die Bergseite gebaut, daß seine hintere Wand natürlicher Fels war.

Dem gedrungenen, bartstoppeligen Mogh MacFindtain, seinem Weib und einem zweiten Sohn erzählten die drei, daß Ceann ein Poet und Barde sei und sein Weib, Samaire, ebenfalls Laute spielen konnte; und daß Cormac, der sich ihnen durch Zufall angeschlossen hatte, sich erhoffte, in die Dienste des Ard-righs in Tara treten zu können.

Die Bauersleute ließen sich nur zu gern unterhalten und vergaßen für eine Weile Flachs und Kühe, das launenhafte Wetter, das ihr Leben regierte. Ihr Essen, das sie mit den Reisenden teilten, wurde von diesen mit deren letzten Vorräten an Brot, Käse und kaltem Braten aufgestockt, und es gab frische Milch für alle.

Zweifellos war Moghs Familie am nächsten Morgen sowohl überrascht wie erfreut, als sie entdeckte, was ihre Gäste für sie zurückgelassen hatten: Gold und Silber vom Wert einer Jahresernte und einen Zettel, auf den Ceann – in der Hoffnung, einer der Familie könne lesen – in Ogam geschrieben hatte:

Sagt, Ihr hättet das beim Pflügen gefunden, Freunde.

Der Prinz hatte mit den alten Ogamzeichen unterschrieben, die sicher jeder erkannte, sie standen für Anu, Grannus und Cu Roi MacDairi. Das waren alte Gottheiten Eirrins, der letzte einer, der das Schwert der Eroberung über die ganze Welt trug, dessen Klinge aber nie in Eirrin Blut getrunken hatte.

So hatten die drei einer neuen Legende ins Leben verholfen.

»Nun sind wir Eogans Gastlichkeit entgangen«, sagte Cormac, während sie im Trott ritten. »Und haben gute Beziehungen zu seinem Sohn Senchann, in dessen Schuld wir stehen. Was wir mitgenommen haben, bezahlten wir, und haben obendrein etwa gleich viel zurückgelassen und kein Blut in Munster vergossen.«

»Das war wohlgetan, Cormac, und es tut gut zu wissen, daß wir einen Freund in Munster haben.«

Ja, dachte Cormac, der bereits über die Zukunft und ihre Möglichkeiten nachgrübelte. Ein guter Freund wird Senchann sein, wenn er erst auf Munsters Thron sitzt – und wenn wir es geschafft haben, dich, Ceann Ruadh, auf Leinsters Thron zu setzen!

Doch das behielt er für sich. Vor ihnen lagen zweifellos noch viele Gefahren, und der Sturz Feredachs war sicher ein noch ferner Traum. Zunächst ging es zum Hochkönig, dem Großen Rat, dann würde sich herausstellen, wie man den Verbannten, MacArt, aufnahm, und welches Risiko er für seine persönliche Zukunft eingegangen war. Falls Hochkönig und Rat nichts in Samaires und Ceanns Sache unternahmen – wie Cormac erwartete, da Feredach König nach dem Thronfolgerecht war –, blieben sie doch Prinz und Prinzessin. Sie wären im Exil, aber in Sicherheit, und konnten dank ihrer hohen Geburt mit guter Behandlung rechnen. Sie hatten Feredach in Tara nicht zu fürchten!

Was jedoch Cormac von Connacht betraf ... er setzte sein Leben aufs Spiel, und das wußte er. Er mochte aufgrund der alten Anklage getötet werden, ohne eine Möglichkeit zur Rechtfertigung zu erhalten. Oder er bekam eine Gnadenfrist, während der Rat und vielleicht die Druiden seinen Fall besprachen – und ihn dann hinrichten ließen, weil er vor zwölf Jahren des Königs Frieden gebrochen hatte.

Nichts davon kam über seine Lippen, während sie weiter durch Meath ritten.

Die Straße, auf der sie sich jetzt befanden, führte nicht nach Tara, wie sie erfahren hatten. Zu ihrer Rechten erstreckte sich ein Wald. Dahinter würde eine breite Straße sie in die Hauptstadt bringen.

Sie bedankten sich bei einem Bauern, der ihnen diese Auskunft gegeben hatte. Sie lenkten ihre Pferde um seinen hochbeladenen Wagen und ritten auf einem Weg durch den Wald, der gerade breit genug für zwei Tiere nebeneinander war. Ohne irgendeine Absprache ritten Cormac und Samaire Seite an Seite, und Ceann folgte ihnen.

Die Pferde trotteten gemächlich dahin. Hohe Bäume warfen ihre Schatten über den Weg und bedrängten ihn von beiden Seiten. Vögel zwitscherten, trillerten und piepsten auf den Ästen, und Insekten begleiteten sie summend und brummend. Es wurde zunehmend dämmriger, denn bald ließ das dichte Laubdach keinen Sonnenstrahl mehr hindurch. Das störte die Reiter nicht. Sie befanden sich hier in Meath, und auf der anderen Seite des Waldes lag die breite Straße, die durch Tullamor nach Tara führte.

Die Sonne stand tief, und es herrschte fast nächtliche Dunkelheit, als die Räuber kamen.

Die ersten zwei tauchten gleichzeitig rechts und links des Weges auf. Sie traten aus den Büschen zwischen den Bäumen, und jeder hatte einen gespannten Bogen auf sie gerichtet.

»Halt!« rief der mit dem buschigen schwarzen Bart und starrte Cormac in die Augen. »Halt! Und laß die Pfoten, wo sie sind!«

Hinter den stehengebliebenen Pferden von Cormac und Samaire kamen zwei weitere Räuber herbei. Jeder hielt einen Dolch in der Hand. Einer grinste lüstern zu Samaire hoch.

Mit erfahrenen Blicken nahm Cormac alles auf, und sogleich verarbeitete es sein ausgebildeter Kriegerverstand. Alle vier Räuber trugen lange Hosen und Lederwämser, keine Rüstung, allerdings war das Wams von einem mit eisernem Zierat verstärkt. Helme, die bis zu den Brauen reichten, schützten die zwei mit den Dolchen. An der Hüfte eines jeden steckte ein Schwert in der Scheide. Einer der beiden mit den Dolchen hielt einen kleinen Rundschild.

Die drei Reiter saßen reglos auf ihren Pferden. Samaires Stute tänzelte nervös, doch sie hielt den Zügel völlig ruhig. Cormac versuchte nicht einmal einen Blick über die Schulter auf Ceann zu werfen.

»Was wollt ihr von uns, Landsleute?«

Schwarzbart grinste. »Nun, drei gute Pferde und was ihr sonst für drei arme, würdige Landsleute habt.«

»Nichts!« peitschte Ceanns Stimme hinter Cormac.

»Dann werden wir wohl von euren *Leichen* nehmen müssen, was uns gefällt, Spielmann. Dreh dein Pferd herum und fliehe, wenn du es wagst – aber wenn du das Sirren von zwei Sehnen hörst, weißt du, daß deine beiden Begleiter tot sind!«

Beide Pfeile waren auf Cormacs Brust gerichtet, und einer der Männer mit den Dolchen stand nur drei Fuß von seiner linken Seite entfernt. Der andere ging nun rückwärts zu Ceann. Aus dieser Entfernung würde nicht einmal sein Kettenhemd unter dem Kittel die stählernen Pfeilspitzen abhalten können, dachte Cormac.

»Natürlich müssen wir nachsehen«, begann der Bogenschütze mit der gebrochenen Nase und dem buschigen braunen Schnurrbart, »welche Kleinode *Mylady* in ihrem Gewand versteckt hat!«

Seine Kameraden lachten.

Cormac schaute zu dem Dolchmann an seiner linken Seite hinunter. »Geh einen Schritt zurück, ich sitze jetzt ab.«

Ehe einer der Räuber darüber nachdenken oder es ihm verwehren konnte, zog er das rechte Bein über den Pferderücken. Er rutschte hinunter und verzog zusammenzuckend das Gesicht, als seine Füße aufschlugen und die Innenseite seiner Oberschenkel durch die Erschütterung noch mehr schmerzte.

Der Räuber mit dem Dolch grinste breit. »Der da ist ein *Krüppel!*« rief er und kam mit noch größerer Selbstsicherheit näher.

Cormacs Linke schwang vor, um Auge und Dolch auf sich zu lenken – und auch des Gleichgewichts wegen. Sein rechter Fuß jedoch war es, der zuschlug – er traf den Grinsenden genau zwischen die Beine, wo es am schmerzhaftesten war.

Das Grinsen schwand, und das Gesicht wurde zur schmerzverzerrten Fratze. Der Schwung des Dolches endete in der Luft. Statt seine Klinge zu ziehen, packte Cormac das rechte Handgelenk des Mannes mit einer und seinen Hals mit der anderen Hand. Sich leicht dukkend, denn der Mann war kleiner als er, schmetterte Cormac ihn nach rechts zu den Bogenschützen.

Zwei Sehnen sirrten fast gleichzeitig. Einer der Bogenschützen schrie entsetzt auf, offenbar weil er seinen Pfeil zu früh abgeschossen hatte. Und schon hörte man zwei dumpfere Laute, und der Räuber, den Cormac hielt, zuckte heftig zusammen. Seine dunklen Augen öffneten sich weit vor Schrecken, und sein Mund klaffte in einem lautlosen Schrei. Die beiden Pfeile seiner Kameraden ragten aus seinem Rücken.

Im gleichen Augenblick gab Samaire ihrem Pferd die Fersen, daß es vorwärtssprang, während Cormac seinen menschlichen Schild vor sich hielt.

Der Schwarzbärtige war ein schnellerer Schütze, als für ihn gut war. In einem Versuch, den Mann niederzustrecken, der Widerstand wagte, schoß er einen zweiten Pfeil ab. Er zischte zwischen den Knien seines toten Kameraden hindurch, streifte Cormacs Beinkleid jedoch nur auf seinem Tiefflug. Langsamer und überlegter geschossen, hätte er Samaires Sturm aufhalten können.

Doch so legte ihr Pferd die zehn Fuß zu dem Schützen in höchstens drei Herzschlägen zurück.

Er hatte den nächsten Pfeil schon an der Sehne, aber noch nicht ganz gezogen, da sah der Schnurrbärtige die Stute auf sich herankommen. Er schrie und versuchte verzweifelt, sich seitwärts zu werfen. Doch schon trafen die Hufe des galoppierenden Pferdes ihn so, daß er durch die Luft flog. Er landete im Gebüsch, sein Pfeil flog ein paar Fuß, ehe er, ohne Schaden anzurichten, zu Boden fiel, während sein Bogen laut gegen einen Baumstamm krachte. Und schon zog Samaire ihr Pferd nach links herum.

Hinter sich hörte Cormac ein Brüllen, ein scharrendes Klicken, gefolgt von Hufschlag. Doch seine Aufmerksamkeit galt dem Schwarzbärtigen, der sich nun mit dem dritten Pfeil an der Sehne der näheren Gefahr zuwandte: der Frau, dessen Pferd seinen Kameraden ins Gebüsch befördert hatte.

Cormac MacArt brüllte aus tiefer Kehle und warf den schützenden Körper von sich. Sein Schild hing am Sattel, aber er hatte gewußt, daß er mit Pfeilen durchbohrt sein würde, ehe er es an sich nehmen konnte. Er stürmte vorwärts. Er schwang die Arme in einem schnellen X vor den Bauch, und schon hielt er Schwert und Dolch in den Händen. Grimmige Wut und der Gedanke an die Gefahr, in der Samaire sich befand, sowie eine Flut von Adrenalin in seinem Blut ließen ihn die

Schmerzen in seinen Oberschenkeln und dem Gesäß vergessen.

Der Schwarzbärtige war bei dem wilden Gebrüll hinter sich zusammengezuckt, wie Cormac es erhofft hatte. Trotzdem sirrte seine Sehne. Der Pfeil flog nur ein paar Fuß – und traf Samaire genau in Brustmitte. Aufschreiend wurde sie zurück und zur Seite geworfen, und sie stürzte vom Pferd.

»SAMAIRE!«

Prinz Ceann Ruadh galoppierte an Cormac vorbei. Ein Schreckens- und Wutschrei entquoll seiner Kehle, und glühender Grimm erfüllte ihn. Mit prächtigen Muskeln schnellte sein Pferd vorwärts, während sein Reiter sich mit beiden Beinen festklammerte und er sein blitzendes Schwert über dem Kopf schwang.

Alles geschah gleichzeitig. Der Schütze drehte sich um und schrie, als er den grimmigen Tod auf sich zubrausen sah; Ceanns Schwert schwang herab; das Pferd schoß an dem Räuber vorbei, und die Klinge spaltete ihn.

Durch den heftigen Hieb schwankte Ceann im Sattel.

Blut der Götter, dachte Cormac, dieser Prinz kämpft wie ein Besessener! Er schaute sich um. Er wollte zu Samaire laufen, doch da war immer noch der zweite dolchbewaffnete Räuber.

Doch dieser Kerl war kein Gegner mehr. Ceann hatte ihm die Dolchhand abgetrennt, und als er gestürzt war, mußte sein Pferd auf ihn getreten sein. Er lebte nicht mehr.

Jetzt rannte Cormac zu Samaire. Gerade als er sie erreichte, hielten die Vorderhufe von Ceanns Pferd neben ihm, und der Prinz sprang aus dem Sattel. Beide Männer schrien Samaires Namen.

»Uh«, stöhnte sie und blieb auf dem Rücken liegen. »Bestimmt werde ich einen ganzen Monat lang einen blauen Flecken haben, und dieser Schmerz beim Atmen wird auch nicht so schnell vergehen.«

Die zwei Männer starrten auf sie hinunter. Der Pfeil lag auf ihrer Tunika, die er in Brustmitte aufgerissen hatte. Doch kein Blut färbte sich, dafür schimmerte etwas gelbrot durch den Riß.

Mit erhobener Hand zog Samaire an der schmalen Goldkette um ihren Hals, und ein scheibenförmiger Anhänger aus demselben Metall kam zum Vorschein. Er war etwa zwei Zoll im Durchmesser – und er war in der Mitte nach innen gebeult.

»Und mein Medaillon hat er mir auch kaputtgemacht!«

Schock und entsetzliche Angst waren wie weggewischt, als die beiden Männer erkannten, daß der Anhänger ihr nicht bloß das Leben gerettet, sondern auch verhindert hatte, daß der Pfeil ihr den geringsten Kratzer zufügte. So brachen Ceann und Cormac in schallendes Gelächter aus, das außer Kontrolle zu geraten drohte.

»Ihr Idioten würdet nicht so wiehern, wenn *eure* Brust bei jedem Atemzug so schmerzte!« schimpfte Samaire und schob die Unterlippe vor.

16. ZUM GROSSEN FEST

In ihrer ganzen Zahl waren sie hier,
die Clans von Rudraighe,
ohne anhaltenden Kummer –
Hier im Schutz des Großen Festes,
das jedes dritte Jahr stattfand.

Aus *Das Große Fest;* Übers. O'Curry

Drei Räuber waren tot. Der vierte wies Kratz- und Schürfwunden auf, und sein Handgelenk war verrenkt. Nun, nachdem er aus seiner Bewußtlosigkeit aufgewacht war, schleppte er sich am Ende eines Strickes hinter den dreien her, die er hatte ausrauben wollen. Und er hatte Gesellschaft hinter ihren Pferden, denn sie zerrten die Leichen seiner Kameraden mit sich.

»Wir haben Meath von vier Räubern befreit«, sagte Cormac. »Da dürften wir wohl willkommen sein mit den Beweisen, die Staub hinter unseren Pferden aufwirbeln!«

So erreichten die drei Tullamor und bekamen im Haus des Lords eine Probe der Speisen und Getränke dieser Stadt vorgesetzt.

Die Leichen der Räuber hingen am Stadttor, damit alle sie sehen mochten – alle vier hingen sie da. Nur zu gut waren Carbri Schwarzbart und seine Räuberbande bekannt gewesen. Sie hatten ihr Unwesen über ein Jahr im dunklen Wald von Brosna getrieben und viele Reisende überfallen. Sechs Vergewaltigungen und sieben Morde hatte man ihnen beweisen können.

»Nehmt das mit euch nach Tara«, sagte Tullamors Lord Milcho zu ihnen, »und gebt es dem Hochkönig, denn selbst er weiß von Carbri Schwarzbart und seinen Räubern.« Er händigte Cormac einen versiegelten Umschlag aus, und Cormac gab ihn an Ceann weiter. »Aber bleibt noch eine Weile, Freunde und Helden, zumindest bis wir die versteckte Beute der Räuber geholt haben.«

Der vierte Halunke hatte sich sehr beeilt, genau zu beschreiben, wo er und seine Kameraden ihr Diebesgut aufbewahrten – nachdem seine Augen bedroht worden waren. Für sein Geständnis war er belohnt worden. Einen schnellen Tod durch Hängen hatte man ihm gewährt, statt des viel längeren, schmerzhafteren, den die Bürger von Tullamor für ihn verlangt hatten.

»Ihre Beute gehört den ursprünglichen Besitzern oder ihren Erben«, erklärte Ceann. »Und worauf niemand Anspruch erhebt, das geht in den Besitz von Tullamor über. Wir wollen weiter nach Tara und zum Fest, Lord Milcho, und trotz Eurer Güte müssen wir bei Tagesanbruch weiterziehen.«

»Was heißt Güte!« rief Milcho laut. »Eure Namen werden in Meath lange unvergessen bleiben, Eurer, Celthair, der Eurer mutigen Schwester Ess – und Eurer, Cormac, der den ersten Räuber tötete!«

Samaire lächelte ein wenig traurig. »In Munster, wo wir Pikten töteten, nennt man uns die Nachkommen von Cuchulain«, sagte sie. »Für die Familie von Mogh MacFindtain in Meath sind wir Anu und Grannus und Curoi. Und nun sind mein Bruder und ich wieder zurück bei Celthair und Ess.«

Milcho runzelte die Stirn. »Ich kenne also – nicht Eure wahren Namen, Helden von Eirrin?«

»So ist es, Lord Milcho«, bestätigte Corma. »Ich bin Cormac MacArt von Connacht. Was meine Begleiter betrifft – sie sind Lord und Lady. Wenn Ihr Euch geduldet, bis wir auf dem Berg Tara angekommen sind, wird ein Bote zu Euch kommen und Euch ihre wahren Namen offenbaren.«

Immer noch stirnrunzelnd blickte Milcho von einem zum anderen seiner Gäste. »Lord und Lady?«

»Cormac hat ausnahmsweise einmal zuviel gesagt«, warf Ceann ein. »Es stimmt, Lord Milcho, wir reisen unter falschen Namen, doch Ihr werdet bald den Grund dafür erfahren, wenn wir erst mit dem Ard-righ gesprochen haben.«

Noch eine Weile blickte Milcho MacRogh verwirrt auf seine Gäste. Dann seufzte er tief und legte die Hand auf den Tisch neben Ceanns Arm. »Nun, mein Lord und meine Lady, dann werde ich wohl mein Schreiben an den Hochkönig anders formulieren. Und wir wollen nicht mehr davon sprechen. Kein Mensch braucht alles an die große Glocke zu hängen. Außerdem, nach dem, was Ihr drei getan habt ... Ah!« Milcho machte ein triumphierendes Gesicht.

»Prinz Senchann!«

Seine drei Besucher lachten, dann entschuldigten sie sich. Nein, sie waren nicht von den Eoghannacta von Munster, und gewiß kam Senchann MacEogain, der sich gern als ein anderer ausgab, in seiner Rolle als Spielmann nicht so weit nordwärts.

Wieder seufzte Milcho. »Es gibt Geschichten über ihn«, sagte er, fügte jedoch nichts weiter über Senchann hinzu, der bereits zur Legende wurde. Milcho strahlte die drei an und bemühte sich, seine Fassung wiederzugewinnen.

»Nun, mein Kelch ist leer, und gefüllt ist er mir am liebsten. Mein Lord, meine Lady – MacArt?«

Samaire schüttelte dankend den Kopf; Ceann warf einen Blick in seinen Becher, Cormac aber streckte seinen sofort aus.

»O ja, Lord Milcho, meine Kehle freut sich über noch ein paar köstliche Tropfen dieses Taus von Tullamor, wie Ihr dieses edle Getränk nennt.«

Ohne Vermummung und in feiner Gewandung machten die drei sich am Morgen des nächsten Tages wieder auf den Weg. Großer Verkehr herrschte auf dem Slighe Dala, einer der fünf breiten Straßen, die zum Tara der Könige führten. Es war der vorletzte Julitag, und festtäglich gekleidete Fußgänger aller Schichten waren auf dem Weg zur Hauptstadt zum Großen Fest, das der weniger festlichen, aber – für einige – weit wichtigeren Zusammenkunft des Feis-mor vorherging.

Schrille Dudelsack- und Flötentöne, sowie das Plaudern festlich gestimmter Menschen erfüllten die Luft.

Die drei Helden vom Brosna Wald konnten in diesem Gedränge ihre Rosse nicht traben, geschweige denn galoppieren lassen, um ihr Ziel schneller zu erreichen, doch waren ihre Pferde nicht die einzigen hier – es gab bunt geschmückte Zugtiere, aber auch edle Streitrosse und Zelter, auf denen Lords beziehungsweise meistens Ladys in kostbarer Gewandung saßen, mit blitzenden Edelsteinen in Gold- und Silberfassung. Auch Karren gab es, von ein oder zwei Pferden gezogen oder aber von gleichmütig stapfenden Ochsen mit kunstvoll verzierten Jochen. Diese Karren waren mit Erzeugnissen und der Handarbeit vieler langer Winterabende beladen, und vielleicht würden nach dem Großen Fest so manche stolzen Edlen mit einem oder mehreren Stükken der kunstvoll und sorgfältig ausgeführten Handarbeiten zurückreiten.

Die Festlichgestimmten riefen einander fröhliche Grußworte zu. Lächeln, Zierat aus Gold und Silber und helle bunte Kleidung wetteiferten mit dem Leuchten der Sonne. Männer und Frauen gleichermaßen sowie die Kinder und ebenso die Lasttiere waren prächtig herausgeputzt. Das Haar war frisch gestutzt und gewaschen, mit Zierbändern und Perlen geschmückt, ja auch mit edelsteinbesteckten Lederbändern oder sogar mit Goldreifen. Und selbst wenn die Steine nicht echt waren, blitzten und funkelten sie und wurden stolz getragen.

Es war Festzeit, und in der Menge gab es keine Munstermänner, genausowenig wie connachtische oder meathische Besucher, auch keine Ulstermänner oder Reisende aus Leinster. Alle waren Iren, die hier friedlich und bester Stimmung zusammengekommen waren.

Soweit das möglich war, unterschied man hier nicht

zwischen Bauers- und Kaufleuten, zwischen Gläubigern und Schuldnern; und Niedriggeborene standen hier auf gleicher Stufe mit den hohen Herren und Damen.

Sie alle waren von Eirrin und frei – und stolz auf beides.

Kein Gläubiger hatte hier Macht über seine Schuldner, denn so wollte es das Gesetz während des Großen Festes. Pfandleiher mußten auf Verlangen sogar verpfändete persönliche Habe zurückgeben. Denn alle Söhne und Töchter Eirrins sollten bei dieser festlichen Veranstaltung imstande sein, ihren Kopf hochzuhalten, ob sie nun Nachkommen der Kelten oder Sidhe waren, von Fischern, Kriegern oder Poeten, von den ua-Neill oder von Generationen von Flachsanbauern oder Schweinezüchtern. Während des Großen Festes waren alle frei. Und niemand hatte etwas zu befürchten, denn es herrschte des Königs Friede, dessen Bruch mit dem Tod geahndet wurde – wie Cormac MacArt sich nur zu gut erinnerte.

Im Lauf des Tages erkannte man die drei, die in Tullamor fast vergöttert worden waren, und mit großem Hallo bestürmte man den »kämpfenden Barden Celthair« zu singen und auf seiner Laute zu spielen. Ceann war froh, daß er sich bereits ein paar Zeilen über die Begegnung im Wald von Brosna durch den Kopf hatte gehen lassen.

Von allen Seiten kamen sie!
Und stießen auf grimmige Wehr –
und viele der Wegelagerer
erhoben sich nimmermehr!

»Viele?« murmelte Samaire lächelnd. Ungerührt sang ihr Bruder auch von dem Fest:

Trompeten, Hörner, Saitenspieler,
Cruisechner, Trommler, überall zur Stell'!

Dichter und Reimer und Gauklervolk.
Pfeifer und Fiedler, manch dunkler Gesell!
Geiger und Bläser zuhauf!
Das Heer von Beschwingten, elfengleich,
die lauten und lauteren Stimmen –
Das Große Fest hebt alle Schranken auf!

Lachen und Beifallsrufe erklangen aus den Kehlen Niedrig- und Hochgeborener ringsum, und Weißhaarige drehten sich vergnügt mit den Jungen und ganz Jungen. Bunte Röcke wirbelten und flatterten. Eine fröhliche Stimme rief etwas, und Cormac wandte sich ab, denn einer aus Connacht vergaß den heimatlichen Dialekt nicht, auch nicht nach zwölf Jahren, nie.

DAS GROSSE FEST
Aus O'Currys Übersetzung des alten gälischen Textes,
mit Berichtigungen

Hört mich an, Eirrins stolze Söhne!
Die ihr Wahrheit und Leben liebt!
Ich will euch berichten
So wie ich sie vernahm –
Die Geschichte von Teamar, Tara genannt.

Tara, der Berg eines Großen Festes,
Grün, soweit das Auge blickt.
Die Scharen, die zum Feste kamen
Trafen dort zum edlen Wettstreit sich.

Der vielgerühmte Ort
Ist Treffpunkt der Könige,
Der Hochgeschätzten edler Clans;
Und viele Lagerplätze künden
Vom Treffen ihrer Stammesleute.

Um Königinnen und Könige zu betrauern,
Verrat und Blutherrschaft anzuprangern,
Kamen im Sommer die festlichen Scharen
Zu den Hängen des ehrwürdigen Tara.

Himmel, Erde, Sonne, Mond und die See;
Früchte, Feuer und Reichtümer;
Münder, Ohren, lockende Augen,
Füße, Hände, Nasen und Zähne –

Die Gefolgschaften der Gaedhil kamen nach Tara,
Und weithin war es gepriesen als Fest,
An dem kein Gesetz gebrochen, kein Verbrechen
Und keine Tat der Gewalt begangen,
Und keine Ehre befleckt ward.

Alle drei Jahre kamen sie wieder
Am ersten Tag des Augusts;
Und taten kund
Für alle zu hören
Jedes Gesetz mit Rechten und Pflichten:

Forderungen nicht kundzutun, noch auszutragen –
Die Rosse im Wettstreit zu mißhandeln
Ist den ringenden Kämpen nicht erlaubt,
Noch Unlauterkeit jeglicher Art ...

Daß kein Mann betritt das Airecht der Frauen,
Daß kein Weib betritt das Airecht ehrbarer Männer;
Daß keine Entführung vorkommt,
Noch verstoßen wir Mann oder Weib.

Wer es auch ist, der das Gesetz der
Versammlung bricht,
(Das von alters her unauslöschlich geschrieben steht)
Ihn schützen keine Familienbande,
Er muß sterben für seine Tat.

Und es verleiht viele Vorrechte –
Trompeter und Bläser großer Hörner,
Cuisigen und nimmermüde
Trommler,
Poeten und Reimeschmiede.

Fenische Geschichten von den Fianna, ihrer
Ward man nie müde –
Zerstörung, Rinderraub, Brautwerbung,
Schrifttafeln und Saitenspiel,
Spottgesänge und treffende Runen ...

Sprichworte, Regeln, königliche Verordnungen
Und die wahren Weisheiten Fithals,
Okkulte Verse, Ortskunde und
Wortkunde,
Die Gebote Cairbres und König Cormacs;

Die Feste, mit dem Großen Fest in Tara;
Jahrmärkte, mit dem Jahrmarkt in Emania.
Sie brachten den neuesten Stand des Wissens:
Kunde von jedem einzelnen Flecken
Eirrins.

Die Geschichte des Hofes von Tara – nicht
unbedeutend!
Die Kenntnis jedes Gebietes von
Eirrin,
Die Geschichte der Frauen erlauchter
Familien;
Von Hofgesellschaften, Gesetzen, Eroberungen;

Das hohe Vermächtnis Cathairs des Großen
An seine Nachfolger, um sie in ihrer
Regentschaft zu leiten.
Jeder sitzt an seinem rechten Platz,
Erreichbar für alle, die kommen,
Um zu sehen und zu lauschen.

Pfeifer, Fiedler, Raßler,
Geiger und Rohrbläser;
Eine Menge aus schwatzenden bunten Masken,
Lärmend und johlend!

Sie alle geben ihr Bestes
Für den großmütigen König des
Berges;
Bis der hochedle König nach dem
Herkommen
Den Künsten gerechten Lohn gewährt.

Entführungen, Kampfeslust, Musik
Und Gesänge,
Die Gesinnungsverwandtschaft edler
Völker,
Die Linie der Hochkönige
Von Meath –
Ihre Schlachten und ihre Tapferkeit.

Solcherart wird das Große Fest
Von den fröhlichen Scharen begangen.
Mögen die Götter ihnen
Erlesenste Früchte bescheren.

17. CHAMPION VON RATH CUMAL

Pferde, Schwerter und Prunkwagen,
Speere, Schilde, menschliche Gesichter,
Tau, Früchte, Blumen und Laub,
Tag und Nacht brandende Flut an der Küste.

Das Große Fest; Übers. O'Curry

Vor langer Zeit kamen die milesischen Siedler Eirrins aus Spanien, und nach einer Spanierin wurde Tara benannt. Der erste milesische Hochkönig Eremon hatte Tea, die Tochter des spanischen Königs, zur Gemahlin. Die ausgedehnte Anhöhe, wo sie ihre letzte Ruhestätte fand, wurde »Tea-Mur« genannt: Teas Grab. Dieses Wort nahm verschiedene Formen an, wie Teamhair und Teamair, Temair und Tamara – und schließlich Tara.

Obwohl »Berg Tara« genannt, war es mehr: eine weite Erhebung von gut zwanzig Morgen. Kleinere *Duns* oder Hügel ragten aus ihr empor, und jeder war zum *Rath* geworden, was soviel wie eine Bergfestung war. Sieben solche Raths gab es auf Tara. Jedes war eine kleine Stadt für sich mit stattlichen Gebäuden, in denen die Edelleute lebten, sowie nicht ganz so prächtigen für die Sippe und dazu den nötigen Nebengebäuden. Rund herum am Fuß des weiten Hochlands kuschelten sich die strohgedeckten Häuser und Hütten der einfachen Bürger. Jeder Bau war aus Holz errichtet, das bei einigen mit Bronze verziert und verstärkt war. Einige wenige hatten sogar eine Bronzeverkleidung.

Ollam Fodla war es gewesen, der in alter Zeit Tara zum Hochsitz des Smaragdlandes gemacht hatte, indem er die Könige zum ersten und danach alle drei Jahre stattfindenden Rat oder Parlament, dem Großen Feis, zusammengerufen hatte. Das Feis-mor wurde inzwischen seit einem Jahrtausend jedes dritte Jahr auf dem Berg Tara abgehalten.

Der größte der *Rath-Duns* war der des Hochkönigs,

des *Ard-righs.* In dieser Bergfestung gab es ein Haus für jeden irischen König, der zum Feis kam, und ein *Grianan* oder Sonnenhaus für deren Gemahlinnen, Töchter und Mägde. Diese Gebäude hatte Hochkönig Cormac vor zweihundert Jahren errichten lassen, genau wie das gesicherte Haus für Geiseln, das Haus für tausend Soldaten und den Stern der Barden. In letzterem wurden die *Filays* und *Seanachies,* die *Brehons* und *Ollams* untergebracht: die Poeten, Geschichtsschreiber oder Erzähler, Richter und Gelehrte aller Art.

Am prächtigsten aber – noch beeindruckender als die Residenz des Ard-righs – war die Versammlungs- und Banketthalle, das *Mi-Chuarta.*

Die Zeit für Ceann und Samaire von Leinster und Cormac MacArt dort würde erst kommen, doch einstweilen war noch Festzeit im Tara der Könige.

Überall sah man Wimpel und bunte Zelte und gestreifte Markisen, und was nicht getauscht oder verkauft wurde, war es auch nicht wert. Berittene Neuankömmlinge konnten sich inmitten dieses farbenfrohen – und ohrenbetäubenden – Gedränges kaum bewegen. Cormac fragte sich schon, wo seine Begleiter und er hier ein Nachtquartier finden sollten, als eine tiefe Frauenstimme laut und überrascht Samaires Namen rief.

Cormac konnte nicht sicher sein, wer da gerufen hatte, denn mehr als einer starrte auf die drei Berittenen. Auch hätte er keinesfalls erwartet, daß die Stimme der jungen Dame gehörte, in deren kunstvoller Haartracht unzählige Perlen und kleine blaue Steine schimmerten und funkelten. Hochgewachsen war sie und gertenschlank in einem langen lila Gewand und einem seidenen Umhang darüber von tiefem Violett, der mit silbernen Monden in allen seinen Phasen bestickt war.

Samaire jedoch sah und erkannte die Ruferin sofort – und bedeutete ihr mit einem Finger an den Lippen, kein zweites Mal zu rufen.

So lernte Cormac MacArt Samaires Kusine Aine ken-

nen, die Gemahlin des edlen Prinzen Cumal Uais aus der alten Sippe der Eber, der einer der ua-Neill war. Sie lud sie ein, Gäste ihres Hauses auf einem der Hügel Taras zu sein, wo sie standesgemäß untergebracht wurden und alle Ehren königlicher Verwandter genossen.

Ein Mann Ende vierzig war Cumal Uais, mit nicht mehr sehr viel Haar, dafür aber einem um so stattlicheren Bauch. Er war sehr herzlich zu den Verwandten seiner Gemahlin und ihrem »Beschützer«. Er kümmerte sich auch um den Tausch ihrer persönlichen Habe: den Rest der Wikingerbeute, die ihnen durch ganz Eirrin geholfen hatte. Cumal mit dem roten Gesicht und Aine mit der milchweißen Haut würden die Identität der drei die paar Tage, um die sie baten, noch geheimhalten. Der Hochkönig war mit dem Fest mehr als beschäftigt.

Geschenke wurden ausgetauscht, wobei die Gäste jedoch weit mehr erhielten als ihre Gastgeber. Aine war natürlich entsetzt über Samaires Geschichte, aber zuhöchst erfreut über den unerwarteten Besuch.

Cormac lernte den stämmigen Tigernach kennen, der bei den in zwei Tagen stattfindenden Wettkämpfen – dem Höhepunkt des Festes – das Haus des edlen Cumal vertreten würde. Cormac und Tigernach gingen auf Cumals Aufforderung ein, sich mit Schilden und Schwertern aus hartem Holz, doch stumpfer Spitze und Schneide zu messen. Da er nichts zu gewinnen hatte als einen Sieg über den Champion seines Gastgebers, ließ Cormac sich in drei verschiedenen Kämpfen knapp schlagen.

Cumal, der selbst kein Kämpfer war, strahlte und nickte, ohne zu ahnen, daß Tigernachs Gegner gar nicht versucht hatte, sein Bestes zu geben.

Tigernach jedoch wußte es. »Zurückgehalten hast du dich, Cormac MacOthna«, sagte er ruhig. »Du hättest mich jederzeit besiegen können, nicht wahr?«

Cormac blickte den Mann an, der das Eber-und-Rot-Wappen Cumal Uais' trug.

»Was soll ein Mann tun, der nicht lügen will?« entgegnete er scheinheilig, denn er war kein *Amadam* oder Narr und hatte sich schon vieler Lügen bedient. Selbst jetzt stand er als Lügner vor Tigernach, sowohl was seinen Namen als auch seine Taten betraf.

»Selbst am Wettkampf teilnehmen«, schlug der stämmigere Mann vor, »und allen zeigen, was Kampfeskunst ist! Zweimal bereits habe ich den zweiten Platz gemacht, während der erste an Bress MacKeth, Langarm genannt, von Leinster ging. Ich weiß jetzt, daß er meine Fähigkeiten respektiert, und wir werden sehen, wie es diesmal ausgeht. Aber ich glaube, du könntest das höhnische Lächeln von seinem hochmütigen Gesicht vertreiben.«

»Bress MacKeth ... mit fuchsrotem Haar und Füßen wie *Loch*-Boote?«

Tigernach grinste. »Eben der! Alle kennen Bress Langarm – und Großfuß! –, Sieger bei jedem Fest seit neun Jahren, und durch ihn hat stets Leinster alle Ehren eingeheimst!«

Ja, dachte Cormac. Ich kenne ihn, doch als höhnischen jungen Wolf, der alles getan hat, mir das Leben schwerzumachen, und der dann auch noch versucht hat, mich vor zwölf Jahren zu verhaften oder zu töten!* Bress hatte sich für diesen Einsatz, den andere abgelehnt hatten, freiwillig gemeldet, denn er hatte Cormac nie gemocht und war neidisch auf ihn gewesen. Da Cormac der bessere Kämpfer und im Gegensatz zu ihm ohne Hochmut und viel beliebter war, hatte er den Befehl über die Fünfzigerschaft erhalten, den Bress für sich erwartet hatte.

Vor zwölf langen Jahren! Und jetzt war Bress Champion von Eirrin.

»*Du* mußt ihn besiegen, Tigernach MacRoig, denn ich kann nicht an dem Wettkampf teilnehmen.«

---

* In *Nebel des Untergangs* von Andrew J. Offutt, Heyne Band 4422

Tigernach seufzte. »Weil du Gast im Hause meines Lord Cumals bist und nicht gegen seinen Champion antreten möchtest, da du weißt, daß du ihn besiegen würdest!«

»Aus anderen, ganz persönlichen Gründen.«

Sie überquerten den Übungsplatz und gingen zum bronzeverkleideten Haus, in dem der lächelnde Cumal und sein Bauch bereits verschwunden waren. Tigernach sagte: »Cormac ...«

»Ja?«

»Um einen Gefallen bitte ich dich.«

Cormac seufzte und wartete, daß Tigernach weitersprach.

»Kämpf noch einmal mit mir, unbeobachtet und ohne daß du dich zurückhältst!«

»Aber, Tigernach – was ist, wenn dadurch dein Arm oder deine Hand verletzt würden? Dann könntest du deinen Lord nicht würdig vertreten, und es wäre meine Schuld.«

»Wir wollen in vollständiger Rüstung und mit Falknerhandschuhen kämpfen.«

Tigernach gab nicht auf, und Cormac mußte sich schließlich einverstanden erklären. In Rüstung, Helm und Handschuhen trafen sie sich sodann mit Schild und Holzschwert an einem Ort, wo sie ungestört waren.

Fünfmal besiegte Cormac Tigernach, obwohl dieser sein Bestes versuchte. Trotzdem war der Meathmann erfreut und bedrängte Cormac um so mehr, sich zum »Kampf Srrengs« zu melden, der nach einem Champion vor vielen Jahrhunderten genannt war. Dem Srreng, der im Krieg für Eirrin dem De-Danaan-König die Hand abgeschlagen hatte.

Schließlich wurde Cormac so mürrisch, daß Tigernach aufhörte, ihn zu einem weiteren Kampf zu überreden, und beide gingen ihres eigenen Weges.

Er hat nicht genug Selbstvertrauen, dachte Cormac, und das wird seine Niederlage sein. Denn ein Mann ohne Selbstvertrauen ist wie ein Lamm unter Füchsen.

Die vollbusige Caer, eine Magd Lady Aines, bedachte Cormac an diesem Nachmittag mit glühenden Augen und begleitete ihn in das Gemach, das Cumal ihm zur Verfügung gestellt hatte. Dem leidenschaftlichen Mädchen fiel gar nicht auf, daß Cormac mit den Gedanken anderswo war, zunächst bei Bress MacKeth und danach nur noch bei Samaire. Als Caer ging, wußte sie nur, daß sein Körper – der eines echten Kriegers mit Narben und eisernen Muskeln – ihr zu höchster Ekstase verholfen hatte. Sie war glücklich, und ihre Augen strahlten.

Samaires Erscheinen zum abendlichen Mahl trug nicht dazu bei, Cormacs Stimmung zu bessern. Verschwunden war seine Begleiterin auf dem Meer und durch ganz Eirrin, die Kriegerin mit Schwertgürtel und hohen Stiefeln. Die prächtig gewandete und mit Geschmeide behangene Dame am Tisch, deren orangerotes Haar zu Löckchen gedreht und mit Perlen und kleinen roten Steinen geschmückt war, verkörperte nur noch Lady Samaire. Tochter Uladhs und Prinzessin von Leinster.

Dem verbannten Sohn Arts kam es vor, als hätte sich ein Meer zwischen sie geschoben – und er besaß kein Schiff.

Zu einem Verbannten und Seeräuber wie du es bist passen Mädchen wie Caer, sagte er sich, und die anderen wunderten sich über seine düstere Miene und Wortkargheit. Er dachte daran, Tara und Eirrin zu verlassen, und diesmal für immer. Samaire, die ihn beobachtete, wußte, daß ihn etwas quälte.

Arts Sohn war alles andere als glücklich, als er sich an diesem Abend früh zu Bett begab, und daß der Schlaf nicht zu ihm kommen wollte, verschlimmerte seine Laune noch. Nach Mitternacht hörte er Aufregung anderswo im Rath des Ebers, dachte jedoch, daß es ihn nichts anging.

Als seine Tür sich fast lautlos öffnete, umklammerte er den Dolchgriff und wartete mit angehaltenem Atem ab. Doch bald lächelte er. Der vermummte Eindringling war zu klein für einen Mann. Caer, dachte er, oder eine andere, der gegenüber das törichte Mädchen den Mund nicht hatte halten können.

Er täuschte sich. Die Besucherin, die verstohlen zu ihm kam, war keine Magd, ebensowenig aus Meath, und auch kein Mädchen. Eine Dame war sie, in deren orangerotem Haar vor Stunden noch Perlen und Edelsteine geblitzt hatten. Nun aber hing es lose herab, denn nicht als Prinzessin, ja nicht einmal als Edeldame kam Samaire zu Cormac.

Am nächsten Morgen erfuhr Cormac den Grund für die nächtliche Aufregung. Ein verärgerter und niedergeschmetterter Cumal Uais erklärte, sein Champion sei krank, ja er befürchtete, daß man ihn vergiftet habe. Im Augenblick waren gleich zwei Priester des Jesusgottes bei Tigernach. Ein Druide wartete ungeduldig außerhalb, denn er würde den Fuß nicht in einen Raum setzen, wo sich Patricks Anhänger befanden – genausowenig wie sie bleiben würden, wenn er hinzuträte.

Cormac besuchte Tigernach. Und wie krank der Mann war! Sein Kopf und seine Gedärme verweigerten ihm den Gehorsam, gestand er mit schwacher Stimme, während er müde mit den prankengleichen Kriegerhänden gestikulierte. Die beiden Männer unterhielten sich leise und lange. Dann verließ Cormac den Kranken nachdenklich und ging zu seinem Gemach, wo er sein Schwert holte.

Erstaunt blickte Lord Cumal ihm entgegen, als er mit grimmigem Gesicht und umgeschnalltem Schwert vor ihn trat. »Was hat das zu bedeuten, Cormac MacOthna?«

Cormac zog langsam mit der Linken das Schwert aus der Scheide, dann nahm er es in die Rechte, und zwar an der Klinge. Den Griff streckte er dem andern entgegen.

»Es bedeutet, daß ich gekommen bin, Cumal Uais von den ua-Neill und seinem Haus den Treue- und Diensteid zu schwören – bis zum Ende des Festes.«

Cumal blinzelte stirnrunzelnd. »Aber – wieso, Mann, Ihr seid doch Gast in diesem Haus!«

»Ja. Und ich bin der, der auf Tigernachs Drängen hin ohne Euer Wissen gegen ihn kämpfte und ihn fünfmal besiegte. Ich bitte um das Recht, als Champion von Rath Cumal anerkannt zu werden – und morgen, beim Kampf Srrengs, Eure Farben tragen zu dürfen.«

18. DAS CHAMPIONAT VON EIRRIN

Keiner ist zur grimmigen Schlacht gekommen
Und keiner ist Eirrins Schoß entsprungen,
Keiner kam vom Meer oder Land
Kein Königssohn, der ruhmreicher wäre!

Nicht einer ist im blutigen Kampf
Nicht einer ist von allen
Mannen
Deren Schilde am Feld der Waffen prangen
Dir ebenbürtig,
O gewaltiger Sohn des Arts

Ceann Ruadh, der »Bardenkönig«

Im Kampf Srrengs standen sich der Eber und der Hirsch gegenüber, und letzterer lächelte selbstsicher, denn wer kannte schon diesen behelmten Champion von Rath Cumal von Meath, ein Fremder mit buschigem Schnurrbart, schmalen Augen und langen rotgrauen Zöpfen?

Ringsum drängten sich die Zuschauer, die nur durch eine Abtrennung aus mit Seilen verbundenen Pflöcken aus der Arena gehalten wurden.

Zuversichtlich trat der Champion von Rath Fergus näher und wartete, daß der andere den ersten Streich versuchen möge.

Der tat es auch, und dieser erste war auch der letzte.

Hoch schwang das Schwert aus fast eisenhartem Holz, und hoch schwang das mit Spiralen verzierte blaue Schild von Fergus' Champion. Dann, so schnell, daß selbst die meisten der zahllosen Zuschauer es nicht einmal sahen, schmetterte der Schild mit dem Eberwappen auf den erhobenen des Gegners. Der Vertreter des Rath Fergus von Uladh stöhnte und stolperte rückwärts. Die ungeschliffene Schneide eines Schwertes traf seine rechte Schulter mit solcher Kraft, daß seine Hand zuckte und ihr die Waffe entglitt.

Die Kampfrichter mußten nicht erst überlegen, ehe sie erklärten, daß der Mann aus Uladh den Arm verloren hätte, wäre die Klinge aus Stahl gewesen.

Cumal hüpfte fast vor Begeisterung, als sein siegreicher Champion zu ihm kam. Seine Augen jedenfalls taten es, genau wie sein Bauch mit seinem erfreuten Lachen.

»Großartig!« rief er. »Nie habe ich gesehen, wie einer so schnell besiegt wurde! Bestimmt gibt es keinen, der Euch ebenbürtig ist!«

Brummig und leise entgegnete sein Champion: »Das war heute der zwölfte hier, mein Lord, und es haben sich bereits zwei weitere gemeldet. Es mag noch viele Schilde und Holzschwerter zwischen mir und Br ... dem letzten Kampf geben.«

»Der Sieg ist Euer!« rief Cumal überzeugt. »Unser! Ihr wurdet nicht einmal ... er hat nicht einmal zuschlagen oder eine Finte versuchen können!«

»Der nächste wird mehr Respekt vor mir haben und deshalb vorsichtiger sein, mein Lord. Aber was mir am meisten zu schaffen macht, ist dieser lächerliche Schnurrbart.«

Cumal schaute sich um. Aller Augen waren auf die beiden nächsten Kämpfer gerichtet. So schob er sein rotes Gesicht vor und sagte leise im Lärm der Menge:

»Er bleibt, Mann! Was Euch zu schaffen machen wird, ist die Art und Weise, wie wir ihn wieder entfernen – doch nicht vor heute abend. Und was Eure schönen roten Zöpfe betrifft – Ihr müßt nur daran denken, daß sie an Eurem Helm festgemacht sind, Cormac. Also *nehmt ihn nicht ab!*«

»Verzeiht, mein Lord«, entgegnete der Vermummte mit kaum verhohlenem Ärger, »aber ich bin *Ceann MacCor*. Nennt Ihr mich in Hörweite anderer bei diesem Namen, werden Euch Lächeln und Hoffnung vergehen,

Cumal, denn dann habt Ihr einen bettlägerigen Champion und einen disqualifizierten.«

Brüsk drehte Cormac sich um, und Cumal wechselte einen schockierten Blick mit seiner Gemahlin. Die grünäugige Dame mit dem Schleier vor dem Gesicht beugte sich jedoch vor Aine und sprach zu beiden:

»Blickt nicht so verletzt drein, mein Lord und meine Kusine. Ihr habt ihn bei einem unpassenden Namen genannt, und er hat es Euch nur gleichgetan. Ihr gefährdet sein Leben, Gemahl meiner Kusine. Oh – und wenn Ihr ihn kennen würdet wie ich, wärt Ihr stolz und glücklich, so bei Eurem Namen genannt zu werden.«

Fanfarenschmettern hob sich über den plötzlichen Begeisterungssturm der Menge. Ein neuer Sieger wurde bekanntgegeben, und alsbald maßen sich zwei neue Krieger im Wettkampf mit Schild und Schwert aus steinhartem Holz.

In roter Tunika und den Schild mit dem Eberwappen von Rath Cumal in der Hand, sah Cormac bei jedem Wettkampf zu – und er mußte ständig dagegen ankämpfen, immer wieder nach seinem falschen Schnurrbart zu tasten. Auch entging ihm der großfüßige, prankenhändige Mann nicht, der die Farben des leinsterschen Königs trug.

Doch auch Cormac wurde beobachtet, denn Cumal hatte zwei gute Männer als Wachhunde und Beschützer seines neuen Champions eingeteilt. Nachdem er überzeugt war, daß Tigernach nicht an den Wettkämpfen teilnehmen konnte und daß ein falscher Schnurrbart sowie der Zopfhelm dem dunkelhaarigen Cormac ein anderes Aussehen verliehen, hatte Cumal sich an die Kampfrichter gewandt. Sie hatten es sich überlegt, in der letzten Minute einen neuen Champion zuzulassen, und noch dazu einen »Ceann MacCor«, den sie nicht kannten. Aber schließlich hatten sie Cumals Ersuchen nachgegeben, und nun wollte der Herr von Rath Cumal nicht, daß dem Mann etwas zustieß, auf den er seine

Hoffnung gesetzt hatte – und mehr, denn Cumal von den ua-Neill liebte nicht nur gutes und reichliches Essen, sondern wettete auch gern.

Nach den ersten Ausscheidungskämpfen und dem Mittagsmahl begannen die zweiten. Die Nummer 3 wurde von »Ceann MacCor aus Meath« gezogen und von Iliach mong Ruadh, einem drahtigen Munstermann mit feuerrotem Haar und abscheulich dunklen Zähnen.

Der flinke Kleinere trug einen orangefarbenen Kittel und einen bronzeverkleideten Schild mit einem Pferdekopf in schwarzweißem Emaile. Er griff als erster an. Sein Schwert klapperte auf Cormacs schnell vorgestoßenen Rundschild, doch Iliach war bereits weggesprungen, ehe Cormac zuschlagen konnte. Sie kreisten umeinander und beobachteten sich gegenseitig lauernd.

Iliach fintierte, doch Cormac achtete nicht auf den Teilstich, da ihm Iliachs Blick in eine andere Richtung nicht entgangen war. Die stumpfe Spitze von Cormacs Holzschwert schlug mit lautem Krachen auf den Schild des anderen, während Iliachs »Schneide« über den gerüsteten Oberschenkel von »Ceann MacCor« glitt. Eine Fanfare schmetterte, doch kein Kampfrichter rief oder senkte sein weißes Tuch. Selbst wenn das Schwert aus bestem Stahl gewesen wäre, hätte es Cormacs Rüstung nichts anzuhaben vermocht.

»Ein so sanfter Hieb wie dieser«, sagte Cormac, »würde nicht einmal ein Bettuch aufschlitzen, Munstermann!«

»Ich *dachte* mir doch, daß du ein Plappermaul bist«, entgegnete Iliach mit angespanntem Lächeln und fintierte mit dem Schild.

Das war nur als kleine Ablenkung gedacht gewesen, der andere jedoch faßte es als Kriegserklärung auf und eröffnete die Schlacht in Munster.

Sein linker Arm schnellte schräg vor, und sein Schild begegnete Iliachs mit scharrendem Krachen. Sogleich riß er ihn zurück, hielt den Arm gerade, und seine kräftigen Beine trieben ihn bereits vorwärts. Seine Flinkheit nützte Iliach nichts, er wurde heftig zurückgeworfen. Trotzdem hackte er grimmig nach Cormac, der mit einem direkten Angriff reagierte.

Cormacs schräg gehaltener Schild lenkte das Holzschwert des Gegners ab, während sein eigenes auf den oberen Rand von Iliachs Schild krachte. Wie von selbst hüpfte der Schild hoch. Dann erklangen »Ohhhs« aus den Zuschauerreihen, denn der Arm von Cumals Champion bewegte sich so schnell, daß er nur verschwommen, wie ein herabstoßender Adler, zu sehen war. Die stumpfe Schwertspitze traf Iliachs Bein unmittelbar über dem Knie mit solcher Kraft, daß der Waffenmann aus Munster taumelte.

Weiße Tücher fielen, und die Fanfare schmetterte.

»Verwundet« und ausgeschieden kehrte Iliach leicht hinkend zu seinem Lehnsherrn zurück.

Cormac zog sich nur bis zum nächsten Absperrungspfosten zurück, denn der nächste Kampf war zwischen den Champions der Könige von Connacht und Leinster.

Krachen und Scharren erklangen, und Cormac nickte. Bress von Leinster war kräftig und verstand, die Hiebe und Stiche des Gegners abzufangen. Durch ein Drehen seiner übergroßen Hand drehte er auch seines Gegners Schwert in dessen Griff oder zwang die Hand des anderen zu einer Drehung in die falsche Richtung. Gleichzeitig nutzte Bress seinen Rundschild zum Stoß und folgte mit unvorstellbar schnellen Stichen, Finten und Hieben.

Nachdenklich nickte Cormac.

Connacht verlor, und einen Herzschlag lang begegneten sich die Blicke Cormacs und Bress'. Der Mann sah jetzt natürlich älter aus und wirkte noch höhnischer und arroganter als vor zwölf Jahren.

»Ich kann nichts sehen, Eber«, erklang eine Stimme hinter Cormac. »Ihr steht im Weg.«

Cormac drehte sich um und sah einen Kaufmann, der

einen etwa siebenjährigen Jungen an der Hand hielt. Cormac ging vor dem Mann in die Hocke und hielt seinen Schild aufrecht neben sich, so daß er das Kind bis zu den Schultern beschirmte. Strahlend schaute der Junge den folgenden Kämpfen von seinem Platz hinter dem Schild eines Champions und Siegers von zwei Kämpfen aus zu.

Kämpferpaare kamen und gingen; immer wieder zerschnitt das Krachen von Holzschwert auf Holzschild die Luft. Cormac gewann einen weiteren Kampf, ebenso Bress, und dann wieder einen. So zog der Nachmittag dahin, bis nur noch vier Kämpfer übrig waren. Beim Ziehen der Lose, die Gegner und Stellung entschieden, wechselten Bress und »Ceann MacCor« die forschenden Blicke guter Kämpfer.

»Eins!« erklärte Bress nach einem Blick auf sein Los.

»Zwei«, sagte der wahrhaft ausgezeichnete Ailechman links von Cormac.

»Zwei«, wiederholte Cormac, und Bress täuschte Bedauern vor.

Es war nicht echt, denn er hatte nun als Gegner einen Mann, der an diesem Tag mit ebensoviel Glück gesegnet gewesen war wie mit Geschicklichkeit, und das wußten alle vier.

Zumindest verteidigte sich der Bursche gut. Aber er wurde durch einen mächtigen Schildstoß seines Gegners auf den zertrampelten Rasen geworfen.

»Bei den Göttern meiner Vorfahren, er schlägt mit dem Schild!« rief der Mann neben Cormac erstaunt, denn die beiden hatten mit dem Kampf noch nicht angefangen. »Bress aus Leinster kämpft wie ein Bauer, der einen Pflug schwingt!«

Das von einem Mann, der sich Oisin *Piktentöter* nannte, wunderte sich Cormac. Das hörte sich ja ganz so an, als wären Waffen Spielzeug für ihn und als hätte er nie im Grimm oder in notwendiger Verteidigung Stahl gezückt.

»Ist der Einsatz von Füßen hier verboten?« fragte Cormac unschuldig.

»Füße!« Es gelang Oisin Piktentöter aus Ailech gleichermaßen entsetzt wie verächtlich zu klingen.

Cormac blickte ihn mit voller Absicht zweifelnd an. »Euer Name verrät, daß Ihr einen Pikten oder auch mehrere getötet habt, Oisin – gewiß hättet Ihr Arme, Füße, ja selbst Zähne eingesetzt, wenn es sich als nötig erwiesen hätte!«

»Es waren *drei* Pikten, und ich bin schließlich kein Tier, das etwas anderes als Waffen benutzt, und Ihr habt mich als *mein Lord* Oisin anzureden, Waffenmann!«

»Oisin von Ailech, jetzt sind wir an der Reihe, und wäre ich ein Pikte, würdet Ihr den Kampfplatz heute nicht lebend verlassen«, knurrte Cormac wölfisch. Der andere wirkte nun gleichermaßen beleidigt und entrüstet. Gedehnt fügte Cormac hinzu: »... mein edler Lord.«

Einem piktischen Sturm wirst du dich gleich gegenübersehen, mein edler Lord mit dem unpassenden Namen, dachte er.

Der Kampfplatz war zwar groß, doch nicht riesig. Der Mann mit dem Eberschild kniff die Augen noch mehr zusammen und suchte eine Möglichkeit für einen guten Anlauf ...

Das Trompetenschmettern zerriß die Luft, und der Ton klang lange nach. Mit hochmütigem Lächeln und scheinbar ohne seine begeisterten Bewunderer zu beachten, beobachtete Bress von Leinster, wie Cormac und Oisin Piktentöter auf »Srrengs Rasen«, den eigentlichen Kampfplatz, zugingen.

Erstaunte Zuschauer sahen, wie Oisin zuschlug, und sie sahen, vielmehr hörten seine hölzerne Klinge vom Schild des Rotbekittelten abprallen – und dann, wie dieser davonrannte! Seine dunkelroten Zöpfe hüpften, während er geradewegs auf die Zuschauer zusauste. Der vorderste war plötzlich gar nicht mehr so sehr erpicht auf seinen vorteilhaften Platz. Ein gewaltiger Schrei erhob sich, eine Mischung aus Verblüffung und Ärger.

Er hielt noch an, als Cormac am Rand des Zuschauerkreises in einem weiten Bogen herumwirbelte.

Und schon raste er zurück zu dem verwirrten Oisin. Da zuckten viele, unter ihnen Oisin, heftig zusammen, denn ein wilder, schriller Schrei gellte aus der Kehle dieses seltsamen Champions von Cumal aus Tara. Sein Gegner war nicht weniger erschüttert und bestürzt über dieses merkwürdige Kriegsgeheul als die Zuschauer – und die Kampfrichter. Es stand nichts in den Regeln, das so etwas verboten hätte, aber was war das für eine Art: erst davon- und dann wieder herbeizustürmen, noch dazu kreischend, und das wie ein blutdürstiger Adler, wenn er zustieß!

Cormacs Schwert aus dunklem Holz wirbelte in hohen, blitzschnellen Kreisen herum und schwang herab, wo niemand – auch nicht Oisin Piktentöter aus dem nordöstlichen Ailech – es vermutet hätte.

Denn im letztmöglichen Augenblick dieses Berserker-Sturms wirbelte Cormac halb herum und schlug das Schwert auf des anderen Schwertarm herab. Oisin ächzte und taumelte. Er versuchte, seine Waffe festzuhalten und die Herrschaft über seinen kribbelnden und wie Feuer brennenden Arm zurückzugewinnen, der schlaff hinabhängen und geschont werden wollte. Während die Fanfare schmetterte und die weißen Tücher noch in der Luft flatterten, streifte die »Schneide« von Cormacs Schwert über Oisins Schildarm und die »Spitze« traf den Gegner mit solcher Kraft über den gerüsteten Rippen, daß dem hochmütigen Edlen erneut ein Ächzen entquoll.

Cormac wich zurück. Sein vorletzter Kampf war wie der erste vorbei, ehe er richtig begonnen hatte. Ein Waffenmann hatte die Gelegenheit genutzt, in der Arena von Tara einen Berserkerangriff durchzuführen. Staunend sprachen alle Zuschauer darüber, und die ganze Stadt würde es noch viele Tage lang.

Oisin von Ailech, Lord von Tir Connail, entschieden die Kampfrichter, hätte einen Arm verloren, der zweite wäre schwerverletzt, und der Stahl zwischen seinen Rippen hätte ihn wahrscheinlich auch das Leben gekostet. Mit der Hand um den schmerzenden Schwertarm verließ der geschlagene Edle den Kampfplatz, nicht ohne einen giftigen Blick auf seinen Bezwinger zu werfen.

Wieder zog der siegreiche Cormac sich an die Absperrung zurück.

Ein bildhübsches Mädchen mit üppigem Goldhaar um ein schmales Gesicht und einem Gewand, das zu dünn für das seelische Gleichgewicht vieler Männer war, legte eine Hand mit lackierten Nägeln um Cormacs gerüsteten Arm.

»Wundervoll!« hauchte sie sichtlich aufgeregt, und ihr Busen hob und senkte sich und preßte dabei gegen den hauchdünnen Stoff. »Und wo habt Ihr diesen wilden Schrei gelernt, der das Blut zum Stocken bringt, Krieger der Krieger?«

»Bei den Pikten«, antwortete Cormac, ohne sich umzudrehen.

Andere wollten von ihr wissen, was er gesagt hatte, und erzählten es weiter. So machte es die Runde, und viele lachten und taten ihren Beifall kund und riefen auch »Oisin Piktentöter!« – denn dieser Piktentöter war von einem besiegt worden, der einen piktischen Wilden nachgeahmt hatte!

Die Lippen des Mädchens waren dicht neben Cormacs Ohr, und ihre Hand umklammerte weiterhin seinen Arm. »Ihr ... Ihr habt *Pikten* getötet?«

Er nickte, immer noch ohne sie anzusehen. Schnell wurde auch diese Kunde weitergegeben: Er hatte Pikten getötet! Dieser Mann von Rath Cumal ua-Neill war ein Piktentöter! Zahlreiche Wetten wurden abgeschlossen.

Eine junge Frau mit leuchtenden Augen bahnte sich einen Weg zu Cormac und stellte sich auf die andere Seite, seiner herausgeputzten Bewunderin gegenüber. Breit waren ihre weißgewandeten Hüften, kühn ihre Augen und voll ihr Busen und so fest, daß man an aufgesetzte Helme denken mochte.

»*Wie viele* Pikten, schöner Held?« fragte sie mit kehligem Ton.

Cormac MacArt blickte sie mit steinernem Gesicht an. »In Eirrin, in dem gerade vergangenen Monat, vier an der Küste von Munster, und sieben Leute dort können es bezeugen. In Alba und auf den Inseln – ich weiß nicht wie viele, Mädchen. Viele jedenfalls.«

Auch diese Worte wurden in den Zuschauerreihen weitergegeben.

»Nennt mich nicht *Mädchen!*« sagte die junge Frau mit den leuchtenden Augen und drückte sich an seinen Schildarm. »Ich bin Dectaira, und der Hochkönig ist mein Onkel.«

»Verzeiht.« Cormac verließ seinen Platz an der Abtrennung, denn die beiden Bewunderinnen mit dem heißen süßen Atem sowie andere hinter ihm bedrängten ihn zu sehr. »In diesem Sinne, meine Mädchen ... Ladys.«

Er stapfte an den Zuschauerreihen vorbei und versuchte die Rufe und ausgestreckten Hände zu ignorieren, denn sein Metier waren echter Kampf und roter Tod, nicht Leute, die so zivilisiert waren, daß sie die Sieger von Kämpfen in den Himmel hoben, die mit Spielzeugschwertern aus Holz ausgetragen wurden. Am Ende der Tribüne der Edlen blieb er stehen, wo Cumal, seine Gemahlin Aine, die verschleierte Samaire und Cumals zwei Söhne und seine Tochter saßen. Er, der sich in den Ausscheidungskämpfen so bewährt hatte, blickte nun in die grünen Augen über einem grünen Schleier.

»Ich werde jetzt gegen den geehrten Waffenmann des

Königs von Leinster um das Championat von Eirrin kämpfen, mein Lord und meine Ladys. Ein Angebinde?«

»IHR TRAGT MEINEN EBER!« brüllte Cumal mit jungenhafter Begeisterung.

Aines Hand griff nach einer Brosche, die sie nur als Schmuckstück, ohne praktischen Zweck trug, doch sie vergaß nicht, ihren Gemahl fragend anzublicken.

»Trag dies gegen Bress Langarm«, sagte Samaire. »Ich wollte, es wäre der Finstere Feredach selbst, und dein Schwert aus gutem Stahl und nicht aus Eiche.« Sie beugte sich vor und reichte Cormac einen Leinenhandschuh. Er war von der Farbe ihres Vaters Haus – und der von Feredach. Das Blau Leinsters.

»Stünde es in meiner Macht, ich würde Euch zum Lord machen!« rief Cumal ohne Rückhalt oder Würde, als »sein« Ceann Samaires Handschuh hochhielt, um allen zu zeigen, daß er Leinsterblau gegen Leinster trug.

»Vielleicht steht es in meiner Macht, Euch zum Lord eines Champions zu machen«, entgegnete Cormac.

»Daß du mir die Augen auf deinen Gegner richtest«, riet Samaire, »und nicht auf diese allzu eifrigen Damen, die dich bedrängen, wie ich gesehen habe, Barbar!«

Cormac lächelte und schaute sich hoch um. »Mir deucht, ich hör' die Morrigu, und ihre Augen sind jetzt ganz grün!« Als er sich umdrehte, fügte er schnell noch hinzu: »Aber ein *Dairlin*-Mädchen, trotz allem.«

Lady Aine bedachte ihre verschleierte Kusine mit einem nachdenklichen Blick. Doch Samaire,. die Cormac nachschaute, tat, als bemerke sie es nicht, vielleicht bemerkte sie es tatsächlich nicht.

Cormac wand sich unter der Begeisterung und den Glückwünschen der Bewunderer, während Bress sich darin sonnte, und die beiden warfen hin und wieder einen verstohlenen Blick auf den andern. Die zwei Spaßmacher, die zur Belustigung der Zuschauer einen Scheinkampf austrugen, wurden zurückgerufen. Ein

Fanfarenstoß erschallte, und der oberste Kampfrichter erhob sich. Beifall tobte, als er Bress MacKeth von Carman in Leinster ankündigte, den Champion jedes Jahresfestes und zweimal des Großen Festes in Tara.

Selbst für diese treuen Bewunderer hatte Bress nur ein Lächeln unverhohlener Verachtung, denn er fühlte sich allen überlegen.

Dann wurde Ceann MacCor aus Tara in Meath aufgerufen, und andere jubelten ihm zu. Ohrringe landeten zu seinen Füßen und um ihn, und hastig eilte ein Ordnungshüter herbei, um all die möglichen Hindernisse wegzuräumen, die den Wettkämpfern unter die Füße rollen mochten. Cormac nahm den Blick nicht von dem rötlichen, gar nicht häßlichen Gesicht seines Gegners in diesem letzten Wettkampf.

Es war soweit.

Bress schritt zur gegenüberliegenden Seite des großen Kreises, anstatt in seine Mitte. Er drehte sich zu Cormac um und hielt Schwert und den blauen Rundschild verächtlich neben sich.

Cormac machte drei Schritte vorwärts.

»MEATH RÜCKT GEGEN LEINSTER VOR!«

Dieser Ruf erschallte über vielen anderen. Er weckte so manches Grinsen – und führte zu manch finsterer Miene auf der Tribüne der Edlen. Viele wiederholten diesen Ruf.

Wie bei einem sommerlichen Spaziergang schlenderte Bress nun drei Schritte vorwärts.

»LEINSTER KOMMT ZU TARA!«

Soweit ist es also gekommen, dachte Cormac MacArt. Zuerst war ich von Connacht, dann von Leinster, danach von Dalriada in Alba, und schließlich stand ich nur für mich. Und jetzt stehe ich für Tara und Meath und das böse Blut über den Boru-Tribut, den Leinster so haßt!

Er beobachtete Bress, der mit gesenkten Waffen still dastand.

Also tut er, was ich tue, dachte Cormac, und hebt weder Schwert noch Schild – er hat Sinn für Dramatik, dieser Mann! Er blickte zurück. Laß uns ein bißchen weiter von den Zuschauern entfernt sein, Bress-*Dairlin,* dann werden wir sehen.

Cormac machte zwei weitere Schritte vorwärts, und höhnisch tat Bress das gleiche.

Cormac machte eine ausholende Geste, und Lachen erschallte über das Wort, das er rief.

»Bleib!« befahl er wie einem Hirtenhund, dann drehte er sich um und schritt zu den Zuschauern zurück.

Einen Schritt von der vordersten Zuschauerreihe mit den staunenden Gesichtern entfernt – und einem Paar dunkler Frauenaugen, die ihm zublinzelten – wirbelte Cormac herum; wieder stieß er dieses wilde Geheul hervor und stürmte los.

Wie Cormac war Bress ein Krieger, und ein erfahrener Krieger studierte den anderen. Bress hatte genau aufgepaßt, wie diese Angriffstaktik auf Oisin gewirkt hatte. Natürlich war er darauf vorbereitet – wie Cormac es erwartete. Der Leinstermann blieb stehen, als der andere auf ihn zustürmte. Im letzten Augenblick erst sprang er zur Seite und führte einen gewaltigen Streich, der den Champion von Meath beim Vorübersausen hart auf den Rücken treffen sollte.

Im Gegensatz zu einem Schwertkampf gegen Unbekannte war diese Art von gestelltem Kampf – mit der Möglichkeit für die Wettkämpfe, den Kampfstil der anderen zu studieren – mit einem Krieg zwischen großen Generälen vergleichbar, die einander nicht fremd waren. B kannte L's Methode und nahm an, daß L höchstwahrscheinlich als erstes an Taktik N denken würde. Doch L war klar, daß B das wußte und erwartete, also zog er andere Taktiken in Betracht. Trotzdem würde B das ahnen und versuchen, sich gegen eine Überraschung zu wappnen, nur daß eben L wußte, daß B wußte, das L wußte, und ...

Bress irrte sich schon gleich am Anfang dieser Reihe von Annahmen. Er dachte, der Mann, den er als Ceann MacCor kannte, würde sich der gleichen Sturmtaktik bedienen, die sich bei Oisin als so erfolgreich erwiesen hatte. Das tat Cormac jedoch nicht; er hielt Bress nicht für einen Dummkopf, sondern für einen erfahrenen Kämpfer.

Der vorübersausende Rücken, nach dem Bress schlug, war gar nicht da. Sein Besitzer war nach der anderen Seite abgebogen und hatte sich – vielleicht eine ganze Sekunde vor dem Schlag des hochmütigen Leinstermanns – umgedreht.

Bress Langarms Schwert zerhackte leere Luft, sein Schild schützte ihn keineswegs; die stumpfe Schwertspitze des anderen stieß tief vor und traf mit aller Kraft einen muskulös harten Bauch.

Bress war nicht nur sehr bestürzt, sondern keuchte auch heftig nach Luft.

Die Zuschauermenge hielt den Atem an.

Fanfarenschmettern brach die plötzliche Stille, und die Kampfrichter senkten die weißen Tücher. Obgleich sie so überrascht wie Bress waren, waren sie sich doch ausnahmslos einig, daß der bisherige Champion von Eirrin tödlich getroffen war.

Während er sich von diesem schnellen, harten Stoß zurückzog, hörte Cormac die Fanfare und sah aus den Augenwinkeln das Flattern der weißen Kampfrichtertücher. Er richtete sich siegesbewußt auf – und Bress' mit aller Kraft seitwärts geschwungenes Holzschwert krachte in seine Seite.

Die Zuschauermenge murmelte und brüllte ihre Entrüstung hinaus. Die Kampfrichter starrten benommen. Nur einer dachte daran, dem Herold zu winken, der gewaltig in die Fanfare stieß. Inzwischen hatte Cormac seinen Schmerzensschrei unterdrückt und mit zusammengebissenen Zähnen zwei Schritte rückwärts getan. Die zusammengekniffenen Augen waren auf den Mann gerichtet, der noch zugeschlagen hatte, nachdem der Kampf bereits vorüber war.

Und wieder schlug Bress zu. Sein Gesicht war wutverzerrt, und er hatte die Beherrschung völlig verloren.

Cormac wußte, daß man von ihm erwartete durchzuhalten oder zu fliehen, bis des Hochkönigs Männer kamen. Niemand hatte verloren, außer Bress, und bei ihm ging es um sein Championat, seine Ehre, seinen guten Namen und sein Ansehen. Doch Cormac war kein zivilisierter Teilnehmer im Schwertspiel, ob seine Waffe nun aus Stahl, Bronze oder Holz war. Auch er ignorierte die Regeln.

Den zweiten kraftvollen Hieb Bress' parierte er, ebenfalls mit aller Kraft, mit seinem Hartholzschwert. Gleichzeitig schlug er mit dem Schild zu – und stieß den Fuß hoch, wie jeder andere vernünftige Mann seiner oder jeder anderen Zeit es getan hätte, für den Kampf kein Spiel mit Regeln und Beschränkungen war.

Bress wurde auf dreifache Weise gleichzeitig getroffen. Er war dabei, sich zusammenzukrümmen, während er auf den Rücken stürzte. Als sein Ellbogen auf dem Boden aufschlug, flog sein Schwert durch die Luft. Ein Zuschauer, den es am Bein traf, schrie auf.

Sogleich warf Cormac sein eigenes Holzschwert von sich und wandte sich mit ausdruckslosem Gesicht den Kampfrichtern zu. Prächtig uniformierte Männer kamen auf den Kampfplatz gerannt. Cormac ließ sie vorbei, und seine Miene und seine Haltung waren so beeindruckend, daß keiner sich in seine Nähe wagte.

Statt dessen beugten sie sich über Bress, der des Königs Frieden gebrochen hatte.

Dann donnerte gewaltiger Jubel, den Eirrin hatte einen neuen Champion, und Leinster hatte eine schwere Niederlage durch einen Mann einstecken müssen, der die Farbe seines eigenen Königs trug.

19. CORMAC MacART!

Er ist mutig, o ihr Götter!
Er ist ein Krieger, edelmütig,
Bis des Todes Welle ihn überspült.
Och! Er ist unübertrefflich, und beliebt.

aus *Cormac der Gäle,* von Ceann Ruadh

Nachdem der nervöse Mann mit dem falschen Schnurrbart und den am Helm befestigten Zöpfen die Glückwünsche der strahlenden Kampfrichter und Eirrins Hochkönig überstanden hatte, mußte er sich auch noch den vor Begeisterung tobenden Zuschauermassen stellen. Frauen boten sich ihm an, sowohl mit Worten als auch mit unmißverständlichen Blicken, ja sogar flehentlich.

Und dann mußte Cormac auch noch die Umarmung des überglücklichen Cumal Uais mit der lauten Stimme über sich ergehen lassen. Vorsicht verbot Samaire die gleiche Geste, die ihm viel lieber gewesen wäre.

Schließlich konnten sie aufbrechen, unter dem Ehrengeleit der Männer des Hochkönigs in ihren Prunkuniformen. Cumal wußte vor Stolz kaum, wie er eine würdige Miene machen sollte. Zum Rath Cumals schritten sie. Dort entschuldigte sich Cormac damit, daß er sogleich einen kranken Freund besuchen müsse.

Kaum trat der neue Champion ein, sprang Tigernach MacRoig aus dem Krankenbett und strahlte wie die Mittagssonne. Er umarmte den andern.

»Ein Hoch dir, Champion von Eirrin!«

Überrascht ließ Cormac die Umarmung des Kriegers über sich ergehen. Er erwiderte sie nur leicht, dann legte er die Hände um Tigernachs Oberarme, trat einen Schritt zurück und blickte in die dunklen Augen.

»Du hast dich aber schnell erholt, Tigernach MacRoig!«

Durch Tigernachs Grinsen wurde sein Mund noch

breiter. »Du hast also keinen Verdacht geschöpft, oder?«

»Verdacht?«

Tigernach löste sich aus Cormacs Griff und lachte. »Ich war nicht krank, Cormac MacOthna. Nicht ein bißchen. Ich wollte nur, daß Bress sich dem *besten* Kämpfer Eirrins stellen mußte, nicht dem drittbesten, nach ihm und dir. Denn ich wußte, was du mit ihm machen würdest.«

Cormac starrte diesen Mann an, der edelmütiger als jeder Edle war. Lange haftete sein Blick auf Tigernach, und er staunte über seine Großmut. Schließlich seufzte er tief und schüttelte den Kopf.

»Bei den Göttern meiner Väter, Tigernach, es gibt keinen zweiten wie dich auf der ganzen Welt!«

Tigernach setzte eine ernste Miene auf, doch seine Augen wirkten noch verschmitzt.

»Doch, einen gibt es noch«, fuhr Cormac nachdenklich fort, »von dem ich sehr viel halte und der ein ähnliches Gefühl in mir weckte. Der Däne Wulfher ist es, Schädelspalter nennt man ihn, und manchmal hatte ich auch bei ihm gute Lust, ihm die Beine zu brechen!«

Tigernach spreizte die Hände und senkte den Kopf. »Ich würde nicht nach der Waffe greifen, Champion von Eirrin. Besser zwei gebrochene Beine, als mich gegen dich zu wehren und dafür den roten Tod zu ernten!«

Wieder herrschte kurzes Schweigen, schließlich schnaubte Cormac: »Bastard!«

Tigernach grinste. »Och, du hast mein Geheimnis entdeckt!«

Dann lachten sie beide, und lachend verließen sie Tigernachs Krankenkammer. Sie legten einander die Arme um die Schultern, und so gingen die zwei Krieger zu Lord Cumal, um mit ihm zu feiern. Er berechnete gerade erfreut seine Wetteinnahmen.

In glitzernder Gesellschaft zwischen prächtigen Roben aus kostbaren Stoffen saß Cormac an diesem Abend beim Festmahl – mit dem falschen Schnurrbart und aus dem Helm hängenden Zöpfen.

Mit ihm speisten Lords und Ladys, Poeten und Richter und Geschichtsschreiber, ja, und sowohl Druiden als auch Priester des neuen Glaubens – wohl voneinander getrennt, diese Rivalen in wallenden Gewändern. O ja, der neue Champion von Eirrin befand sich in der Gesellschaft der Höchsten von Tara und – so wie sie zumindest glaubten – von ganz Eirrin.

Keiner ahnte, was der Ehrengast tun würde, nicht einmal er selbst, denn es war eine Augenblicksentscheidung, als alle bei Ale oder Wein saßen. Der Hochkönig persönlich hob Stimme und edelsteinbesteckten Kelch. Alle anderen verstummten und blickten erwartungsvoll auf Erca Tireach, König von Meath und Hochkönig von Eirrin.

»Ceann MacCor«, rief der König der Könige. »CHAMPION VON EIRRIN!«

Sofort brach großer Beifall aus, Füße stampften, und mit Kelchen wurde lärmend auf die dicke Tischplatte geschlagen.

Cormac stand auf, und in diesem Augenblick entschied er sich.

Er hob die Hand, nahm den Helm mit den Zöpfen ab, dann senkte er sie, um den dazugehörigen Schnurrbart wegzureißen. Schließlich warf er beides auf den Mosaikboden. Krachend schlug der Helm auf und rollte davon.

Geradewegs in die erstaunten Augen des Hochkönigs blickend, rief der neue Champion:

»Nein, Lord König! Lange genug habe ich diese erniedrigende Maskierung getragen! Lange genug habe ich meinen und den Namen meines Vaters verheimlicht und bin so durch mein Heimatland gezogen.«

Nur erstauntes Luftholen brach die Stille. Aller Augen waren auf den neuen Helden des Großen Festes von Tara gerichtet.

»Ich bin Cormac, Sohn Arts von Connacht, und zwölf Jahre habe ich als Verbannter gelebt!«

Der magische Name des Königs, der seit zwei Jahrhunderten unter der Erde lag, machte seine Runde in der Halle: »Cormac! Cormac MacArt!« Seine Tischnachbarn bemerkten, daß Cumal Uais nicht weniger überrascht war als sie.

Nachdem er sich von seinem Staunen erholt hatte, fand der Hochkönig es gar nicht so leicht, die Ruhe in der Bankethalle wiederherzustellen. Es gelang ihm erst, als er aufstand und beide Arme in den weiten Ärmeln seitwärts ausstreckte.

Cormac hatte den Blick nicht eine Sekunde von dem Ard-righ genommen: ein König der Könige war dieser Nachkomme von Königen, die von Königen und Helden Eirrins abstammten.

Und eine gute Figur machte der stämmige Erca Tireach, der oberste der Eirringeborenen. Rostbraun war sein Haar und scharlachrot sein Gewand aus glänzender, wie mit Gold bestreuten Seide, als hätte ein Landmann goldene Saat darüber geworfen. Ein Gürtel mit juwelenverzierter Goldschnalle hielt es tief über dem flachen Bauch zusammen. Den größten Teil der Brust, ja einen Teil des Bauches bedeckte eine Goldplakette, in der Edelsteine und Halbedelsteine in verschiedenen Farben blitzten und funkelten. Vier Ringe schmückten die Finger seiner Linken. Um den rechten Arm trug König Erca das einfache Lederband des Kriegers, eine ständige Erinnerung an alle, daß er Feldherr und Hüter des Friedens und jederzeit bereit war. Aus dem Obergewand, das an beiden Seiten offen war, spitzte bei dem Ard-righ Erca MacLugaid, genau wie bei seiner Gemahlin neben ihm, eine Tunika aus weißem Satin, die mit dickem Goldfaden bestickt war.

Des Hochkönigs Augen, sagten viele, glichen Saphiren, doch sie waren selten von der Härte dieser Steine.

Nun, da er hochaufgerichtet stand und die weinroten Ärmel von den schweigengebietend ausgestreckten Armen hingen, setzte Stille ein, und aller Blicke waren auf ihn gerichtet.

»Cormac MacArt. Der Name ist mir nicht unbekannt«, sagte Erca Tireach.

Einige lachten, da sie es für einen Witz hielten und dachten, er meine damit den König alter Zeit. Andere machten grimmige Gesichter, viele wirkten aufgeregt, manche erschrocken, denn es gab noch viele, die sich erinnerten, was der Vater dieses Königs davon gehalten hatte, daß Art von Connacht es unklugerweise gewagt hatte, seinem Sohn diesen Namen zu geben – und sie erinnerten sich auch an Arts Geschick und an das Verschwinden seines Sohnes.

Dieser finstere, narbengesichtige Krieger, der Champion von Eirrin geworden war – Cormac MacArt?!

Neben Erca stellte sich sein Oberpoet und Ratgeber Cethern mit der gewaltigen Stimme. Er donnerte, daß andere Stimmen sich wie Wispern anhörten. Er bat um Schweigen, schaute sich um, verbeugte sich vor seinem König, dann raffte er sein Poetengewand zusammen und setzte sich wieder.

Erca Tireach blickte Cormac MacArt an.

Cormac sprach.

»Ich habe mich anderer Namen bedient, Lord König. Als ich in den Dienst Leinsters trat, nach meines Vaters – Tod ...« Während seiner kurzen Pause änderte sich der Ausdruck so manchen Gesichtes, und nervöse Blicke schweiften von Cormac zum Hochkönig. »... nannte ich mich Partha MacOthna. Unter diesem Namen brachte ich Unehre über mich und Ulahd, denn ich behauptete fälschlich, von dort zu sein – und über Connacht, wo ich geboren bin –, denn ich brach des Königs Frieden zur Festzeit.«

»Und über Leinster, dessen Königs Farben Ihr getragen habt?« warf einer ein, doch Cormac sah nicht, wer es war, da sein Blick weiterhin auf dem Ard-righ ruhte.

»Möchtet Ihr das beantworten?« fragte König Erca.

»Lord König, meine Antwort ist: Nein. Ich brachte keine Unehre über Leinster. Die brachte der König von Leinster selbst über sich und sein Land, als er einen armen jungen Toren dafür bezahlte, einen anderen armen jungen Toren – mich – zum Kampfe herauszufordern.«

Erneut setzte aufgeregtes Stimmengewirr ein, aus dem Ärger zu hören war. Die Jüngeren der Anwesenden spitzten die Ohren, um die eiligen Erklärungen der Älteren zu hören, die sich erinnerten.

Als nach gebotenem Schweigen Stille einsetzte, war es wieder Erca, Sohn Lugaids, der sprach, und seine Worte weckten neues Erstaunen.

»Auch das habe ich gehört«, wandte er sich an alle, nicht nur an den demaskierten Champion. »Obgleich das alles Sache des bevorstehenden Großen Feis ist, sage ich Euch soviel: Der Tod des Vaters dieses Mannes hat damals Fragen aufgeworfen, die bis jetzt noch nicht geklärt sind, und unter diesem Gesichtspunkt ist auch MacArts Friedensbruch zur Festzeit zu sehen. Ich, Erca Tireach, Hochkönig von Eirrin, habe das alte Urteil in diesem Fall zurückgezogen, bis eine Untersuchung und Anhörung stattgefunden hat. Wir sind keine Barbaren, wie die Sachsen und Britonen, daß wir einen verurteilen, ohne ihm die Möglichkeit zu geben, sich zu verteidigen. Ich versichere Euch, daß Cormac MacArt ... Partha MacOthna ... Ceann MacCor *durch seine eigene Entscheidung* in Verbannung gelebt hat, nicht durch das Wort eines Königs!«

Wieder rief die Stimme, die Cormac schon zuvor gehört hatte, als sie fragte, ob er Unehre über Leinster gebracht habe. Jetzt klang sie noch schärfer.

»Er hat des Hochkönigs Frieden zur Festzeit gebrochen! Mit blutigem Schwert, und das war Barbarei, und die Strafe ist *Tod.* Kein Verbannter ist er – er hat sich dem Arm der Gerechtigkeit entzogen!«

Erca blinzelte, er blieb zwar ruhig, doch er wirkte sehr streng, während das einsetzende Stimmengewirr schließlich abebbte, wie das Meer an der Küste zur Zeit des Halbmonds.

»Es ist gewiß nicht ziemlich, mein Lord, wenn ausgerechnet einer aus Leinster die Stimme für Anklage und Verurteilung erhebt.«

Lautes Luftholen und Gemurmel folgten, und Erca winkte ungeduldig ab.

»Cormac MacArt, dies ist kein Gericht, und Ihr könnt antworten, wenn Ihr wollt, doch Ihr müßt es nicht. Seid Ihr vor zwölf Jahren vor dem Arm der Gerechtigkeit geflohen?«

»Ich antworte Euch und Eurem hohen Amt, Lord König, keinem leinsterschen Herausforderer. Ich bin geflohen, ja. Doch nicht vor der Gerechtigkeit – sondern vor dem Tod. Gerechtigkeit gab es damals nicht.«

»SILENTIUM!« donnerte des Königs Poet und blickte streng auf die Murmelnden und laut Redenden.

»Mir scheint, jetzt könnte es sie geben«, fuhr Cormac fort, als hätte es keine Unterbrechung gegeben. »Doch bin ich nicht als Bittsteller nach Eirrin zurückgekehrt – auch nicht, um den Tod zu suchen, denn keine Schuld trug ich diese zwölf Jahre.«

»Der Hochkönig«, sagte Erca in das neue Gemurmel, das leiser wurde, denn nun wollten auch die Störer kein Wort versäumen, »hat keine Macht über die Gesetze, und ich begehre sie auch nicht. Doch eines versichere ich Euch allen: Cormac MacArt mag Exil oder Tod verdienen oder nicht, aber es stimmt, daß hinter der Sache mehr steckte, als unser aller Augen und Ohren wahrzunehmen vermochten. Vielleicht ist er vor der Gerechtigkeit geflohen. Vielleicht vor dem Tod. Und vielleicht verließ er sein Heimatland in der Hoffnung auf eine weniger ... voreingenommene Anhörung zu späterer

Zeit – wie jetzt. Aber er ist aus eigenem Antrieb zurückgekehrt und hat sich von selbst zu erkennen gegeben, so würde kein Feigling handeln! Ich wiederhole: Ich habe keine Macht über das Gesetz, und ich begehre sie nicht. Doch liegt es in meiner Macht, jemanden festnehmen zu lassen oder ihn zu schützen. Und so nehme ich nun Cormac, Sohn Arts, in meinen Schutz, damit er vor dem Großen Feis angehört und eine Entscheidung gefällt werden mag.«

Schweigend blickte der Hochkönig darauf den zurückgekehrten Verbannten an, bis er schließlich sagte:

»Ihr, der Ihr mehr Namen als einen getragen habt, doch als Cormac MacArt von Connacht geboren wurdet und es weiterhin seid, hört meinen Befehl! Ihr bleibt im Haus Lord Cumals von Tara, bis wir Euch zur Versammlung der Könige und Richter des Feis Mor rufen.«

Cormac neigte stumm den Kopf.

Zu einer viel späteren Stunde in dieser Nacht nahm Erca MacLugaid das Schreiben des Lords von Tullamor entgegen und hörte sich Ceann und Samaires Geschichte an. Er nickte dann und wann und verzog finster das Gesicht. Dann gewährte er ihnen Asyl und hieß sie in seinem Haus willkommen – und gab zu bedenken, daß ihr Bruder Feredach der ältere und somit Thronfolger war, und ihr Problem, genau wie das Cormacs, Sache des Großen Feis sei.

»Privat«, sagte er leise, »bin ich mehr als entsetzt! Ich fühle mit Euch und Eurem Königreich, und werde es Euch hier so angenehm wie möglich machen. Und ebenso versichere ich Euch und Eurem Freund Cormac privat, daß ich meines Vaters ... Furcht vor dem Sohn Connachts mit dem magischen alten Namen nicht teile. Ich weiß, Cormac, daß Ihr hereingelegt und vertrieben wurdet. Nun hoffe ich, daß all das Unrecht, das Euch dreien angetan wurde, wiedergutgemacht wird. Doch

Ihr alle, mein Lord und meine Lady von Leinster und MacArt, müßt vor die Versammlung treten.«

»Zu der Leinster gehört«, murmelte Samaire.

»Und Feredach verkörpert gegenwärtig Leinster«, fügte ihr Bruder hinzu.

20. DIE VERSAMMLUNG DER KÖNIGE

Wäre ganz Alba mein
Von seiner Mitte bis zur Grenze,
So hätte ich doch viel lieber
Ein Haus im schönen Derry.

Colm Cill, Verbannter aus Eirrin

Vierzehn Türen führten in das Mi Chuarta, und sie standen weit auseinander.

Über siebenhundertfünfzig Fuß war die alte Banketthalle lang und knapp fünfzig Fuß breit, und ebenso weit entfernt waren die Deckenbalken vom Boden. Zweieinhalb Jahrhunderte lang blickte dieses ganz Eirrin beeindruckende Gebäude bereits auf Tara hinab, und würde auch noch länger stehen.

Jedes dritte Jahr kamen alle Könige zur feierlichen Versammlung in das Mi Chuarta. Dies war das dritte Jahr, und der Tag war Samhain, der Neujahrstag der Kelten, einigen inzwischen auch als 1. November bekannt. Es war ein den Druiden heiliger Tag – und eilig von den Priestern des Jesus-Glaubens als Allerheiligen übernommen, wie sie überhaupt ohne Scham alles übernahmen, was sie heidnische Sitten und Festtage nannten.

Ein König namens Cormac MacArt hatte diese ehrfurchtgebietende Halle erbaut, und ein Verbannter namens Cormac MacArt suchte dort Gerechtigkeit.

An einer dieser vierzehn Türen stand ein Herold, hochgewachsen, stramm und in prächtigem Wappenrock.

Bereits zweimal hatte er in seine Fanfare gestoßen. Das erste Schmettern hatte zahlreiche Schildträger in die riesige Halle gerufen. Von einem Hofmeister und seinen Dienern angewiesen und beaufsichtigt vom obersten Wappenmeister, eilten die in den verschiedensten Farben gekleideten Männer mit den blitzenden

Schilden ihrer hohen Herren herum. Eine Schar Schmetterlinge hätte nicht farbenfroher sein können, und bald sah es auch aus, als hätten gigantische Schmetterlinge vieler Arten und in allen Farbtönen sich an den Wänden niedergelassen, denn dort hingen die Wappen aller Familien, sowohl alter als auch verhältnismäßig neuer. Ein Poet hatte es einmal so beschrieben: als wäre der Regenbogen zum Berg Tara gekommen und hätte es sich in der gigantischen Halle bequem gemacht.

Beim zweiten Stoß des Herolds waren weitere Männer herbeigeeilt. Sie trugen die Symbole sowohl von Druiden als auch von neuen Priestern, und weitere Schilde. Diese Schilde gehörten Männern, die hoch in der Achtung und der Gunst von Königen standen, diese berieten, ihre Chronisten oder Feldherren waren.

Und nun, da die Schilde glänzend in ihrer neuen Bemalung oder Emaillierung hinter schweren, geschnitzten Stühlen standen, entlockte der Herold der Fanfare ein drittes Mal einen noch süßeren, anhaltenden Ton. In raschelnden, rauschenden Gewändern betraten die Könige Eirrins den Ort der dreijährigen Versammlung, und die Schilde wirkten blaß, verglichen mit ihrer Pracht.

In der Mitte des riesigen Raums saß nun der Hochkönig gen Westen gerichtet. Der bleiche feiste König von Munster setzte sich zu seiner Linken, und der König von Ulahd zur Rechten des Ard-righs. Hinter Erca von Tara in Meath ließ sich Connachts hagerer König auf dem traditionellen Platz nieder.

Ihnen gegenüber, das Gesicht dem Hochkönig zugewandt, befand sich der blausilber gewandete Monarch von Leinster mit der fliehenden Stirn und dem dünnen dunklen Schnurrbart.

Es herrschte bei vielen die Meinung, daß sowohl Leinster wie Meath darauf bestanden, jeweils Gesicht und Hände des anderen zu jeder Zeit zu sehen. Andere hatten vermutet, der Hochkönig traue niemandem hinter sich, außer Connacht; andere waren überzeugt, daß Connacht damit symbolisch das Hochkönigstum unterstützte; wieder andere waren der Ansicht, daß Leinster sich erst entspannen und sicher fühlen konnte, wenn das mächtige Connacht sich in solcher Entfernung und der Ard-righ sich zwischen ihnen befand.

Die meisten jedoch hielten die Ordnung für eine Tradition, deren ursprüngliche Gründe in Vergessenheit geraten waren. Man gab zu bedenken, daß diese Ordnung Leinster begünstigte, aber dasselbe ließ sich dann auch für Ulahd zur Rechten Meaths behaupten. Fest stand jedenfalls, daß diese Ordnung nichts mit der geographischen Lage der Königreiche zu tun hatte.

Munster und Ulahd befanden sich jedenfalls rechts und links von Meath und dem Hohen Thron, Connacht dahinter und Leinster ihnen allen gegenüber.

Edelsteine funkelten in Grün und Blau und Gelb und Rot. Silber- und Goldketten, manche mit feinen, andere mit schweren Gliedern, raschelten oder rasselten. Feine Broschen und kunstvolle Torques blitzten und glitzerten an vielen Hälsen, denn die Halle war nun mit Edlen und Ratgebern, Stammesfürsten und Priestern, *Brehons,* den Richtern, und *Seanachies,* den Geschichtsschreibern, *Ollams* und dunkelgewandeten Druiden gefüllt. Sie alle hatten ihren Platz dort, wo ihre Wappen standen.

Alle waren sich bewußt, daß es den zuletzt Eintreffenden, den Druiden, nicht geglückt war, die Priester und ihren Gott fernzuhalten; alle waren sich bewußt, daß die Priester nicht ruhen und rasten würden, bis die Druiden und alles, wofür sie standen, vertrieben waren. Die Kelten wurden romanisiert.

»Die Druiden stehen für das alte, uneinige Eirrin, wo einer über den anderen hergefallen ist, und sind eine ständige Erinnerung an das, was wir wahrhaftig vergessen sollten«, sagten einige von denen, die sich als irdische Vertreter des Gottessohnes bezeichneten.

»Die Priester haben Eirrins Hoffnung zunichte gemacht, eine Weltmacht zu werden, und sie sind schuld daran, daß ihre edlen Streithunde zu zahnlosen alten Kötern geworden sind, die nur noch von vergangenem Ruhm träumen können«, sagten andere über die Kreuzträger.

Vielleicht hatten beide recht, und ihr Gott war ein und derselbe, und ihm gefiel die kleinliche Weise nicht, auf die die Menschen ihn sahen.

Das dreijährige Große Fest begann.

Mit wohlklingenden, festen oder altersbrüchigen Stimmen und auch in einer noch sehr jugendlichen, vor Nervosität zitternden wurden Namen, Geschlechter, Geschichten vorgetragen und Gesetze zitiert. Abmachungen mußten überprüft und bestätigt werden. Gekrönte Häupter mußten Bittgesuche anhören und darüber entscheiden, und so manche wurden einstimmig an niedrigere Gerichte verwiesen.

Munsters König sprach von einem Piktenüberfall auf seine Ostküste. Köpfe nickten, und finstere Mienen erhellten sich, als er unter Beifall erzählte, wie die Wilden bis zum letzten getötet worden waren.

Der Hochkönig selbst ließ ein Schreiben des Lords von Tullamor vorlesen, in dem beschrieben wurde, wie Cairbre Schwarzbart, der berüchtigte Räuber und Mörder, mit seinen Spießgesellen den Tod gefunden hatte. Wieder regte sich Beifall, und einige der hohen Herren schlugen vor, die Bezwinger dieser Räuber vor die Versammlung zu laden, damit sie geehrt würden ...

Erca Tireach winkte mit einer Hand. An einem der Finger glitzerte ein Ring, der ein Geschenk aus Wikingerbeute von Verbannten war, doch das wußte nur er selbst – dagegen wußten alle, daß er ein Mann von Gewissen und absoluter Gerechtigkeit war.

»Die Versammlung möge die Bezwinger der Räuber vom Brosna-Wald begrüßen!« rief er, und aller Augen richteten sich auf eine der vierzehn Türen.

Doch keine Krieger traten ein.

In die edelsteinblitzende, farbenfrohe Halle, in der jetzt mehr Gold zusammengekommen war, als die Römer aus Britannien mitgenommen hatten, schritten zwei der drei Helden. Leinsters Monarch, Feredach an-Dubh, erschrak sichtlich bei ihrem Anblick, doch nur wenigen fiel auf, daß er nicht in den Applaus der anderen einstimmte.

»Und was wünscht Ihr Euch von uns, o Helden?« rief der Hochkönig höchstpersönlich.

»GERECHTIGKEIT!« entgegnete der rothaarige junge Mann im Prunkstaat. »Gerechtigkeit für mich, für meine Schwester, für unser Land und für unseren ermordeten Bruder – LIADH, DEM KÖNIG VON LEINSTER!«

Es war nicht leicht, bei dem einsetzenden Tumult die Ruhe wiederherzustellen.

Ceann und Samaire, beide von angenehmem Aussehen, berichteten, was ihnen angetan worden war. Ihr Bruder, der auf Cormac MacArts Erscheinen vorbereitet war, doch nicht auf das der beiden, blickte finster vor sich hin.

Zwischenrufe erfolgten. Feredach und seine Ratgeber besprachen sich leise hinter ringgeschmückten Händen. Doch die zwei beendeten ihre grauenvolle Geschichte, und wahrhaft finster wurde das Gesicht Feredachs des Finstern – ein Beiname, der eigentlich nicht in der Öffentlichkeit benutzt wurde. Doch viele, auch er selbst, hörten das Wispern:

»Feredach der Finstere, wahrhaftig!«

»So erheben wir Anklage«, endete Ceann Ruadh und blickte auf seinen älteren Bruder, »und ersuchen, daß etwas gegen dieses Unrecht unternommen wird.«

Ein narbiger Mann in der einfachen Kleidung eines Kriegers wartete unmittelbar vor einer der zweimal sieben Türen und hielt den Atem an, um besser hören zu können.

Und Cormac hörte genau, was er erwartet hatte: daß

es sich um eine Sache leinsterscher Erbfolge handle, eine Angelegenheit Leinsters und keine dieser Versammlung, die ganz Eirrin vertrat. Trotzdem verzogen Cormacs Lippen sich flüchtig zu einem Lächeln, als der Oberrichter und Poet mit offener Verachtung über König Feredach sprach und niemand ihn dafür zur Rede stellte.

Die Entscheidung war getroffen: Die Versammlung würde nicht darüber entscheiden. Feredachs dünner Schnurrbart zuckte, als seine schmalen Lippen sich zu einem triumphierenden Lächeln zurückzogen, das wahrhaftig nur wenige für gerechtfertigt hielten.

»Der Wille des Feis-Mor wurde dargelegt und niedergeschrieben«, sagte der Hochkönig nun ernst. »Ich spreche jetzt ausschließlich als König von Meath und als Mann mit Achtung vor den Königskindern, genau wie vor allen Eirringeborenen: Ich, Erca Tireach MacLugaid, tue kund und zu wissen, daß Prinz Ceann und Prinzessin Samaire in meinem Haus bleiben werden, solange es ihnen beliebt, denn sie sind Eirringeborene und frei.« Er machte eine Pause, dann fügte er hinzu: »Und sie stehen unter meinem Schutz!«

Das Lächeln Feredachs schwand wie Nebel an einem sonnigen Morgen.

Nicht erfreut, doch mit Würde, verließen Ceann und Samaire die Halle. Sie waren in Eirrin willkommen, blieben jedoch aus ihrer Heimat verbannt.

Der König von Ulahd verlagerte kaum merklich sein Gewicht, so daß er, ohne seinen Stuhl zu bewegen, etwas näher an Erca und weiter entfernt von Feredach saß.

Wieder sprach der Ard-righ, und er drehte den Kopf, damit so viele wie möglich ihn hören konnten und in der ungeheuren Weite dieses Gebäudes, in dem viele, sehr viele Häuser Platz gefunden hätten.

»Der Führer der winzigen Gruppen, welche den Piktenangriff in Munster mit Hilfe munsterscher Fischer zurückschlug, ist derjenige, der Oisin Piktentöter besiegt hat. Der dritte des Trios, das die Räuber des Waldes von Brosna der Gerechtigkeit überlieferten, ist derjenige, der Bress Langarm besiegte. Und es handelt sich um ein und denselben Mann – einen, der sich verschiedener Namen bedient hat und über halb Eirrin neue Legenden ins Leben rief, den man sogar MacCuchulainn und Curoi MacDairi nennt. DER CHAMPION VON EIRRIN MÖGE KOMMEN!«

Der Champion von Eirrin, als Krieger gekleidet, doch mit leerer Schwertscheide, trat unter stürmischem Jubel, doch er rief auch einige Verwirrung hervor, da er nun nicht mehr rote Zöpfe und einen Schnurrbart trug, sondern glatt barbiert war und dunkles Haar hatte. Er schritt, hochgewachsen und fast hager, zur Mitte der Halle.

Man forderte ihn auf, seinen Namen zu nennen.

Noch nie hatte er so laut gesprochen, ohne dabei zu brüllen.

»Ich bin Cormac, Sohn Arts, von den ua-Neill aus Connacht.«

Wieder setzte gewaltiger Tumult im Mi Chuarta von Tara ein, und auch diesmal war es schwierig, die Ruhe wiederherzustellen. Arts Sohn! Der Sohn des ermordeten Arts! Und der Name, den dieser narbengesichtige Mann trug!

»Ihr habt die Pikten, die in einer Nacht dieses Jahres an der Ostküste von Munster ein Haus überfallen wollten, allein angegriffen?«

»Ja, Lord Hochkönig, doch bald schlossen sich mir andere an: ein Fischer namens Dond und sein Sohn Dondal – sowie der Prinz und die Prinzessin von Leinster, deren Beschützer ich war.«

»Ihr seid dort verwundet worden, weil Ihr anderen Eirringeborenen helfen wolltet – obgleich sie nicht Männer Eures eigenen Vaterlandes waren?«

»Nicht nur Männern, sondern Frauen und Kindern

von Eirrin ebenfalls, Lord Hochkönig. Doch meine Wunden waren kaum mehr als Kratzer.«

»Habt Ihr noch weitere – Abenteuer in Munster erlebt, Cormac MacArt?«

»Keine von Bedeutung, mein Lord Hochkönig«, entgegnete Cormac, und seine Augen begegneten dem Blick Eogans. Die Miene des munsterschen Herrschers verriet wenig, und die kurzsichtigen Augen schauten ihn unbewegt an. Cormac nickte fast unmerklich. Weder er noch Eogan waren erpicht von ihrer – Begegnung zu sprechen. Gut.

»Ihr habt den Wald von Brosna erreicht, ohne Euer Schwert ein weiteres Mal röten zu müssen?«

»Nein, Lord Hochkönig. In einem Wirtshaus in Kilsheed belästigte ein betrunkener Soldat unsere Lady Samaire von Leinster. Ich sah mich gezwungen, ihn in seine Schranken zu verweisen.«

»Lebt er noch?« Erca achtete nicht auf das erneut einsetzende Gemurmel.

»Er lebte noch, als wir am nächsten Tag weiterritten. Ich stieß ihm das Schwert nur in den Oberschenkel. Ich wollte ihn nicht töten.«

»Gab es Zeugen?«

»Ja, mein Lord – unter ihnen mein Lord Senchann, Sohn des Königs von Munster.«

Auch jetzt ignorierte Erca das neue Gemurmel und wandte sich an Eogan. »Mein Lord?«

»Was er sagt, stimmt. Der Mann wurde – wird gerade gezüchtigt.«

»Mir scheint, dafür hat der Champion von Eirrin bereits gesorgt!« rief jemand, und Lachen erklang.

Unter Ercas strengem Blick verstummte es. »Hat mein Lord von Munster noch etwas hinzuzufügen?«

»Nein, mein Lord Hochkönig«, erwiderte Eogan. »Nur, daß ich die wahre Identität dieses Mannes hier zu der Zeit nicht kannte. Mein Sohn handelt – in manchen Fällen – für mich.«

Von dem Besuch in seinem Haus erwähnte Eogan nichts und infolgedessen auch nicht, daß er erfahren hatte, wer zwei seiner Besucher gewesen waren.

Eogan muß es gelungen sein, seinen Kurier zu Feredach zurückzurufen, dachte Cormac. Gut!

»Ihr sowie der Prinz und die Prinzessin habt Euren Weg allein nordwärts und durch den Wald von Brosna fortgesetzt?«

»Ja, mein Lord.« Cormac nickte.

»Und dort habt ihr Cairbre Schwarzbart und vier Spießgesellen angegriffen?«

»Dort, mein Lord Hochkönig, hat Cairbre Schwarzbart uns mit drei seiner Räuber angegriffen. Nur ein Medaillon rettete Lady Samaire vor dem Tod durch einen Pfeil in die Brust. Prinz Ceann tötete einen Räuber, und er blieb dabei im Sattel – der Prinz, meine ich. Die Räuber töteten selbst einen der ihren, denn ich hielt ihn als Schild gegen ihre Pfeile vor mich. Prinzessin Samaire ritt einen nieder – der schließlich sein verdientes Ende in Tullamor fand. Es war auch Prinz Ceann, der Cairbre tötete, wobei er sich ebenfalls im Sattel halten konnte. Ich selbst tat nur wenig.«

»Doch Ihr wart es, der mit dem Angriff begann?« fragte der König von Connacht.

»Ja, mein Lord, denn die Räuber hatten davon gesprochen, uns zu töten und die Lady zu ... belästigen.«

»Ihr habt Euch sehr für die königlichen Geschwister eines Reichs eingesetzt, das zu lieben Ihr keinen Grund habt«, sagte Erca.

»MEIN LORD!« rief Feredachs Oberratgeber gekränkt.

»Ein Waffenmann aus Connacht widerspricht dem Hochkönig nicht«, entgegnete Cormac, und vereinzeltes Lachen setzte ein. Viele in der Halle hatten noch die Köpfe zusammengesteckt, sie tauschten Erinnerungen aus und was sie über Art von Connacht und seinen Sohn wußten, und über die Ereignisse vor zwölf Jahren.

»Es besteht kein Zweifel, daß Ihr das Leben des Prinzen und der Prinzessin von Leinster sowie das von zumindest einer munsterschen Familie gerettet und das zukünftiger Reisender durch Brosna sicherer gemacht habt. Ebenso, daß Euch diese Lady mehr als das Leben verdankt – und schließlich, daß Ihr Eure Selbstbeherrschung behalten habt, als der ehemalige Champion von Leinster seine verlor und Euch ernsthaft angriff.«

»Ich kann nicht widersprechen, Lord Hochkönig.«

»Doch Ihr alle drei seid unter falschen Namen durch das Land gereist«, sagte Erca, und viele beugten sich vor. »Warum?«

»Was Prinz und Prinzessin betrifft, sie wurden heimtückisch in die Hände von Norwegern gespielt, die sie entführten und gefangenhielten, und wir alle drei fürchteten um ihre Sicherheit, ehe nicht der Berg Tara erreicht war.«

Eindringlich starrte Uladh auf Feredach den Finsteren.

»Und was mich anbelangt«, fuhr Cormac fort, und dann erzählte er seine eigene Geschichte.

Er wurde befragt und versicherte, daß er danach seine Klinge in Eirrin oder an seinen Küsten nicht mehr gerötet hatte. Die Sache mit den Soldaten in Kilsheed und den Räubern im Wald von Brosna war nicht gesetzwidrig, sondern im Gegenteil Anlaß zu hohem Lob.

Plötzlich erhob sich Feredach von Leinster mit einem Rascheln seiner blauen, mit viel Silber – das er Gold vorzog – verzierten Robe.

»Als Sohn des Königs, in dessen Dienst dieser Verbrecher gestanden hat, fordere ich seine Auslieferung an Leinster, damit über ihn zu Gericht gesessen werden möge.«

Gesichter verzogen sich finster. Obwohl Feredach von Cormacs Anwesenheit vorgewarnt gewesen war, war es ihm nicht gelungen, Stimmung gegen ihn zu machen. Die kürzlichen Ereignisse hatten den jugendlichen Friedensbrecher zum heldenhaften Mann gemacht.

»Die vorherigen Antragssteller«, erklärte der König von Connacht, »verdanken diesem Mann ihr Leben. Und sie klagten den König von Leinster an. Ihm den Champion von Eirrin auszuliefern, erscheint mir – unklug.«

Beifälliges Gemurmel war zu hören und auch Lachen.

»In Eurem Reich ist dieser *Champion von Eirrin* mit den blutigen Händen geboren, und aus Eurem Reich ist er geflohen, *mein Lord!*« brauste Feredach auf und beugte sich zu Connachts König vor.

»Deshalb«, entgegnete der schlanke Monarch ruhig und mit einem winzigen Lächeln, »habe ich den Vorrang und kann verlangen, daß er unter meine Gerichtsbarkeit gestellt wird.«

»Ich lese es dem Gesicht des Königs von Connacht ab, daß er nicht den Kopf Cormac MacArts willkommen heißen würde, sondern seinen *Arm* – und das Schwert, das er führt, und daß er nicht an Gerechtigkeit denkt!« rief Feredach zornig.

Diesen Streit der Könige unterbrach nun der Mann, der die Ursache für die Auseinandersetzung war. »Gäbe es *Gerechtigkeit* in Leinster, wäre der Name seines Königs LIADH! Und kein Blut klebte an den Händen von *Lord* Feredach – seht!«

Cormac deutete auf den Angesprochenen, und sein ausgestreckter Finger schien Blicke anzuziehen, Köpfe dazu zu bringen, sich zu drehen, und Hälse, sich zu verrenken. Ein Stock klopfte auf den Boden, und ein Greis knurrte: »Unziemend!« Das mußte selbst Cormac zugeben, doch sein kleiner Trick hatte seinen Zweck erfüllt.

»So laßt mich sagen, was ziemend ist«, fuhr Cormac fort, »und nehmt meine Entschuldigung für das unziemende Verhalten an.« Er bekam die Erlaubnis. »Ich bin von Connacht, genau wie mein Vater es vor mir und sein Vater vor ihm waren. Würde ich mich einer territorialen Gerichtsbarkeit beugen, so der dieses Königs.« Er verneigte sich vor dem Monarchen Connachts – und fuhr rasch fort. »Doch war es der Frieden des Großen Festes, den ich brach, meine Lords, der Frieden des Hochkönigs. Er ist es, der mich vor diese Versammlung rief, damit ganz Eirrin urteilen möge.«

Es gab keinen Strafbefehl vom früheren König, seinem Vater, erklärte Erca, genausowenig wie von Meath überhaupt, für Cormac MacArt – oder Partha MacOthna. Seine Worte wurden mit Beifall aufgenommen.

»Und hätte ich allein darüber zu bestimmen«, sagte der König von Uladh plötzlich, »würde ich mir nicht den ganzen Tag darüber den Kopf zerbrechen. Ich sehe die Sache so: Gleichgültig, ob er nun hereingelegt wurde oder nicht, ein junger Mann machte einen Fehler und hat dafür bezahlt. Ich wäre lieber tot, als meinen Mooren und Tälern zwölf Jahre fernbleiben zu müssen! MacArt hat mehr als dreifach für seine Tat vor so langer Zeit gesühnt.«

Unter dem Beifallsgebrüll nickte Connacht. Dann Munster. Dann der Hochkönig. Und alle blickten Feredach an. Wahrhaftig war er nun der Finstere, mit seinem vor Zorn, Demütigung und Verbitterung geröteten Gesicht.

Als schließlich Stille einsetzte, eine drückende Stille, während der alle Augen auf Feredach gerichtet waren und alle Ohren seinen Worten harrten, erhob er sich sehr langsam. Doch ein anderer kam ihm zuvor.

Verkniffen blickte Feredach zu ihm. Der Mann, der jetzt stand und dessen Poetenumhang nun über Schulter und Arme zurückgeworfen war, war Cethern, der oberste Poet, Ratgeber und Richter am Hof des Hochkönigs und so am Gerichtshof Eirrins.

»Mein Lord, gestattet«, bat Cethern.

Feredach zuckte mit der Hand und starrte geradeaus.

»Wenn Poeten sprechen«, sagte Erca, »lauschen gekrönte Häupter.«

Cethern mit dem erkahlenden Haupt und der goldenen Zunge schaute sich um und hob die Stimme. »Die Könige haben gesprochen. In seinem Reich herrscht Lord Feredach allein, hier ist er nur einer unter vielen.«

Dem Beifallssturm mußte durch mehrmaliges Klopfen mit verschiedenen Stöcken Einhalt geboten werden, und ein Stock gehörte Cethern selbst. Man sagte, daß er noch höher geachtet wurde als der Hochkönig selbst, denn niemand leugnete, daß Erca Tireach größte Achtung vor ihm empfand.

»Ich möchte jedoch daran erinnern, daß das Präzedens gefährlich war«, sagte Cethern. »Gestattet mir, eine Frage zu stellen. Wäre Cormac MacArt vor zwölf Jahren hingerichtet worden, wie das Gesetz es verlangte, würden wir dann zwölf Jahre später von möglichen Bedenken der Könige, ja sogar des Hochkönigs sprechen oder einer königlichen Schikane, und es *Ungerechtigkeit* nennen? Ah, ihr seid schockiert, daß ich es wage. Wie sieht es dann mit mir aus, weil ich es wage? Tod oder Verbannung für mich, der ich nicht getötet habe?«

Schweigen setzte ein, und die Anwesenden blickten einander an.

»Dieser Mann hat getötet und ist aus unserem Land geflohen. Nun kehrte er zurück, und zwar als Held, und wir sind bereit, ihn willkommen zu heißen. Ich stelle fest, daß er zwölf Jahre lang gar kein Sohn Eirrins war und daß er, ehe er diesen hochedlen Status wieder genießen darf, lernen muß, was es bedeutet, ein Waffenmann von *Eirrin* zu sein!« Dieses Wort rief Cethern so laut, daß es von den Wänden der gigantischen Halle echote: Eirrinnnnn, Eirrinnnnn ... innnnn, nnnn ...

Cethern blickte Cormac an – der Mann des Wortes den Mann der Tat.

»Ein Sohn Eirrins könnte dagegen weder etwas einwenden, noch den obersten Poeten Eirrins in Frage stellen«, antwortete Cormac. »Nennt die Prüfung.«

»Sie reicht in eine Zeit zurück, die noch nicht so sehr

lange vergangen und doch schon auf Poeten und Legende angewiesen ist«, erklärte Cethern für alle. Er hob beide Arme. »Die Kampfprüfung für einen, der zu den Fianna gehören möchte!«

Ercas Entscheidung war schnell getroffen. Waffenmänner und Könige waren in allen Ländern nötig. In Eirrin stand immer einer über ihnen, seit Jahrhunderten schon, und so würde es auch weitere Jahrhunderte bleiben: der schöpferisch Tätige, der Schreiber, der Poet! Hochkönig Erca nickte. Die anderen Könige nickten. Und auch Cormac MacArt nickte. Er würde sich dem Kampfteil der Prüfungen für die Anhänger Finns unterwerfen, wie es üblich gewesen war, als Eirrin eine Art nationale Militia gehabt hatte: die Fianna.

Da erhob sich ein dürrer Druide aus den leinsterschen Reihen. Er streckte einen Arm aus, der in einem raschelnden Ärmel steckte, und ein knochiger Finger deutete auf Cormac MacArt. Es war ein sehr alter Druide, doch hatte das Alter seiner Stimme nicht die Kraft geraubt.

»CROM FORDERTEN BEHLTAINE-URTEIL!«

Erschrocken verstummten alle und saßen wie erstarrt. Behltaine-Urteil! Tausend Jahre, vielleicht auch älter, war die Methode der alten Götter, zu einem Urteil zu gelangen, und nie hatte es dagegen Berufung gegeben. Denn wer wagte es schon, den Göttern Behl und Crom das Recht auf Urteilfällung zu verweigern?

Sollte es tatsächlich einer versuchen? Ein fetter Bischof des neuen Gottes erhob sich. Er war empört, wie er erklärte, und er verlieh seiner Entrüstung lautstark Ausdruck. Niemand unterbrach ihn. Gewiß war es nicht Cormac, dessen Interesse er vertrat, sondern die Macht der neuen Priesterschaft gegen die alte. Daß das Leben des Verbannten auf dem Spiel stand, berührte diesen Mann mit dem krummen Stab nach der Art Padraighs und Roms sicher nicht. Doch da es um Cormacs Leben ging, hatte keiner etwas dagegen, diesen Nachfolger Padraighs und Benins – Patricius und Benignus – sein möglichstes versuchen zu lassen.

Die alten Götter gewannen durch die unerwartete Hilfe eines Anhängers.

Nachdem der Bischof seinen leidenschaftlichen Widerspruch beendet hatte, erhob Cormac die Stimme.

»Da ich ein Sohn Eirrins bin, begrüße ich die alten Fian-Prüfungen. Und da ich ein Sohn Croms bin, und kein Anhänger des gekreuzigten Gottes dieses Mannes, sondern ein Anhänger Behls, der Sonne über unseren Köpfen, ohne einen Sohn, der irgendwo in den Ostlanden unter der Erde liegt, unterwerfe ich mich dem Verlangen der heiligen Druiden meiner Vorfahren.«

Alle starrten Cormac MacArt an, doch keiner war überraschter als der alte Druide.

So wurde es denn niedergelegt. Zuerst würde Cormac sich den Waffenprüfungen wie jeder Anhänger Finns einst unterziehen. Die Fianna waren eine Gruppe eiserner Helden gewesen, bis sie vor zweihundert Jahren ihr Ende in einem Bürgerkrieg gefunden hatten – einem Krieg zwischen Breasil, dem König von Leinster und König Cairbre MacCormac ...

Danach würde Cormac sich einer noch viel älteren Prüfung stellen, zwischen den tosenden Feuern von Behltaine. Viele, unzählig viele hatten dabei den Tod gefunden.

21. DIE PRÜFUNGEN FÜR EINEN FIANNA

In einem Graben von Knietiefe soll der
Anwärter sich, nur mit Schild und Haselrute,
gegen neun Waffenmänner verteidigen,
die Speere nach ihm werfen;

In einem dichten Wald, mit dem Vorsprung von
einem Baum, muß er ohne Schaden
flinken Verfolgern entgehen;

So geschickt und behende muß er sein,
daß nicht eine Strähne seines Haares
von einem Ast zerzaust wird;

Auf seinem Weg muß er über Äste springen,
so hoch wie seine Stirn, und sich unter jene ducken,
die kaum seine Knie erreichen, und das ohne Zaudern,
ohne daß auch bloß ein Zweig hinter ihm
erzittert;

Ohne im Laufen innezuhalten,
muß er jeden Dorn, der sich dort verfangen hat,
aus seinem Fuß ziehen;

Selbst wenn er sich der größten Überzahl
gegenübersieht, darf seine Waffe nicht zittern
in seiner Hand;

Er muß sich jeder Übermacht stellen,
selbst einer neunfachen.

Kein Ast verfing sich in Cormacs Haar, und er trat sich auch keinen Dorn ein, während er durch den Wald raste. Kein Mensch vermochte über einen Zweig zu springen, der in Stirnhöhe hing, so wich er ihnen aus, denn er wußte, daß auch seine Verfolger nicht darüber springen konnten. Das andere, nahezu Unmögliche – sich im Laufen unter einen kniehohen Ast zu ducken –, war unnötigerweise aufgezählt worden.

Über einen dicken, halbgeknickten Eibenzweig, der so hoch hing wie seine Taille und auch fast so stark war, sprang er jedoch, und es gelang ihm weiterzulaufen, ohne zu fallen. Von seinen vier Verfolgern verlor er dadurch zwei, denn einer versuchte unter demselben Hindernis vorbeizukommen, wobei ihn ein handgelenkdicker Ast erfaßte, der vom Hauptast hinabhing. Der andere versuchte wie er darüber zu springen, dabei stürzte er und blieb ächzend und stöhnend liegen, die Hände schmerzerfüllt zwischen die Schenkel drückend.

Cormac MacArt rannte weiter, gefolgt von zwei der beauftragten Verfolger.

Alle trugen Halbstiefel mit weichen Sohlen, denn man hatte entschieden, daß es unnötig gefährlich wäre, ohne Fußbekleidung durch dichten Wald zu laufen. Cormac hinkte ein paar Schritte, nachdem er bei einem Sprung heftig auf einem daumendicken und bleiharten Ast aufgekommen war. Aber er biß die Zähne zusammen und rannte weiter, und er tröstete sich damit, daß dies immer noch besser war, als auf einem Pferd zu reiten ...

Als ein weiterer schriller Schrei hinter ihm ertönte, kurz nachdem er über einen Bach von der Breite seiner Größe gesprungen war, blickte er nicht zurück. Das war auch nicht nötig. Dem Schrei folgte ein gewaltiges Platschen und ein nasses Umsichschlagen.

Cormac grinste wölflisch. Ohne Pause rannte er weiter. Er brummte, als ein Ast, an dem er zu dicht vorbeikam, ihm den Unterarm aufriß. Da er nur den Schmerz spürte und nicht das Gefühl hatte, daß Blut rann, schaute er nicht zu seinem Arm hinunter, genausowenig hob er ihn vor die Augen, denn das hätte ihn nur abgelenkt, und er brauchte seine ganze Aufmerksamkeit, um Hindernissen auszuweichen. Er nahm an, daß etwa ein Zoll seiner Haut aufgerissen oder aufgeschürft war, und das war keines Blickes wert.

Er sprang über einen halbverrotteten, liegenden Baumstamm und landete auf einer fleischigen Pflanze. Sein Fuß rutschte auf dem feuchten dicken Stengel aus. Er fiel, schlug um sich und gelangte dank seiner Willenskraft rasch wieder auf die Beine und raste weiter.

Dann bog er um eine Eiche, deren Stamm zum Bau von zwei Häusern genügt hätte, und rannte an einem gut hüfthohen Dickicht ihm unbekannten Unkrauts entlang, in das er sich warf, als er eine schmale Öffnung bemerkte.

Während sein Herz heftig hämmerte und sein Atem kalt aus der Brust kam, verhielt er sich völlig still.

Sein Verfolger rannte laut und schwer atmend an ihm vorbei.

Nachdem er auf der anderen Seite der natürlichen Hecke hinausgekrochen war, kehrte Cormac in die Richtung zurück, aus der er gekommen war. Er rannte und rannte. Bald schon vernahm er Geräusche hinter sich – glücklicherweise jetzt weit zurück. Sein Verfolger hatte seine strategische Täuschung erkannt und war ihm erneut wie ein Schweißhund auf den Fersen.

Cormac MacArt rannte.

Und rannte. Wieder sprang er über den Bach, mit einem grimmigen Lächeln für den Unglückseligen, der keuchend am Ufer lag. Der Mann fluchte, als Cormac vorbeiraste – und grinste. Ein Baum hatte sich dem Verfolgten in den Weg gestellt, und er war bei einem Ausweichmanöver ausgerutscht und gestürzt.

Das jedoch rettete ihm das Leben. Er *vernahm* das bienengleiche Summen des Pfeils, der dort hindurchsirrte, wo er eigentlich hätte sein müssen, und dem Surren folgte ein Schreckens- und Schmerzensschrei zugleich hinter ihm.

Blitzschnell drehte er sich um und wälzte sich in Dekkung, kroch durch dichtes Unkraut, wobei er eine Pollenwolke spät blühender Wildblumen aufwirbelte, und vergewisserte sich, daß er nun keinen Verfolger mehr hatte. Der vierte rollte über den Boden, ein Pfeil ragte oben aus seinem linken Oberschenkel.

Ein Pfeil also, der auf mein Herz gerichtet war, dachte Cormac, und so gut gezielt, daß seine Flugbahn tief genug war, den Mann fünfzig oder zwanzig Fuß hinter mir unterhalb der Hüfte zu treffen.

Nein, einen Verfolger hinter sich hatte Cormac nun nicht mehr, wohl aber einen Feind vor sich, der mit einem Bogen bewaffnet und ein sicherer Schütze war! Cormac selbst jedoch war – genau wie seine Verfolger – unbewaffnet.

Mit beachtlicher Schnelligkeit, doch weit geräuschvoller, als ihm lieb war, kroch Cormac im Zickzackkurs zurück, parallel zu dem Pfad, den er bereits zweimal gelaufen war. Dann starrte er in die weit aufgerissenen Augen des Mannes, der in den Bach gefallen war und nun neben dem getroffenen Kameraden kauerte.

»Hierher, und zwar schnell!« zischte Cormac. »Der Pfeil war für mein Herz gedacht. Und wenn der Schütze so auf meinen Tod versessen ist, wird er nicht zögern, auch euch zwei zu erschießen.«

»Jesus Erbarmen«, flüsterte der Nasse und spähte den Weg entlang. »Wer?«

»Ich habe keine Ahnung. Aber *kommt hierher!* Und zieh deinen Kameraden – und wenn er vor Schmerzen bewußtlos wird, um so besser für ihn!«

Der andere erwachte aus seiner Erstarrung und gehorchte mit plötzlichem Eifer.

Lange warteten die drei in Deckung. Doch nicht der geringste verdächtige Laut war zu hören, und kein gefiederter Schaft suchte ihr Leben auszulöschen. Der Phantombogenschütze war im dichten Wald verschwunden.

Schließlich bahnten Cormac und der in den Bach Gefallene sich einen Weg aus dem Wald, nun nicht mehr im Laufschritt. Die wartende Menge und der vom Hochkönig ernannte Schiedsrichter brachen bei ihrem Anblick in Rufe aus, die rasch verstummten, als Verfolgter und Verfolger gemeinsam und mit grimmigen Gesichtern herbeikamen.

Bald erhob sich eine andere Art von Brüllen. Zornige Stimmen riefen durcheinander, denn die beiden Männer hatten von dem Verrat berichtet und von dem Getroffenen, der im Wald auf Hilfe wartete. Die beiden Verfolger, die als erste hatten aufgeben müssen, machten sich mit dem Nassen auf, der ihnen den Weg wies, so erschöpft er auch war.

Mit unbewegtem Gesicht hörte Cormac sich eine Reihe von Entschuldigungen an. Sein Wams war dunkel von Schweiß, und weiterer rann an ihm hinab. Als der Schiedsrichter seine Entschuldigung und Beteuerungen beendete, sagte Cormac fast knirschend:

»Mein Haar verfing sich nicht, ich trat auf keinen Dorn, obgleich ich mehr als einmal stürzte, ich sprang über Äste und einen Bach. Ich brach keinen Zweig, auf den ich stieg, und ich entkam vier behenden Verfolgern – und einem Meuchler. Reicht das?«

»Uh, ja, ja«, versicherte ihm der Edle mit nervösem Nicken. »Ich ...« Er hob die Stimme. »Ich erkläre diese erste Prüfung als beendet. Der Anwärter hat bestanden.«

Cormac achtete nicht auf die Beifalls- und Jubelrufe. »Dann habt die Güte, mir jene zu zeigen, die mit Speeren nach mir werfen werden, und gebt mir Schild und Rute, die ich tragen soll, damit ich vielleicht feststellen kann, ob ich in der zweiten Eurer verdammten Prüfungen gemordet werden soll!«

»Sohn Arts, ich versichere Euch ...«

»Ich weiß, Mann, ich weiß, aber Ihr werdet verstehen, daß ich vorsichtig sein muß.« Er trat an dem Edlen vorbei. »Nun hätte ich gern Wasser, um mir den Schweiß abzuwaschen, und Ale wäre auch nicht zu verachten.

Spart Euch Eure Beteuerungen bis nach dem Ende der Prüfungen – falls man sie mich überleben läßt!«

Obgleich es Tigernach war, der ihm den Kampfstab brachte, noch dazu seinen eigenen, setzte Cormac ihn einer harten Prüfung aus. Der Schild war ein Geschenk von Cumal Uais, ein zweifellos sehr schönes – trotzdem versuchte Cormac, ihn über die Knie zu brechen. Er war aus bronzeverkleidetem und stahlverstärktem, feuergehärtetem Holz, außerdem emailliert und bemalt. Und trotz aller Kraftanstrengung brach er nicht. So waren zumindest seine Verteidigungswaffen zuverlässig.

Cormac bestand darauf, die neun Männer kennenzulernen, einen nach dem andern, die mit stumpfen Speeren nach ihm zu werfen hatten. Durchdringend blickte er in ihre Augen – und begutachtete ihre Speere. Alle, ohne Ausnahme, waren aus steinhartem Holz und verjüngten sich zu der stumpfen Spitze hin, damit sie auch zielgerecht, je nach dem Können ihrer Werfer, fliegen würden.

Alle der Männer wünschten Cormac Glück, und er forderte sie auf, ihr Bestes zu geben.

»Ich bin mit allem einverstanden«, erklärte Cormac.

»Ich nicht«, entgegnete der Schiedsrichter des Hochkönigs. In Scharlachrot und Beige gewandet winkte er zwei Waffenmänner herbei, die Schwerter in den Scheiden, Schilde und Rüstung trugen. Sie sollten auf die Speerwerfer achten. »Eine Warnung«, sagte der Schiedsrichter. »Jemand hat bereits versucht, diesen Mann zu töten. Sollte noch einmal jemand es darauf anlegen, wird er mit dem Leben dafür bezahlen!«

Gekränkt erwiderten die Speerwerfer seinen Blick, die beiden Waffenmänner aber blieben.

Ein paar Schritte entfernt, ebenfalls behelmt, bewaffnet und gerüstet, stand Tigernach MacRoig vom Rath Cumal. Und jeden der elf bedachte er voll Mißtrauen – ja selbst den Schiedsrichter.

Der Priester, der die Reihe der Speerwerfer abschritt,

strafte den Mann, der ihre Zielscheibe sein sollte, mit Mißachtung. Zu ihm jedoch kam ein Diener Behls und vielleicht auch Croms, ein Druide in wallendem, lose gegürtetem weißen Gewand, der sich an seinen geraden Stab lehnte. Er umarmte Cormac und blickte mit blaßblauen Augen in seine stahlgrauen, dann nickte er.

»Selbst vor den *anderen* mit ihrem von Römern gekreuzigten kleinen Gott habt Ihr, Sohn Arts, Euch zu Crom bekannt, dem Hüter der Kelten seit mehr Jahrtausenden, als Menschen über Eirrins Scholle wandeln. Crom beschütze Euch, und seid wachsam!« Die Stimme des Mannes war ruhig und fest, und fest war auch sein Blick. »Achtet auf die Finsternis, die auf Euch lauert, Sohn der Kelten, dann wird die Fanfare erschallen.«

Cormac spürte, wie ein Schauder ihn durchrann, und schüttelte unwillkürlich den Kopf, während er gleichzeitig kurz blinzelte.

»Meinen Dank, Druide. Seid Ihr von Meath oder Connacht?«

Die feste ruhige Stimme erklang erneut, und die Augen wirkten durchbohrend. »Ihr wißt sehr wohl, Sohn Arts, daß wir Druiden keine solch irdischen Beschränkungen kennen. Hütet Euch vor der Finsternis um Euch, Sohn der Kelten, wenn die Fanfare erschallt.«

Diese seltsame, leicht geänderte Warnung machte Cormac nervös. Er nickte dem Druiden flüchtig zu, dann drehte er sich um. Wieder schüttelte er wie benommen den Kopf und blinzelte mehrmals, während er über die Wiese zu dem Graben schritt, der für ihn ausgehoben worden war. Hinter ihm machte der Druide sich daran, mit jedem einzelnen der Speerwerfer zu sprechen. Der Diener Behls schritt hochaufgerichtet und sehr steif, speergerade unter dem wallenden Gewand. Auch lehnte er sich jetzt nicht an seinen festen Stab.

Cormac stieg in den Graben hinunter. Er würde seine Manöver keineswegs erleichtern, aber er war, wie man ihm versichert hatte, genau wie seinerzeit jener der Fianna-Anwärter – nicht ganz von Cormacs Größe in der Länge und drei Fuß breit. Bis etwa zu den Knien reichte er ihm, und Cormac hatte den Boden unter seinen Füßen hier sehr genau untersucht – er war überall fest. Alles war offenbar vorschriftsmäßig, aber er schämte sich seiner Vorsicht nicht.

Nun schaute er sich um. Die Wiese war lang und breit. Hunderte von Zuschauern hatten sich hier zusammengefunden, um sich dieses sehr alte Ritual nicht entgehen zu lassen, von dem jeder schon viel gehört hatte. Hinter der Menge ragten düstere Bäume wie Wächter empor. Die Speerwerfer waren weit genug entfernt, daß er ihre fliegenden Waffen rechtzeitig sehen konnte, doch auch nicht weiter, als die Distanz, über die sie noch gut zielen konnten.

Hütet Euch vor der Finsternis um Euch, Sohn der Kelten!

Wieder blickte sich Cormac um. Er sah keine Finsternis um sich. Behls Scheibe leuchtete hell, und die wartenden Zuschauer waren hell und bunt gekleidet. Sie schlossen Wetten ab, wie er bemerkte.

Setzt auf Cormac, riet er ihnen stumm.

Die Stimme des Schiedsrichters hob sich, und auf der gegenüberliegenden Wiesenseite wiederholte einer, der seiner Stimmgewalt wegen ausgewählt worden war, jedes Wort, damit alle es hören konnten. Die Speerwerfer durften nach Belieben werfen, sobald das Signal ertönte. Behendigkeit und Geschicklichkeit mit dem schweren Haselstab und dem Schild waren die einzigen Mittel, mit denen der Prüfling sich verteidigen konnte, und er durfte nicht voll getroffen werden. Auch durfte er den Graben nicht verlassen.

»WIEDERHOLT!« brüllte Cormac.

Die Worte wurden wiederholt, auch von der entgegengesetzten Wiesenseite: Der Prüfling durfte nicht aus dem Graben steigen; er stellte seine Festung dar.

Cormac nickte.

Man fragte, ob er bereit sei.

Er nickte.

Noch einmal fragte man ihn. Diesmal brüllte er seine Bestätigung.

Hütet Euch vor der Finsternis um Euch, Sohn der Kelten, wenn die Fanfare erschallt.

Mit zusammengekniffenen Augen beobachtete Cormac die Reihe der Speerwerfer. An jedem Ende stand einer der wachsamen Waffenmänner, und dort in der Nähe stand auch Tigernach MacRoig. Er beobachtete die Speerwerfer, nicht seinen Freund Cormac, den er überlistet hatte, damit jener das Championat antrat. Weit hinter den Speerwerfern wartete der Priester, und nahe von Tigernach der Druide. Ein Flattern weißen Stoffes lenkte Cormacs Blick auf diesen Mann, der nun beide Arme bewegend und gestikulierend auf den Mann im Graben blickte. Sein Gewand wallte.

Ich sehe keine Finsternis um mich, Druide.

Nur das mißbilligende Krächzen eines Vogels brach die nun völlige Stille auf diesem Prüfungsfeld, Gleichmütig segelten weiße Wolken wie Schiffe über den seeblauen Himmel.

Cormac riß den Blick nun von dem Druiden und beobachtete die Speerwerfer. Sie schienen ihm plötzlich näher zu sein. Er ärgerte sich über das ungute Gefühl, das ihn erfaßte. *Alle gleichzeitig,* fragte er sich, *oder einer nach dem andern?* Weder noch, vermutlich. Es gab niemanden, der ihnen den Wurfbefehl erteilte, aber alle würden sich zweifellos beeilen.

Die Fanfare schmetterte.

In diesem Augenblick donnerte die Stimme. »DIE FINSTERNIS IST UM DICH, SOHN DER KELTEN!«

... wenn die Fanfare erschallt ...

Cormac blinzelte, nahm den Blick jedoch nicht von den Speerwerfern, die ihre Waffen hoben, die langen Schäfte ins Gleichgewicht brachten und zielten.

Angenommen, sie werfen alle absichtlich daneben, zu

hoch oder zur Seite? dachte Cormac – da kam die Finsternis über ihn.

Die Speerwerfer wurden dunkel, noch dunkler und zu Schatten.

Dann verschwanden sie ganz in der mitternächtlichen Finsternis, die die ganze Wiese verschluckte, wie Cormac bemerkte.

Er riß die Augen weit auf und strengte sich an, durch diesen seltsamen Nebel zu dringen. Seinen Schild hielt er mit abgewinkelten Ellbogen vor sich und duckte sich, als plötzlich Furcht ihn überkam. Er war eine hilflose Zielscheibe!

Ein Speer zischte über seinem Kopf durch die Luft. Er hörte, wie er weit hinter ihm aufschlug, gekonnt und kraftvoll geworfen.

Cormac brüllte verzweifelt: »ICH KANN NICHT SEHEN! TIGERRRRNACH – IST ES DUNNNKEL?«

Trotz seiner Verwirrung, denn er verstand absolut nicht, antwortete der andere sofort.

»NEIIIIIN! *Cormac! Die Sonne scheint hell* ... VERTEIDIGE DICH!«

Blind schob Cormac den Schild vor, zog den Kopf dahinter ein und riß die Schultern hoch. Wild schlug er mit seinem Haselstab um sich, denn er vermochte gar nichts zu sehen. Er spürte einen schweren Schlag gegen seinen linken Arm und hörte den lauten Aufprall von zwei stumpfen Speeren auf seinem Schild. Er spürte und hörte es auch, als sein so heftig geschwungener Stab einen davon, vielleicht auch schon den dritten, traf. Von Schwärze umgeben, kämpfte Cormac gegen Panik an, die seinen Verstand einzuhüllen versuchte, wie die plötzliche Finsternis alles andere.

»DER DRUIDE!« brüllte Cormac MacArt, und es kam einem schrillen Schrei näher als jeder Laut, der ihm seit vielen Jahren über die Lippen gequollen war.

Ein Speer zischte vorbei, und das Schaftende prallte heftig gegen seinen linken Ellbogen. Ohne die Halteriemen des Schildes um den Arm hätte er ihn verloren, denn gegen seinen Willen öffneten sich seine Finger, und brennender Schmerz durchzuckte seinen Ellbogen.

Da schrie ein Mann auf und brüllte gellend. Sofort verschwand die Finsternis um diesen einen Mann unter so vielen auf der Wiese.

Cormac stieß den lautesten, kehligsten und wildesten Schlachtruf hervor, den man sich vorstellen konnte, und die beiden Männer, die gerade warfen, erschraken. Ein Speer flog hoch über Cormacs Kopf hinweg. Einen anderen, dem er leicht mit einem kleinen Schritt nach rechts hätte ausweichen können, schlug Cormac mit dem Schild zur Seite. Doch schon brauste ein neuer Speer auf ihn zu, wie ein blitzender Streifen, dessen Ende noch bis zu dem Werfer zu reichen schien, denn das Auge konnte eine derartige auf sich zurasende Bewegung nur so verfälscht wahrnehmen.

Cormac schwang den Schild vor das Gesicht. Es gelang ihm gerade noch, ihn hoch genug zu reißen, daß der Speer gegen den Rand schmetterte. Der Aufprall warf ihn zurück. Der hintere Grabenrand drückte gegen seine Kniekehlen, und schon saß er. Der Schild wog plötzlich sehr schwer. Er kannte den Grund, noch ehe die Entsetzens- und Wutschreie sich überall auf dem Prüfungsfeld erhoben.

Er bewegte den Schild ein wenig zur Seite, um genau zu sehen, und dann war Cormac mit einemmal schneller denn je zuvor. Zwei Männer warfen gleichzeitig. In den wenigen Sekunden, ehe sie ihn erreichten, erkannte Cormac, daß sie ihn links und rechts treffen mußten. Er konnte dem einen nicht ausweichen, ohne vom andern getroffen zu werden.

In weniger als einer Sekunde hatte er seine Entscheidung getroffen. Er sprang nach rechts und schwang den rechten Arm mit aller Kraft.

Der linke Speer streifte seinen Schild lediglich leicht und flog weiter, kaum abgelenkt. Mit gewaltigem Kra-

chen von Holz auf Holz, das sich wie das eines Segels in plötzlichem Sturm anhörte, schmetterte Cormacs Stab gegen den anderen Speer. Er vermochte nur die stumpfe Spitze zu sehen, die geradewegs auf ihn zukam. Dann folgten das Krachen und der Schmerz in seinem Arm. Knapp vor seinem Auge hatte er den Speer abgewendet.

Einen Moment legte er sich keuchend am Rand des Grabens auf den Rücken, seine Beine berührten dabei noch den Boden im Graben. Die vertraute Kampferregung hatte ihn nun erfaßt.

Dann saß er auf und betrachtete seinen Schild. Ein langer Speer ragte nach unten hängend daraus hervor, er war so tief eingedrungen, daß er sich nicht löste. Der glänzende Stahl seiner Spitze war deutlich zu erkennen, und im Graben lag ein Stück der falschen stumpfen Holzspitze, die so sorgfältig geschnitzt war, daß sie den tödlichen Stahl unauffällig eingehüllt hatte.

Cormac hielt die Hand zurück, die sie herausziehen wollte, und spähte mit funkelnden Augen. Gewiß erzitterten die Wolken unter der Schallwelle der brüllenden Zuschauer, doch er schaute nicht hoch, auch schenkte er der Menge ringsum keinen einzigen Blick.

Er starrte auf die Speerwerfer. Alle hatten ihre Waffe geschleudert. Alle starrten zurück.

»Haaa-JAAAARRRRRGHHHHH!« brüllte Cormac nun und sprang aus dem Graben, der ihm fast zum Grab geworden wäre. Wie ein Berserker raste er auf die Speerwerfer zu.

Sie taten, was er erwartete. Alle starrten ihn an, wechselten sie flüchtige Blicke miteinander, dann schauten sie wieder auf ihn. Schließlich sprangen sie auseinander. Stirnrunzelnd und mit der Rechten um den Schwertgriff hoben die Waffenmänner ihren Schild und blickten den Schiedsrichter in Beige und Rot fragend an.

Doch dieser gewichtige Edle war anderweitig beschäftigt. Er kauerte mit Tigernach neben dem Druiden, den Tigernach niedergestreckt hatte – wodurch die Finsternis, die es nur für Cormac gegeben hatte, sich sofort auflöste.

»Ein Speer!« rief Tigernach und zog daran, während er aufstand. »Der Druide hat einen stumpfen SPEER unter dem Gewand!«

Den er mit einem der neun gegen den ausgetauscht hat, der nun in meinem Schild steckt, sein *Stab,* dachte Cormac, der jetzt nur noch wenige Meter von den Speerwerfern entfernt war.

Und da rannte einer von ihnen davon.

Die um ihn waren zu verblüfft, um sofort etwas zu unternehmen.

Doch der Mann hatte erst zu rennen *begonnen,* während ein anderer bereits lief. Für sieben Schritte brauchte der Speerwerfer so viel Zeit wie Cormac für elf. Cormacs Schild krachte zu Boden, und durch den Aufprall löste sich der Speer. Seine lange Stahlspitze blitzte in der Sonne, so daß alle sie sehen konnten. Noch zwei Schritte schaffte der Fliehende, und zwei sein Verfolger, an den anderen Speerwerfern und den zwei Waffenmännern vorbei; dann stieß Cormac MacArt mit beiden Händen die Spitze seines Haselstabs in den Rücken des Fliehenden, daß er sich krümmte und vorwärts geworfen wurde.

Sekunden später lag er ächzend am Boden, quer auf seinen Hals drückte Cormacs Stab, auf dessen eines Ende er den Fuß gesetzt hatte. Mit funkelnden Augen blickte Cormac, der als Opfer vorgesehen gewesen war, auf denjenigen hinab, der seiner Vermutung nach die Rolle des Meuchlers hätte übernehmen sollen.

»Du hast deinen stumpfen Speer gegen den falschen Stab des Druiden, einen Kriegsspeer ausgetauscht, und niemand sollte wissen, von wem der tödliche Wurf stammte. Aber ich habe dich erwischt und werde dich vor der Folter retten. Sag schnell, wer dir Gold für mein

Blut versprach, oder ich werde beide Füße auf meinen Stab setzen, Mann, dann wirst du spüren, wie dein Adamsapfel aus deinem Mund quillt!«

Der Liegende starrte zu Cormac hoch. Sein Gesicht war bleich, und die weit aufgerissenen Augen verrieten seine Angst.

Cormac bewegte das linke Bein, und der Mann sah es.

»HALTET IHN AUF!« brüllte eine Stimme hinter Cormac, doch der achtete nicht darauf. Er starrte hinunter auf den verräterischen Speerwerfer zu seinen Füßen.

»B ...«, begann der Bursche und benetzte die Lippen. »Bress Langarm ... habt Erbarmen!«

Da weiteten sich seine Augen noch mehr. Er starrte an dem grimmigen Mann über sich vorbei, und die Reflexe des Kriegers veranlaßten Cormac, sich zur Seite werfen, ohne daß er wußte, welcher Gefahr er auswich. Die Augen des Liegenden waren ihm Warnung genug.

Zum zweiten Mal verfehlte der für ihn gedachte Speer mit der Stahlspitze Cormac MacArt. Diesmal drang er in den Bauch des Liegenden. Der Druide, der danach gegriffen hatte, hatte vorgehabt, Cormac von hinten aufzuspießen, und war nicht mehr imstande gewesen innezuhalten, als sein Ziel sich bewegte.

Da war auch schon Tigernach zur Stelle und schlug zu. Sein Schwert drang durch Gewand, Fleisch und Knochen.

Der Druide stürzte auf die Leiche seines Mitverschwörers zu Füßen des Mannes, den sie hatten umbringen wollen. So erhielt Mogh, der Druide aus Leinster, seine gerechte Strafe für seine Heimtücke, und reiste ins Reich Midirs, des Königs des Totenlandes.

22. EIN FREIER MANN EIRRINS

Nicht ehe das Meer bezwungen ist,
Das die Götter über alles andere gestellt haben,
Wird ein Sterblicher, ob vom Norden oder Süden,
CORMAC MacART übertreffen, den Größten unter den Kriegern.

Cethern von Tara

Bress MacKeth, genannt Bress Langarm, war in Tara nirgendwo zu finden. Und sein Lord König behauptete, nicht zu wissen, wo er sich aufhielt, und auch von seinem Komplott nichts gewußt zu haben.

»Wenn er in Euer Reich zurückgekehrt ist, mein Lord König«, sagte der Hochkönig, »werdet Ihr ihn dann unter Bewachung hierherschicken, damit er Rede und Antwort steht und vor Gericht gestellt werden kann?«

»Hauptmann Bress ist ein Leinstermann, mein Lord König«, entgegnete Feredach. »In Leinster und von Leinstermännern wird er befragt werden, das versichere ich Euch.«

»Er wird des Verbrechens in Tara von Meath beschuldigt – und der Mann, den er zu meucheln versuchte, ist ein Schützling *aller* Könige und des Hohen Throns!« sagte Erca mit einem Zorn, den zu beherrschen er sich kaum bemühte.

»Und in Leinster«, entgegnete Feredach, »wird dieser *Schützling des Hochkönigs* gesucht, mein Lord, aufgrund eines Mordes, den er vor zwölf Jahren begangen hat.«

Die Augen zweier Könige starrten einander an, und Erca Tireach knirschte hinter zusammengepreßten Lippen mit den Zähnen.

»Von den anwesenden Königen und durch Kampfprüfung wurde er für nicht schuldig befunden, König von Leinster!«

Feredach beugte sich ein wenig vor. »Selbst ein Hochkönig kann zu weit gehen und sich in Wasser wagen, das zu tief für ihn ist. Wer immer Cormac MacArt ist, *Partha MacOthna* gehört nach Leinster! Und das gleiche, mein edler Lord, gilt für Leinsters Prinzen und Prinzessin.«

»Ich kann schwimmen«, sagte Erca MacLugaid. Damit war die Sache abgetan und die Besprechung beendet.

Finster verließ der leinstersche König den Hochkönig und kehrte in sein Reich zurück. Ob Bress ihn getarnt begleitete oder ihm schon vorausgeeilt war, war nicht bekannt. Doch niemand in Tara, der sich die Sache durch den Kopf gehen ließ, glaubte, daß Bress anderswo hingeflohen wäre. Sie machten sich ihr eigenes Bild, der Hochkönig und sein enger Vertrauter Cethern, mit Cormac und Prinz Ceann, ja und Prinzessin Samaire ebenfalls, denn in Eirrin waren die Frauen keine an Herd und Spinnrocken gefesselten Mägde. Auch trug sie nicht das Blau Leinsters.

Der ehemalige Champion Eirrins war von einem zurückgekehrten Verbannten besiegt worden und hatte selbst Schande auf sich geladen, indem er den anerkannten Sieger in Berserkerwut angegriffen hatte. Und danach ...

»Wir waren keine Freunde in alter Zeit«, erklärte Cormac. »Seine Wut muß ungeheuerlich gewesen sein, als er erfuhr, wem er seine Niederlage verdankte!«

»Und kurz danach wurde ihm bekannt«, sagte Samaire, »daß sein König keinen Grund hatte, dich zu mögen, und daß er beim Feis Mor selbst eine Niederlage und Demütigung einzustecken hatte.«

»Und so versuchte Bress, oder einer, den er bezahlte, dich mit einem Pfeil aus dem Hinterhalt zu durchbohren«, fügte Ceann hinzu.

»Und verfehlte mich«, brummte Cormac.

»Weil du gestolpert bist«, erinnerte ihn Samaire.

Cormac bedachte sie mit einem Blick und empfing seinerseits ein Lächeln, das süßer nicht hätte sein können.

Cethern sah es, ohne es zu sehen; er war schweigsam und nachdenklich.

Erca Tireach war das Augengeplänkel der beiden entgangen, denn er blickte abwesend auf die gegenüberliegende Wand. »Und irgendwie gelang es Bress, sich der Hilfe eines Druiden zu versichern – eines *Druiden!*« wiederholte er mit einem Kopfzucken, denn wenn man einem Priester der alten Religion nicht trauen konnte, und das, obwohl man vom selben Glauben und nicht von dem des neuen Gottes war, wem konnte man dann noch trauen?

»Ja«, sagte Prinz Ceann leise, »ein Druide. Ein Mann mit Zauberkraft oder der Macht, den Geist anderer so zu beeinflussen, daß ihre Augen etwas sehen, was nicht da ist ...«

»Wo ist da der Unterschied?« warf seine Schwester ein.

»Oder gar nichts zu sehen«, fügte Cormac fast lächelnd hinzu. Denn nun war es vorbei, und er hatte sowohl die Prüfung bestanden, als auch das Komplott überlebt. Er war weit gekommen und saß nun in hoher Gesellschaft.

»Und sie wiederum fanden einen, der Gold so sehr liebte, daß er bereit war, den stumpfen Speer gegen den Kampfspeer auszutauschen und ihn für sie zu werfen«, fuhr Ceann fort. »Bedauerlicherweise sind beide tot, und wir können nichts mehr von ihnen erfahren.«

»Wir wissen alles«, meinte Cormac. »Was hätten sie uns noch sagen können?«

Der Hochkönig von Eirrin blickte ihn an. »Das, was sich nicht ziemt zu sagen oder auch nur zu denken.« Seine Stimme war kaum mehr als ein Wispern.

Samaire warf den Kopf zurück. »Ich sage es! Wir hätten den einen oder den anderen fragen können, worüber wir uns jetzt Gedanken machen – ob Bress von sich aus handelte, oder ob er selbst bezahlt worden war zu meucheln – oder man es ihm gar befohlen hatte!«

Poet, Richter und Ratgeber Cethern sagte fast tadelnd: »Es ist Euer eigener Bruder, von dem Ihr sprecht, meine Lady, und er ist obendrein König von Leinster.«

Samaire begegnete seinem Blick und senkte die Augen nicht vor seinen, von denen man sagte, daß sie es fertigbrächten, Knie zu Wachs werden zu lassen. »So ist es.«

Darauf setzte düsteres Schweigen ein. Stumm saßen sie da, Poet und Waffenmann und die von königlichem Geblüt, und dachten über einen nach, der seinen Bruder um der Krone willen getötet und Schwester wie jüngeren Bruder an Barbaren aus Norwegen verkauft hatte.

Ihr finsteres Grübeln wurde von einem verlegenen Pagen unterbrochen, der dem Ard-righ meldete, daß Bas, der Druide, ihm etwas sagen wollte.

»Ich habe Gäste«, brummte Erca.

»Ich weiß von Euren Gästen und wer sie sind«, erklang eine neue Stimme, und alle blickten auf, als der Mann im Druidengewand auf fast lautlosen Sohlen eintrat. »Ich bitte um Verzeihung und ersuche den Hochkönig, mich in Anwesenheit seiner Gäste anzuhören. Was ich zu sagen habe, dürfte für alle von Interesse sein – und vor allem für Cormac MacArt.« Der Druide erstaunte sie noch mehr, als er sich vor dem Genannten verbeugte.

Erca seufzte. »Bas, Bas«, er schüttelte den Kopf, »meiner Gemahlin wegen habe ich Euch viel Freiheiten gestattet und viel von den Priestern geduldet, die es mehr als unziemlich finden, daß ich der Schwager eines Druiden bin.«

»Verzeiht, Lord Hochkönig«, sagte Cormac MacArt, »doch dazu möchte ich Euch gratulieren.«

Cethern wandte sich ab; Ceann und Samaire lächelten unverhohlen, genau wie der schlanke Mann, der der

Bruder der Gemahlin des Hochkönigs war und zu weit mehr geboren war als zur Priesterschaft eines aussterbenden Glaubens.

Erca seufzte. »Sprecht, Bas.«

»Ich werde mich kurz fassen, mein Lord. Es ist ganz einfach so: Es war ein Leinstermann, der Cormac MacArts Prüfung durch die Zwillingsfeuer von Behltaine forderte. Ebenso war es ein Leinstermann, der seinen Tod sowohl durch Zauber, als auch auf irdische Weise suchte. Beide waren Druiden und brachten Schmach auf uns. Doch der hohe Gott Crom hat uns unsere Selbstachtung zurückgebracht, denn er sorgte vor aller Augen für Gerechtigkeit. Gleichzeitig bestrafte er einen, der seines Priestertums nicht würdig war. Vor den Augen aller wurde Cormacs Schuldlosigkeit bewiesen, als er die ihm auferlegten Prüfungen bestand und sich sogar als der alten Fianna würdig erwies. Und – andere wurden sich seines Wertes bewußt, als offensichtlich war, daß Crom und Behl ihn selbst einem Druiden vorzogen!«

»Ich glaube, mir gefällt, was Ihr da sagt, Bas, aber Ihr habt versprochen, Euch kurz zu fassen.«

»Verzeiht, mein Lord – ich war Sohn eines Vaters, der königlichen Ehrgeiz für mich hegte. Meine Botschaft an Euch und Cormac MacArt ist, daß in unseren Augen die Götter klar und deutlich ihren Willen kundgetan haben und keiner von uns es wagen würde, Cormac einer weiteren Prüfung zu unterziehen. Es wird kein Urteil durch die Feuer Behltaines für Cormac MacArt geben, der im Schutz der Götter selbst steht.«

Bas, der Druide, verließ das Gemach auf leisen Sohlen.

Samaire blickte Cormac an, und ihr Gesicht schien Angst zu haben zu lächeln, obwohl sie es wollte.

Der Hochkönig brach das neuerliche Schweigen. »Cormac MacArt, das Feis Mor spricht Euch frei von jeglicher Anklage, da Ihr die Euch auferlegten Prüfungen bestanden habt, und die Druiden erkennen Euch als schuldlos an. Ihr, der Ihr in Eirrin geboren und nach Eirrin zurückgekehrt seid, seid ein freier Mann Eirrins – ein Mann mit Ehre.«

Cormac brachte kein Wort hervor. Ceann und Samaire erging es auch nicht besser. Die Prinzessin blickte ihn lediglich mit tränenglänzenden grünen Augen an.

Und der Hochkönig sagte: »Willkommen zu Hause, Cormac MacArt.«